CASTELLANOS EN CIUDAD PARTIDA

Imagen de cubierta: © Jorge Revuelta

Ediciones Doce Calles S.L.
Apdo. 270 Aranjuez 28300 (Madrid)
Tel.: (+34) 91 892 2234
docecalles@docecalles.com

ISBN: 978-84-9744-474-3
Depósito legal: M-11924-2024

Impreso en España

Bernardo Revuelta Pol

CASTELLANOS EN CIUDAD PARTIDA

ÍNDICE

1

EL PAJE

El párvulo corrió hacia el escritorio para anunciar que el Prior requería mi presencia en el claustro interior. De inmediato, recalcó el niño insolente, al que alguna vez había tenido que disciplinar y que ahora me miraba burlón, como sabedor de que era mi turno de someterme a la exigente autoridad de frey Mauricio. Tapé el tintero, recogí papeles y pluma, eché al crío de la biblioteca y salí cerrando con llave, temiendo que por fin la Orden hubiera tomado una decisión acerca de mi inmediato futuro, tal vez la expulsión del monasterio. O quizás se había recibido el documento garante de mi limpieza de sangre, y con ello mi derecho a ser definitivamente admitido en la Orden de la Santa Luz, si no como futuro caballero, al menos como cronista, lo que era mi auténtica vocación. Llegar a Maestro de los Escritos. Pero era otro el motivo de la llamada.

Frey Mauricio estaba acompañado de un hombre, que por su gesto arrogante y su vestimenta de mallas de acero, visible bajo el sayo de color arena, era sin duda un caballero. Fornido, más alto que yo, que no soy pequeño, luciendo breve barba, negra como sus cabellos, también cortos. Pero no llevaba sobre el pecho la cruz dorada propia de la Orden, ni tampoco ninguna otra insignia que señalase su afiliación. Me miró con atención, paseando la mirada de arriba abajo, y preguntó cuántos años tenía.

— Diecisiete — respondí, ante el silencio del Prior.

— Demasiados para un paje — comentó el caballero, para mi sorpresa, pero antes de que pudiera pedir alguna aclaración, habló frey Mauricio.

— Don Martín, el salvoconducto autoriza un acompañante, que lo será en condición de paje, escudero o gendarme. Álvaro no puede ser escudero, porque no están resueltos ciertos problemas acerca de su linaje. Y tampoco gendarme, evidentemente. Será un buen paje, como habéis solicitado.

— No entiendo nada, reverendo…— me atreví a decir. Y el Prior me concedió una breve explicación.

— El caballero don Martín de Pas debe realizar un viaje al servicio de la Orden, y necesita un asistente, que serás tú. Mientras viajas lejos de esta casa puede que llegue el escrito que nos permita decidir sobre tu ulterior posición.

Incliné la cabeza, mientras pensaba en qué podría consistir ese servicio que se encargaba a alguien ajeno a la Orden, pero antes de atreverme a preguntar habló el caballero.

— ¿Sabes montar?

— Sí, pero con poca práctica… y no tengo caballo.

— Ni lo tendrás — dijo el Prior con un bufido — Te encargarás de un par de mulas. Deolinda y Roberta.

— ¿Manejar armas? — insistió don Martín, que daba la impresión de no estar muy convencido de la valía de su nuevo paje.

— Yo… yo no tengo derecho a llevar espada — respondí, sorprendido por unas preguntas que hubieran sido más adecuadas para un aspirante a escudero.

— Nadie pretende que lo hagas, pero no es conveniente viajar desarmado. Te buscaremos un buen terciado en la armería.

— Pero nunca he usado uno…

— Te daré una lección cada día. Cuando lleguemos a nuestro destino quizás seas capaz de no cortarte a ti mismo. Saldremos mañana temprano, después de misa. Vamos ahora a buscar los equipajes, para dejarlos preparados. Con su permiso, reverendo.

Y corrí detrás del caballero, rumbo a los depósitos del sótano.

Partimos a la hora prevista, don Martín en su corcel retinto, de nombre Deimos, una bestia fuerte aunque no la más bella de las cabalgaduras. Y yo detrás, montado en la paciente Deolinda, que también cargaba parte del equipaje, el resto del cual portaba Roberta. Aún no me habían dicho cuál era nuestro destino, pero a juzgar por lo que llevábamos con nosotros, viajaríamos por una ruta despoblada. Además de ropajes y mantas, también odres de agua, botas de vino, bolsas de pan, bizcocho, queso y tasajo, las cuatro lonas triangulares con las que montar una tienda piramidal, con su mástil y sus picas, un hacha, un par de cuchillos, otro par de perolas, y algunas cosas más, yesca, pedernal, hasta una pastilla de jabón, lo cual me sorprendió. Lo mismo que al caballero ver mi cartera con varias manos de papel, frascos de tinta y un juego de plumas. Tomaré notas de todo el viaje, le dije, y él se limitó a mover la cabeza, como denotando escepticismo. Esa misma mañana me había dado el terciado prometido, junto con una rodela en razonable buen estado.

— Esta tarde practicaremos un rato, cuando hayamos acampado — me dijo. Yo esperaba que, de encontrar elementos hostiles en el camino, sería suficiente la experiencia de mi señor, que ya vestía la cota de malla, con piernas y almófar, aunque dejando el yelmo colgando de la silla del caballo, junto a la adarga muda, un arco de doble curvatura y el carcaj bien lleno. Al cinto llevaba el arma de cruz que sólo pueden usar los gentilhombres, una espada de mano y media, que más tarde supe que estaba forjada con acero de las Tierras Altas de Castilla. Como en todo guerrero, un puñal acompañaba al hierro más largo. Y al salir de la misa matutina vimos corriendo hacia nosotros a quien iba a ser nuestro último acompañante. Un alano de piel atigrada, que saludó a don Martín lamiéndole la mano y que a mí me miró con gesto de alerta.

— Cuando vea que vamos juntos confiará en ti. Será nuestra guardia nocturna. Se llama Timo.

Don Martín no era muy hablador, pero se sintió obligado a revelarme en qué consistía la misión en que me habían embarcado, aunque lo hizo cuando ya marchábamos por el camino que llevaba del monasterio a la carretera real.

— Vamos a Ciudad Partida. Llegaremos en menos de una semana.

No me esperaba ese destino, pero al pensarlo me di cuenta que ello explicaba la oculta filiación de don Martín y que el Prior me ordenase confesar antes de partir. O el abundante equipaje y la necesidad de salvoconducto.

— En las alforjas llevo una mercancía que entregaremos en la sede que allí posee la Orden. El convento de Santa Brígida — añadió el caballero, quizás creyendo que esa información era suficiente.

— No abulta mucho… será algo de gran valor: ¿oro… diamantes?

Tan pronto lo dije caí en la cuenta de lo absurdo de mi pregunta, lo que mi señor reconoció con una risa, afortunadamente no excesiva.

— No tiene mucho sentido llevar el producto de nuestras pobres minas a donde venden el suyo los mineros de las Tierras Altas ¿no crees?

— He hablado sin pensar… pero entonces ¿qué es?

— Perlas. Traídas de los mares de Arabia y la India. Por algún motivo que desconozco, para muchos de los hijos de la Tierra las perlas son tan valiosas como los mejores brillantes o rubíes lo son para nosotros. Y con ellas se pagarán las compras de algunos productos que sólo ellos pueden proporcionar.

— ¿Somos mercaderes, pues? ¿Un caballero como vos?

— Los mercaderes compran y venden. Yo protejo el traslado de un tesoro, de un lugar de custodia a otro. Las perlas no salen de la Orden mientras están en mis manos, lo que luego se haga con ellas no me atañe…

— Los monjes de Santa Brígida son los que las venden… ¿cómo es eso?

— No conoces muy bien la historia de Ciudad Partida, me parece…

— En la biblioteca hay muy poco escrito sobre ese tema, al menos en los fondos de acceso libre.

— Te contaré lo necesario. Tenemos tiempo. El viaje es largo.

Tiempo teníamos, pero urgencia no, al menos don Martín, que al divisar el cruce con la carretera real, se adelantó, yo azucé a mis mulas pero quedando detrás de él, y poco después marchábamos hacia el norte por aquella calzada no muy transitada, sin que el caballero reanudara sus explicaciones. A nuestra izquierda, al oeste, corría hacia el sur el río Taramas, siguiendo un rumbo aproximadamente paralelo a nuestra carretera, que en algunos puntos era cruzada por afluentes del río principal, arroyuelos que la atravesaban mediante tajeas que por lo que pude ver no se mantenían con mucho celo.

El programa del primer día marcó la pauta de los siguientes. Una parada al mediodía para comer y beber, hombres y bestias, y luego otra, ya final de jornada, una hora antes de la puesta del sol. Hora aprovechada para atender a las cabalgaduras, recoger leña con la que encender una hoguera, montar la tienda y preparar una cena caliente, hirviendo agua, pan migado, ajos, sal y torreznos. Quedaba claro que don Martín no quería detenerse en alguno de los villorrios cercanos, ni tampoco en las ventas, lo que no me extrañó a la vista de su pobre aspecto. Pero antes de sentarnos a cenar tuvimos la primera sesión de adiestramiento con el terciado.

Siguiendo las instrucciones del caballero, empuñé el gran cuchillo con la diestra mientras me cubría con la rodela llevada en el brazo izquierdo. Don Martín se limitó a blandir su espada, sin recurrir a la adarga. El comienzo fue muy rápido. Levanté el terciado pero antes de completar mi torpe movimiento recibí un fuerte golpe en la cabeza, en la derecha que había dejado descubierta, golpe que me hizo retroceder aturdido, aunque al menos no dejé caer mi arma. Me había dado con la hoja de plano, y comprendí que de haberlo hecho con el filo me habría partido el cráneo en dos. El ejercicio se prolongó como media hora, aunque afortunadamente mi maestro no quiso alcanzarme de nuevo, limitándose a señalar mis infinitos defectos como guerrero. Se puso el sol, cenamos, nuestra hoguera se agotaba y don Martín se despojó del sayo y la cota de malla, aunque conservando puesto el velmez acolchado. Metió en la tienda la alforja de las perlas y la espada, me ordenó hacer lo mismo con mi terciado y finalmente nos acostamos, confiando en las mantas de lana para defendernos del frío y en Timo para avisarnos de la presencia de intrusos.

Habíamos montado nuestro pobre campamento a unos doscientos pasos del camino, en el claro de una arboleda, y la noche fue tranquila, sin visitantes molestos, pero incómoda. Creo que me desperté definitivamente más de una hora antes del amanecer, con el cuerpo dolorido, pero permanecí inmóvil, sin querer molestar al caballero que, a juzgar por su respiración, dormía plácidamente a mi lado. Mientras esperaba la liberadora salida del sol me preguntaba qué circunstancias habrían llevado a aquel hombre a perder su condición de monje guerrero, de caballero de la Santa Luz, pues sin duda lo había sido en el pasado. Al ordenar sus ropajes, antes de acostarnos, pude ver que en el pecho de su sayo aún quedaba la huella de una cruz, ahora desaparecida. Y sin embargo, seguía ostentando el rango de caballero, pero no de la Orden, aunque colaborando con ella. Una situación sorprendente por lo ambigua, pues yo sabía que una tajante e ignominiosa expulsión era lo que se aplicaba a aquellos que quebrantaban sus votos o vulneraban la disciplina debida. Quizás había abandonado la Orden por iniciativa propia, lo que yo no sabía si era posible hacer sin transgredir las Reglas. Conocía de primera mano la rigurosa interpretación que los monjes hacían de esa densa y profusa normativa que regía su vida, muy poco proclive a los términos medios o equívocos. Y sobre ello meditaba cuando la luz del nuevo día me permitió recuperar el movimiento, pues don Martín se despertó de inmediato y salió de la tienda sin demora, ordenándome preparar la partida.

Había decidido preguntarle sobre su estado, pero, como el día anterior, marchaba unos cuantos pasos por delante de mí, como si considerase deshonrosa la proximidad de las mulas. Al mediodía paramos en la orilla de un arroyo de agua clara y fría, que aprovechamos para reponer los odres y lavarnos cara y manos. Terminada la comida don Martín puso al fuego una perola con agua, y al hervir añadió un polvo negro que vertió de una bolsita. Resultó una infusión aromática que yo desconocía y que me permitió probar, pero si el olor era agradable, el amargo sabor no fue de mi gusto.

— Hay que acostumbrarse — dijo, mientras tomaba otro trago de aquel brebaje, que ante mi pregunta dijo se llamaba café. Recordé, al oír esa palabra, haber leído sobre esa sustancia, que se consumía abundantemente en tierras de moros, en África, pero que yo nunca había visto antes. Quise saber de dónde lo obtenía, y cómo había adquirido el gusto por el tal café, pensando que tal vez así descubriría algo del misterioso pasado del caballero. Pero fue él quien me interrogó sobre el mío.

— El Prior me dijo que perteneces a la familia del conde de Pozas.

No me apetecía mucho hablar de mi parentela, pero tampoco podía no contestar a mi señor, y di una breve explicación de mi situación familiar.

— El hijo menor del conde era mi padre. No estaba casado con mi madre, que sólo era hija de un panadero. Crecí con la familia de mi madre, pero ella murió cuando yo tenía siete años, y el conde me internó en el Colegio de la Santa Luz. También mi padre, don Nuño, murió pocos años después, frente a las murallas de Melilla. El conde quiso que fuese criado de la Orden para que luego me admitieran en ella. Lo primero lo he sido, pero la admisión sigue pendiente.

— Entiendo que, si tu padre te reconoció, no debería haber obstáculos para ingresar en la Santa Luz.

— En realidad fue mi abuelo, el conde, quien me reconoció. A mi padre no le importaba. El conde quería arreglarme la vida pero manteniéndome lejos de sus tierras y de sus descendientes legítimos. En eso estamos.

— Por tu edad ya deberías haber hecho los votos…

Y entonces contesté con una pregunta quizás impertinente, pero que al caballero no pareció molestar.

— ¿A qué edad los hicisteis vos?

— Más tarde. Ya era caballero cuando ingresé en la Orden. Es hora de seguir viaje.

Y se levantó.

No fue hasta la cena del tercer día cuando me atreví a preguntarle por el motivo de su salida de la Orden. Había sido una comida algo más sabrosa que las anteriores, porque esa tarde don Martín había cazado un conejo con un certero flechazo, tirado sin desmontar. Me encargué de limpiarlo y asarlo sobre unas brasas, echándole las entrañas al ansioso Timo. Y al terminar, mientras don Martín apuraba un último trago de vino, le hice la pregunta.

— ¿Conoces lo ocurrido en la pérdida de Larache? — contestó al cabo de unos segundos. Lo cierto es que había leído sobre ello, en varios escritos y cartas que llegaron al monasterio y me encargué de archivar en la biblioteca, y le respondí:

— Ocurrió hace cuatro años. El ejército del duque de Córdoba fue derrotado en una batalla campal y hubo de retirarse hacia el norte, dejando desguarnecida la ciudad.

— Salvo un centenar de hombres en la Torre de San Antonio.

— Una fuerza muy pequeña comparada con la del emir.

— Éramos unos veinte caballeros, algunos escuderos y el resto gendarmes. Hubo un traidor. Infectó las aguas del único pozo que teníamos. Nos rendimos.

No me dijo más, pero creí entender su situación. Un caballero de la Orden de la Santa Luz no se rinde, muere luchando si es preciso. Aunque de alguna forma había recuperado la libertad, quizás mediante un rescate pagado por la propia congregación. Fuera como fuera, esa rendición debió ser el motivo de la pérdida de su condición de monje guerrero. Pero ya no quiso hablar más y nos recogimos para pasar la noche.

El territorio iba cambiando lenta pero continuamente, y en el cuarto día de marcha el frío era más intenso, las pendientes más empinadas, los árboles más robustos y próximos unos a otros, y ya no divisamos poblados o caseríos como hicimos al comienzo de nuestro viaje. El bosque tapaba la visión del río Taramas, aunque a veces oíamos el fluir de su corriente, más brava que cauce abajo, alimentada por abundantes afluentes que corrían libres, saltando incluso por encima de nuestro camino. En contadas ocasiones encontramos viajeros que iban de vuelta, y con los que tan sólo cruzamos un id con Dios. Al caer la tarde, y a la vista de la humedad de suelo y árboles me preguntaba cómo íbamos a encender un fuego o encontrar un lugar seco para plantar la tienda, pero al doblar cierto recodo don Martín abandonó la carretera, dirigiendo a Deimos a través de la tupida vegetación, y conmigo detrás con las mulas. Para mi alivio, después de no muchos pasos apareció una construcción, muy simple, como una cuadra pequeña, con cuatro muros de tosca mampostería y una techumbre a un agua hecha con rollizos de madera y espesas capas de brezo y paja. Tenía una puerta grande, sin carpintería, un simple hueco de paso al interior, pero al menos allí dentro, contra un muro lateral, había una chimenea, y en un rincón algo de leña, no mucha, pero suficiente para nuestras necesidades de esa noche. Los restos acumulados en el suelo del lado opuesto indicaban que era allí donde descansarían las bestias, y me encargué de ellas y luego de extender mantas frente a la chimenea, que el caballero había encendido con presteza. Pero, antes de sacar la comida, me indicó que le siguiera fuera para nuestra cotidiana sesión de combate a espada y terciado, lección que no perdonaba.

Terminando las sopas me atreví a iniciar una conversación.

— Ya habéis hecho este camino anteriormente, porque veo que lo conocéis bien. Pero no me habéis hablado de Ciudad Partida, que por tanto también conocéis, y solo nos faltan dos jornadas para llegar.

Don Martín rebañó la última cucharada, bebió el último trago de vino, me miró como sopesando qué me podría revelar, y decidió que debía ser yo el que hablase.

— Cuéntame lo que crees saber de esa ciudad prohibida.

— Es lo que he leído... nadie me ha hablado de ella, en fin, lo poco que sé es que se encuentra al pie de la Gran Sierra Blanca y de ella parte un camino que permite cruzar las montañas y pasar a las Tierras Altas de Castilla.

— Es correcto, pero ¿qué sabes de la ciudad en sí?

— Es grande, rodeada de altas murallas, que fueron levantadas por los gigantes castellanos. Hicieron una fortificación de naturaleza igual a las que dan nombre a sus tierras.

— Bien, así es, pero dime, ¿por qué se llama Ciudad Partida?

— La atraviesa el río Taramas, y así queda dividida en dos partes. En una viven los hijos de Dios, en la otra los hijos de la Tierra, los gaiades. Supongo que tienen algún trato unos con otros, aunque siempre me enseñaron que un cristiano jamás debía acercarse a un ser sin alma. Mucho peor que tratar con moros o paganos.

— Cuando lleguemos comprobarás que esto último no es del todo cierto. Hay una bula que autoriza a los vecinos y visitantes de Ciudad Partida esos tratos que crees totalmente prohibidos. Permitidos con ciertas condiciones, por supuesto. Esa bula nos ampara a nosotros dos. Y tampoco pasa por ella el río Taramas, aunque sí lo hace un canal que se deriva de ese río y a él vuelve tras cruzar la ciudad. Y por ello hay dos partes distintas, porque los diferentes pueblos tienden a agruparse en sus propios barrios. Pero el intercambio es constante, pues esa es la razón de ser de esa ciudad.

— Si esa bula permite a un cristiano viajar hasta la ciudad, vivir en ella, cruzarse en las calles con los desalmados, hablar y negociar con ellos, entonces ¿por qué la Orden envía a un caballero exclaustrado? Y a mí, que sospechan que soy de sangre impura. Sin duda piensan que relacionarse con los gaiades, aunque esté permitido, no es actividad muy honrosa.

— Eres perspicaz, Álvaro. Pero piensa que hay vida más allá de la Orden. Por cierto, es posible que a partir de mañana encontremos más gente. No menciones a nadie la existencia de las perlas.

— ¿Y si debo explicar el motivo de nuestro viaje?

— Nadie debe preguntarte nada estando yo presente. Pero te adelanto lo que me oirás decir a mí, para que no te sorprenda. Voy a la caza del dragón.

Don Martín sonrió al ver mi expresión, donde debían retratarse el desconcierto y alguna irritación ante lo que creí ser una burla.

— Veo que no conoces uno de los más importantes festivales de Ciudad Partida. Se celebra cada dos años, y en éste toca, en pocos días.

— ¿Un dragón de cartón y tela, movido por figurantes?

— De eso hay, pero lo importante es el auténtico. El que devora a los hijos de Dios o a los hijos de la Tierra, aunque prefiere a los primeros.

— Tal vez, señor, podríais explicarme esa maravilla.

— Quizás recuerdas que partimos del monasterio la víspera del equinoccio de primavera. Dos semanas después de esa fecha aparece un dragón en los bosques al norte de Ciudad Partida. Durante tres días los cazadores tienen derecho a buscarle y darle muerte.

— ¿Por qué aparece el dragón en ese momento?

— Porque lo liberan los miembros de la Cofradía del Dragón, que lo han criado. También son los que conceden el derecho a participar en la caza, cobrando la correspondiente tarifa.

— ¿Cobrando? ¿Es un negocio?

— Algunos lo llamarían así.

— Entiendo que disponéis de fondos para pagar esa tasa.

— Invertiré en ello lo que me pague la Orden por entregar las perlas, completas y enteras.

— ¿Y qué obtiene el vencedor, además del honor de su triunfo?

— De los dragones todo se aprovecha, como del cerdo. Aunque no como alimento. Los cuernos, o los dientes de dragón, alcanzan precios exorbitantes.

— ¿Habéis participado en cacerías anteriores?

— Una vez. Pero en los cuatro últimos festivales, es decir, los últimos ocho años, el dragón escapó. Lo que no hicieron algunos de los cazadores.

— ¿Dónde han ido esos dragones?

— La Cofradía lo recoge de nuevo. Nadie sabe cómo lo hacen. Y hablo de un dragón, no de varios. El que aparecerá este año es el mismo que ya ha sobrevivido a cuatro cacerías.

— ¡Será más viejo y más sabio!

— Y más grande. Los dragones nunca dejan de crecer.

No supe qué decir ante lo que me parecía una locura, y don Martín, divertido ante mi inquietud, me explicó que yo no debía acompañarle en su expedición.

— Sólo pueden participar veinticuatro cazadores, que deben partir cada uno de su puesto asignado, y actuar de modo estrictamente individual. Si un cazador encuentra al dragón ya en combate con otro cazador, debe aguardar hasta que termine ese primer duelo. Que sólo acaba con la muerte de uno de los dos contendientes. En el último festival perecieron once cazadores. Siento no haber alcanzado yo a la bestia.

Creo que al oírle decir semejante disparate, y hacerlo con gusto, fue cuando comencé a comprender que mi espíritu era muy diferente al de un caballero, y lo seguiría siendo por muchas lecciones que recibiera de tan buen maestro. Y sin más palabras, salí a lavar perolas y cucharas, deseando acabar y echarme a dormir cuanto antes.

El día siguiente no trajo novedades, hasta que poco después de reanudar la marcha tras el almuerzo, encontramos tres jinetes bien armados, cubiertos con sayos y capotes de pardo oscuro. Dos se detuvieron a unos pasos de distancia, asiendo lanzas y embrazando adargas, mientras el tercero marchó hasta nosotros, dándonos el alto, en nombre de la Hermandad del Camino. Don Martín, que se había desembarazado de la capa, dejando visible y accesible la doble empuñadura de su espada, sacó un pergamino de una de sus alforjas, mientras se presentaba como caballero de la Cristiandad. El Caminero leyó el documento, con cierta sorpresa por mi parte, pues le hacía iletrado, lo devolvió y esperó unos segundos mientras mi señor sacaba unas monedas de una bolsita y las entregaba al guardián de la circulación. Y hecho el negocio, seguimos nuestra ruta.

— Sólo los que portan los pasaportes en regla pueden llegar a Ciudad Partida. Esta ha sido la primera de varias inspecciones.

— Eran tres, pero no parece una gran superioridad... no podían saber que yo valgo poco como guerrero.

— Eran cinco. Había dos ballesteros ocultos entre los árboles.

Durante no poco rato sentí la desagradable incomodidad de imaginar que recibía una gruesa flecha en la espalda, pero nada ocurrió, y poco después percibí que la pendiente del camino había cambiado, haciéndose descendente. Y no era una ondulación local, sino que se mantenía constante durante largo rato. Azucé a mi mula, acercándome a don Martín, y le pregunté sobre ello.

— El río Taramas, que dejábamos a nuestra izquierda, al Oeste, cambia su dirección y gira hacia el Este, por lo que nos lo encontraremos delante de nosotros dentro de pocas millas. Veremos un gran puente que ya cruzaremos mañana.

Yo miraba con atención al frente, interesado por divisar el puente, aunque los árboles impedían cualquier visión lejana, pero pasado un largo rato percibí algo diferente, formas que se movían por delante de nosotros, pero en nuestra misma dirección.

— Otros viajeros. Pronto les alcanzaremos — dijo el caballero. Y así lo hicimos, pero al tiempo de desembocar en un amplio espacio libre de árboles, la antesala del orgulloso puente de tres airosos arcos que salvaba el cauce del Taramas, puente defendido por sendos torreones levantados en sus extremos.

Un poco más allá, a un lado, cercanos a los árboles, aparcaban tres grandes carromatos, como los que usan las tribus nómadas romaníes. Debía ser un campamento con cierta permanencia, a juzgar por los abundantes bártulos repartidos por el derredor, o las bestias de tiro amarradas algo más lejos, ya entre los primeros árboles. Y, dispuestas sobre varios fuegos, unas grandes ollas en pleno funcionamiento. El grupo que había llegado delante de nosotros se había instalado próximo a un tramo de calzada empedrada que llevaba directamente al arranque del puente. Sin acercarnos mucho, desmontamos y preparamos a las cabalgaduras para pasar la noche, levantamos la tienda e iniciamos la inevitable lección en el uso de la espada o, con más propiedad, del terciado. Aquello llamó la atención de los otros viajeros, incluso les alarmó el vernos desenvainar las armas, pero luego se limitaron a observar. Terminada la sesión, mientras limpiábamos el sudor de nuestros rostros, se acercó un emisario, de nombre Gil, que se presentó como escudero de don Alonso, señor de Trihuega, principal de aquella partida con la que compartíamos campamento. Y nos dijo que su señor, reconociendo en don Martín a un noble caballero, nos invitaba a compartir la cena y así saber de nuestras respectivas historias. Cena que no sería la que llevábamos en nuestro equipaje, sino comprada a los romaníes, que para eso la cocinaban en sus ollas. Don Martín aceptó, y poco después nos sentamos con nuestros nuevos compañeros de viaje, o mejor dicho, se sentó mi señor, porque yo fui enviado, junto con otros sirvientes, a traer los platos bien colmados del guiso de las ollas. Lentejas, nabos, zanahorias, tocino y algo de gallina, una ración apetecible después de varios días en que nuestro único plato caliente fueron las sopas de pan. Y mientras comíamos escuché lo que hablaban los principales, que parecían ser sólo tres. Don Martín y don Alonso en primer lugar, y como tercero quien se presentó como don Gabriel de Mora, aunque no era caballero sino burgués de Onuba. Era hombre ya maduro, grueso, de tez colorada y al que acompañaba una mujer joven, quizás de mi misma edad, a la que presentó como doña Asunción, su esposa, lo que me sorprendió y creo que también a don Martín, que se acercó a besarle la mano. Me pareció muy hermosa, poseedora de una belleza dulce pero también prometedora, aunque seguramente mi inexperiencia me hacía ver invitaciones donde ninguna había. Separados, en torno a otra hoguera, nos agrupamos los demás, aunque no todos. Una dueña de labios gruesos, pechos abundantes y gesto despectivo, de nombre Mencía y asistenta de doña Asunción, se mantuvo orgullosamente distante. El séquito del señor de Trihuega incluía, además del escudero Gil, a un par de hombres de armas, cuya ruda vestimenta, robustez de miembros y notorias cicatrices denotaban no poca experiencia guerrera. Y con ellos, un lacayo canoso y un paje de unos doce años, calculé, que se movía nervioso, en permanente guardia ante las collejas que podrían venir de cualquiera. Le hice una señal para que se sentara junto a mí, y le dije que yo también era paje, pero me miró con desconfianza y quedó a media distancia. El burgués onubense y su esposa no viajaban a lomo de caballerías, sino a bordo de un carro de cuatro ruedas tirado por mulas, conducido por un cochero que comió con rapidez y se fue a atender a sus bestias. Me extrañó que aquel desigual matrimonio hiciese tan largo y peligroso viaje con tan escasa ayuda y decidí preguntar a la dueña, que a juzgar por más de una mirada parecía interesada por mí.

— Admirable aventura la suya, acompañando a su joven señora en un viaje tan largo y peligroso.

— Y tú… ¿quién eres? Dicen que no eres escudero pero tu señor te adiestra en el uso de las armas.

— Me llamo Álvaro de Pozas, nieto del conde de Pozas. Profesaré en la Orden de la Santa Luz.

Aquello pareció impresionar a la mujer, que casi me hizo una inclinación de cabeza, esbozó una sonrisa y preguntó qué tal estaba el vino. Entendiéndola, me acerqué a donde los romaníes, pedí una jarra y volví con ella para dársela a la señora Mencía, que bebió tres largos tragos y luego me la devolvió, invitándome a beber también, pues el vino no era malo del todo, según dijo, con gesto dulcificado. Yo carecía de experiencia con mujeres, pero pensé que la dueña de redondas formas me estaba expresando un interés de índole carnal, y sentí el nacimiento de una conmoción en mis partes. Reacción vergonzosa, aunque incontrolable. Mencía estaba sentada en un grueso tronco tumbado en el suelo, y yo me había colocado a su lado, lo que aprovechó para pegarse a mi cuerpo, dejándome sentir plenamente sus carnes abundantes. Y puso una mano en mi muslo mientras explicaba los pormenores de su viaje.

— No es un viaje tan largo. No venimos de Onuba, sino de la corte, en Toledo. Y nos escoltan el señor de Trihuega con sus hombres. No es barato, pero mi señor espera hacer un gran negocio en esta ciudad del demonio.

Quizás me hubiera contado más cosas, pero vimos a doña Asunción volverse y mirar hacia nosotros. La señora Mencía deslizó la mano hasta el vértice, me dio un lento y concienzudo apretón, suspiró y se levantó diciendo que era hora de asistir a su señora a retirarse. Aquella fue mi primera experiencia con una mujer, no muy amplia ni satisfactoria comparada con lo que había leído en algunas novelas escritas por los viciosos griegos y romanos. Lecturas clandestinas hechas a raíz del hallazgo de la llave de uno de los armarios prohibidos de la biblioteca del monasterio.

Las damas se retiraron, en efecto, pero los hombres seguían junto al fuego, y yo me acerqué donde mi señor, por si deseaba ordenarme algo, y también para escuchar lo que hablaban. En ese momento hubo movimiento algo más lejos y llegaron los guardias de la Hermandad del Camino, los cinco de ellos, que desmontaron, ataron sus caballos y se dirigieron rápidos a las ollas. Y mi señor me indicó que era hora de acostarse. Pero el breve encuentro con la Mencía seguía alterando mi cuerpo y me alejé entre los árboles para un alivio solitario, tras lo cual volví, avergonzado, pero más sereno, a la tienda donde ya dormía mi señor.

2
EL BANCO

Levantamos el campo antes de que lo hiciera la comitiva del señor de Trihuega, y don Martín fue a despedirse, mientras la Mencía me dedicaba una mirada burlona, como si adivinase lo que sus manipulaciones me habían inducido a hacer. Junto a ella, su joven señora también me miró con disimulado interés, como compartiendo la burla de su ama, pero pronto dirigió su atención hacia mi señor, dedicándole una sonrisa de despedida y una mirada admirativa cuando el caballero montó ágilmente su caballo. Y poco después cabalgábamos hacia el puente, denominado del Diablo por los cristianos y de los Pálidos por los hijos de la Tierra, como averigüé tiempo después.

El torreón de entrada al puente tenía pesadas puertas de madera en sus dos fachadas y entre ellas un rastrillo enrejado, abiertas unas y levantado el otro, dejando el paso libre salvo por unos gendarmes bien armados, que por los signos en sus escudos y capas pude ver que no eran miembros de la Hermandad del Camino.

— Son peones del duque de Secobia, quien ostenta el derecho a percibir el pontazgo — me explicó don Martín, y se adelantó a gestionar el paso, operación muy similar a la ejecutada con los Camineros, es decir, mostrar el salvoconducto y entregar unas monedas, en mayor cantidad que la vez anterior. Hecho lo cual cruzamos el puente y marchamos por un paisaje algo diferente al de la otra orilla. El terreno ascendía escalonadamente y las masas boscosas eran escasas, dejando libres amplias extensiones dedicadas al cultivo del trigo, próximo a la siega pues era trigo de invierno. También zonas de pasto, por donde pululaban numerosas vacas y ovejas. Unos lugares ricos y bien atendidos.

— ¿También son del duque estas tierras? — pregunté, aprovechando que mi señor no se había alejado como acostumbraba.

— Pertenecen al Concejo del Sur y sólo las trabajan hijos de Dios. Aguas arriba del puente hay algunos molinos. Aunque no es suficiente para el abasto de la ciudad y se importa más harina desde el reino.

— He sabido que el señor de Trihuega presta escolta al burgués, que le paga generosamente.

— Parece, Álvaro, que te escandalizan esos negocios.

— Siempre creí que un caballero debía poner su espada al servicio de su señor natural, o del rey, o de la Iglesia. Incluso en defensa de los desvalidos, por supuesto. Pero alquilarla a un mercader...

— Tienes la rígida moral propia de tu juventud. Y de no haber salido del convento, claro. También yo pensaba lo mismo cuando tenía tus años, pero la experiencia proporciona una visión más amplia de este mundo.

No contesté de inmediato, porque me preguntaba a qué clase de experiencias podría referirse mi señor. Y era inevitable pensar que serían las vividas como cautivo de los moros, pero ignoraba totalmente en qué habrían consistido. ¿Forzado en las galeras que merodeaban por las costas del sur? O condenado a trabajos en las minas del Atlas, o a laborar los campos de algún señor que le hubiera comprado en las subastas de prisioneros cristianos. Tampoco tenía idea sobre cómo había logrado liberarse y volver a las tierras de la Cristiandad. Y contesté con excesiva osadía.

— Sin duda vuestra experiencia es mucha, habiendo vivido y padecido en tierras lejanas. Pero no pensé que ello sirviera para ablandar los principios morales... al contrario, debería reforzarlos fuertemente, sobre todo habiendo logrado escapar.

— Lo opuesto a la rigidez no es necesariamente la blandura, como sugieres, sino la flexibilidad. Si la hoja de mi espada no fuese flexible, al menos un poco, se rompería al primer golpe.

Entendí el reproche, y también que no quería entrar en detalles sobre su cautiverio ni su liberación, y ya no hablé más, dejando que Deolinda se retrasara un par de varas del corcel de mi señor.

Calculaba que sería mediodía, aunque no por ver al sol en lo más alto, oculto tras una oscura y densa masa nubosa que desde el norte invadía la mitad del cielo, cuando superamos una loma y apareció ante nosotros, todavía lejos pero perfectamente perfilada, la ciudad que era nuestro destino. Examinándola con la máxima atención, la comparé con otras ciudades por mí conocidas, aunque en su mayoría por medio de dibujos o descripciones. No era tan empinada como Toledo, ni tan plana como Sevilla, ni la abrazaba un gran río, como sucedía en aquellas dos capitales y en otras muchas. Tampoco sobresalían de la edificación las altas torres de una catedral o un alcázar. Aunque a decir verdad no podía ver ninguna edificación interior, pues lo que se mostraba a mis ojos era la formidable muralla que rodeaba Ciudad Partida, una muralla mucho más alta que cualquier otra de la que yo tuviera noticia y, como pude apreciar al verla más de cerca, aparejada con enormes sillares de piedra gris, del tamaño sólo utilizado en las pilas de los más grandes puentes.

— Recuerda que fue construida por los gigantes, hace cinco siglos — explicó el caballero.

— ¿Con qué fin? ¿Trabajaron para los hijos de Dios?

— Todo lo contrario, las murallas iban a albergar una capital de los gaiades. Querían mantener sus posesiones más allá de la gran meseta, conservar las tierras de la Baja Castilla. Como sabes, los cristianos la reconquistaron, se firmó la paz, y una de las condiciones del pacto con que se dio fin a la guerra fue partir la ciudad entre ambos reinos, dotándola de un fuero singular. A lo largo de estos siglos se han hecho ampliaciones y reformas, pero conservando lo esencial.

A medida que nos acercábamos podía ver mejor los detalles, especialmente de las grandes puertas hacia donde apuntaba nuestro camino. Camino más transitado, pues nos cruzamos con varios viajeros o adelantamos a otros. En su mayoría carros tirados por mulas o bueyes, cargados de viajeros o de mercancías diversas, pero también, en una ocasión, un trío de caballeros al galope. Yo observaba con máxima atención a todos estos transeúntes, esperando ver a algún hijo de la Tierra, un monóculo, un duende, un hada... pero no, todos eran tan hijos de Dios como yo. Ya cerca de la muralla, observé con detalle la llamada Triple Puerta, pues eran tres las puertas que se abrían una al lado de la otra, separadas y flanqueadas por potentes cubos cuya fábrica parecía más semejante a la usada en los reinos cristianos. Y ante mi pregunta, explicó el caballero que esa entrada había sido construida más recientemente que la vieja muralla, sustituyendo a la original.

— Como puedes ver, la puerta central está cerrada, pues sólo se abre para el rey.

— No sabía que el rey viniese a Ciudad Partida.

— No lo hace. La puerta nunca se ha abierto. La de la derecha es de acceso, la izquierda de salida.

Y entramos por la puerta correspondiente, de hueco más grande que la del Puente del Diablo, y en la que mi señor pagó el correspondiente portazgo al recaudador del Concejo del Sur.

Las puertas vertían sobre un espacio abierto, una plaza de la que nacían varias calles, una ancha que supuse sería la calle Mayor, o algo parecido, pero don Martín tomó otra, estrecha, y seguimos callejeando por vías angostas hasta llegar a una plaza de mediana dimensión, con soportales en tres de sus fachadas. La cuarta era ocupada por un muro alto y ciego, salvo por una gran puerta de dos hojas con un ventanuco a un lado. Y una campanilla que el caballero me ordenó tocar, permaneciendo él a caballo. Y una vez identificados, entramos en el convento de Santa Brígida, nuestro destino.

Bien oculto tras los altos muros que lo rodeaban, el convento disponía de jardines, claustro, una amplia iglesia, todas las estancias necesarias para la vida de los monjes, aunque lejos de las nobles dimensiones del que yo había dejado atrás, el que consideraba mi hogar, pero en donde quizás no volviera a orar y trabajar.

Alojadas las caballerías en el establo, llevado nuestro equipaje a las dos celdas contiguas que nos fueron asignadas, bajé al refectorio para un abundante pero tardío almuerzo, que tomé solo, en el extremo de una de las largas mesas allí situadas, como es apropiado para el sirviente de un caballero, mientras mi señor se sentaba junto a la cabecera, acompañado por dos monjes que luego supe eran el Prior y el Deán. Terminado el almuerzo, don Martín me llamó para decirme que no me necesitaría hasta media tarde y yo le pedí permiso para salir del convento a la plaza. Lo que me fue concedido.

La entrada del convento daba a poniente, aunque no soleada, pues como luego me confirmó mi señor, las nubes jamás descubrían la ciudad, nubes que manaban incesantes desde las montañas del norte. Me senté en el banco de piedra adosado al muro, y desde allí, con Timo echado a mis pies, observé el paisaje urbano, poco ajetreado. De vez en cuando pasaba un transeúnte, a pie o a lomos de pollinos o acémilas, con aspecto de artesano de algún gremio haciendo gestiones propias de su oficio. También circulaban dueñas y doncellas de caminar vivo y mirada huidiza, si bien algunas eran placenteras de ver. No vi a ningún niño. Pensaba que llevaba varias horas en aquella ciudad única en el mundo conocido, y aún no había visto a ninguno de los habitantes de más allá de los picos helados, los pobladores de la alta meseta castellana, y ya iba a levantarme para volver al interior del convento, pues empezaba a refrescar, cuando entró en la plaza un carro de dos grandes ruedas tirado por una bestia para mí desconocida. Era como un buey enorme y cornilargo, cubierto de largas y espesas guedejas, que avanzó lentamente hasta detenerse frente a la entrada del convento, cerca de donde yo estaba, aunque no sentado, pues me había levantado, preso de cierta inquietud por el aspecto de los pasajeros del vehículo. Uno de ellos quedó a bordo, al cuidado del animal, mientras los otros dos bajaron y llamaron a la puerta. Eran bajos, apenas me llegarían al hombro, pero su anchura era inigualable, como barriles andantes sobre cortas piernas cubiertas de gruesas botas de cuero. Vestían unos sayos sin brazos, también hechos de cuero y provistos de muchos bolsillos de donde asomaban los mangos de armas o herramientas. Camisas y calzas velludas, hechas con la piel de algún animal de pelo corto. Pero lo más extraordinario era su rostro, provisto de un solo ojo en la frente, sobre unas narices anchas y aplastadas. Eran monóculos, y la puerta se abrió para dejar paso a los hijos de la Tierra al interior del convento. Algo que no hubiera creído posible una semana antes, antes de conocer a don Martín de Pas. Me quedé fuera y, venciendo cierto temor, me presenté al conductor del carro.

Para mi sorpresa, hablaba mi lengua y no le importaba conversar, aunque era difícil entenderle por lo bajo y ronco de su voz. Sus hermanos habían entrado para cobrar unas letras, dijo. No entendí qué era aquello y le pregunté de nuevo.

— Flaco, ¿ignoras que esto es un banco? — me contestó.

— No es un banco, es un convento…

Eso pareció divertirle, porque soltó una carcajada que mostró sus dientes enormes, como paletas amarillas. Pero no hubo más, porque en ese momento salieron los otros dos monóculos, sin bolsas ni sacos, pero que supongo cargaban lo cobrado en sus abundantes bolsillos. ¿Serían las perlas traídas por mi señor? No pregunté y les miré mientras desaparecían a bordo de su carro por una bocacalle.

Sonó la campana de la iglesia de Santa Brígida y volví dentro para asistir a unos oficios vespertinos de extensión sobresaliente. Al terminar, don Martín me requirió para la práctica de armas, con la novedad de ser acompañados por varios de los monjes guerreros, acción en la que temí perder la vida o como poco algún miembro, pero logré superar la prueba con sólo algunas magulladuras. Siguió la cena, y en el refectorio nos reunimos todos los habitantes del convento, desde el Prior hasta los mozos de cocina. Y así concluyó mi primer día en Ciudad Partida, bien cenado y pudiendo dormir en una cama y no en el suelo del monte. Y a solas. Estaba satisfecho, pues incluso había logrado hablar con un hijo de la Tierra, sin pecar por ello, pues me amparaba la bula. Me pregunté si no habría también otras bulas que tolerasen los encuentros carnales, y decidí que valdría la pena investigarlo.

La mañana siguiente, terminados los oficios y roto el ayuno, me vi con tiempo libre, pues don Martín me dijo que no me necesitaría hasta la hora del almuerzo. Y con Timo cogido por una correa, el terciado colgando de mi cinturón, salí a las calles, rumbo norte, con la intención de cruzar el canal y recorrer la mitad de la ciudad donde habitaban los hijos de la Tierra. Pero no llegué, porque apenas había caminado un cuarto de hora, entretenido en descubrir los rincones de la vieja ciudad, cuando vi en un puesto de costuras a la dueña Mencía, acompañando a su señora doña Asunción. Cerca de ellas hacía guardia uno de los dos gendarmes al servicio del señor de Trihuega. Despertó mi curiosidad y me detuve a cierta distancia, hasta que salieron y continuaron por aquella calle que desembocaba en un amplio espacio, la Plaza del Mercado según descubrí, donde curiosearon entre los puestos donde se ofrecían todo tipo de mercancías, sin olvidarse de ninguno, hasta por fin salir por otra calle, menos concurrida. Y yo detrás. En una pequeña plazoleta, apenas un ensanchamiento de la vía, se alzaba un muro de sillería bien labrada, con un portal profundo en su centro, custodiado por un par de hombres armados que, para mi gran sorpresa, vestían como los moros del norte de África, aunque también se cubrían con gruesas capas de piel, como correspondía al frío de la región. Tras intercambiar con ellos muy breves palabras, las dos mujeres entraron y su guardián permaneció en la puerta, cerca de los dos moros, aunque sin hablar con ellos. No podía ser aquel lugar la hospedería donde se alojaban los burgueses de Onuba, ni tampoco parecía un mercado o comercio, y decidí salir de dudas preguntando a un vecino, emergido de un portal algo más lejano, y que resultó ser bastante locuaz.

— Son los Baños Calientes. Los conoce todo el mundo, pero... eres forastero, ¿verdad?

— Si... claro, una pregunta, ¿son muy caros? Me vendría bien bañarme, después del viaje...

— Tres o cuatro blancas, pero hoy no puedes entrar. Los viernes están abiertos sólo para las mujeres. Tendrás que esperar a mañana. O ir al otro lado.

— ¿Al otro lado del canal, dices? ¿Allí hay baños para los cristianos?

— Hay varios, según lo que busques. No hay problema. Haz lo que te convenga y luego te confiesas.

Sentí la tentación, pero en ese momento me salvó el toque de una campana, dando los cuartos para las doce. Demasiado tarde para el baño, además del hecho de estar sin blanca. Y despidiéndome del ciudadano, regresé al convento con premura, pues no quería llegar tarde al almuerzo y comenzaba a diluviar. Pero me resultó difícil borrar de mi imaginación la imagen de doña Asunción sumergiéndose en el baño, como una Diana sin ninfas.

Paseando por el jardín, tras la comida, aprovechando unos momentos sin lluvia, conté a don Martín mis andanzas matutinas. Y le pedí unas monedas para permitirme el necesario baño. Podría ir a la mañana siguiente, si no me necesitaba. Esa tarde tenía la intención de comenzar la redacción de la crónica de nuestro viaje, también en caso de disponer de tiempo libre. Asintió, tal vez convencido al aspirar el perfume que nos acompañaba, pero expuso unos planes más ambiciosos. Esa misma tarde iríamos a unos baños del otro lado, que por lo que dijo parecía conocer bien.

— Puedes escribir durante una hora y luego partiremos, a pie. Aprovecharemos para hacer una visita, después del baño, ya oscurecido.

— ¿A quién? Si puedo saberlo, claro…

— Unas damas amantes de la noche. Deberás tomar buena nota de todo para describirlo correctamente en tu diario.

Me dejó, y yo subí a mi celda para recoger los útiles de escritura, sintiendo una notable turbación ante la noticia de ese encuentro nocturno, cuya naturaleza sospechaba, pero incapaz de decidir si sentía temor o apetito.

Don Martín no llevaba el yelmo, pero sí la cota de malla, la espada y el puñal. Y yo el terciado, tal como me ordenó. Ambos nos protegíamos del inclemente tiempo con capotes encapuchados. Mientras caminábamos hacia el otro lado, me explicó que no era conveniente pasear desarmado por esos barrios, aunque normalmente no ocurría nada grave.

— Hace algunos años, el Concejo del Norte prohibió acudir con armas a los baños públicos. Hasta entonces había que dejarlas en la entrada del establecimiento, antes de desnudarse para pasar a tomar las aguas. Y con frecuencia desaparecían espadas y puñales, lo que generaba protestas y conflictos. Pero el remedio fue peor, porque a los visitantes desarmados les asaltaban antes y después del baño. Así que ahora hay unos arcones con llave, donde dejaremos armas y ropas. La llave nos la colgamos al cuello durante el baño.

— ¿Y vale la pena acudir a esos lugares, al otro lado? Cuando vi esta mañana a doña Asunción con la dueña, parecían muy tranquilas entrando en los Baños Calientes. Seguramente habrá otros abiertos hoy para los hombres. O vamos mañana.

— Tú mismo me contaste que iban acompañadas por un gendarme del señor de Trihuega. De ahí su tranquilidad. No debemos facilitar las cosas al gremio de los Ladrones, que ejerce en toda la ciudad. Por otro lado, a ti te conviene cruzar al otro lado, debes conocerlo para poder escribir sobre ese lugar.

No supe qué contestar porque entonces desembocamos en una avenida transversal, de gran anchura, cuyo eje era recorrido por el canal que separaba los dos lados de Ciudad Partida. Casi enfilado con la calle por la que habíamos llegado se hallaba un pequeño puente de piedra que permitía cruzar a la otra parte. Y allí nos esperaban don Alonso de Trihuega y don Gabriel de Mora, tan solo acompañados por el escudero Gil y el paje Hilario que, como yo, llevaban unas bolsas con mudas de ropa.

Para mi sorpresa, nadie nos pidió documentos o dinero para pasar el puente, y sin más problema nos adentramos en la mitad norte de Ciudad Partida, los dominios de los hijos de la Tierra. Por la conversación de los señores pude adivinar que sólo don Martín conocía la ciudad, y era él quien mostraba el camino a los otros dos, interesados en visitar un lugar que supuse sería el de las famosas damas de la noche. Y entendía yo que damas de ese oficio también las habría en nuestro lado, al sur de la urbe, por lo que el especial atractivo de las que íbamos a visitar solo podría consistir en su naturaleza de gaiades. Hembras sin alma, no humanas. Dudaba yo que la bula amparara tales excesos, y decidí no tomar parte en ellos, por mucho que me comieran la curiosidad o el deseo.

No me es fácil describir la ciudad de los hijos de la Tierra, salvo para decir que era una mera suma de construcciones de todo tipo, plantadas sobre el terreno de forma desordenada, dejando entre ellas unos espacios residuales carentes de forma y proporción, indignos de llamarse calles o plazas. Espacios a veces ocupados por grandes árboles de especie para mí desconocida, otras veces reducidos a pasillos estrechos por los que apenas podía deslizarse un único transeúnte.

Transeúntes variopintos, que eran sin duda hijos de la Tierra, nos miraban con leve curiosidad, pero manteniéndose distantes, probablemente al ver nuestras armas. Yo los devoraba con la vista, e intentaba guardar en la memoria todos sus rasgos, que esperaba luego recoger en mis notas, sin perder detalle. Incluso podría trazar unos dibujos para ilustrar lo que deseaba convertir en el más bello de los manuscritos, codiciado por las mejores bibliotecas del reino.

Mas descarados que otros, tres capricornios apoyados en una pared nos miraron burlones y alguno llegó a hacer un gesto obsceno, al que no hicimos caso. Como otros de su raza que vi posteriormente, vestían camisa y jubón, pero mostraban desnudas sus piernas, o mejor dicho, sus patas de cabra. Un delantal de cuero cubría sus vergüenzas, aunque nada tapaba su trasero, salvo el denso pelaje de su piel. También vestía ropas parecidas un hiporión que vi trotar entre dos torreones, aunque éste solo cubría su torso de hombre, dejando totalmente desnudo el cuerpo equino. Quedé maravillado al comprobar la existencia de dicho ser, pues hasta ese momento, y a pesar de lo ya visto y oído, pensaba que algunos de los más absurdos hijos de la Tierra eran meras leyendas. Pero si un caballo con torso de hombre existía, entonces nada era imposible.

Al llegar a un espacio más amplio, sólo ocupado en su centro por uno de esos misteriosos árboles de grandes copas, mi señor se detuvo, señalando al edificio del lado opuesto. Muros de ladrillo, con pequeños huecos muy altos, casi pegados a los aleros de unos tejados de fuerte pendiente coronados por numerosas chimeneas. Y don Martín dio una breve explicación, creo que principalmente dirigida a mí.

— El Baño de las Hadas. Llamado así porque lo ofician las hadas de un nido, aquí asentado. Las hadas doncellas atienden a los clientes. Las hadas madres están en recintos separados, no las veremos, aunque sí, quizás, al hada madrina, quien ordena y dirige el nido.

Y mientras nos acercábamos a la puerta, mi señor creyó oportuno adelantarme otro dato sobre las costumbres de aquel lugar.

— Las hadas gustan de recolectar la simiente de los hijos de Dios. El baño es una ocasión muy propicia. Desgraciadamente, esa operación proporciona un intenso placer, lo cual es pecado. Habrá que cumplir la penitencia que nos imponga el confesor. Pero eso será mañana.

— ¿Puedo negarme a ser objeto de semejante tratamiento?

Don Martín me miró con sorpresa, y finalmente me dijo que sí, que podría eludir la aproximación de las hadas succionadoras. Pero que saldría más caro.

— Si el pago por el baño no es en especie hay que hacerlo en monedas. Quizás hasta diez blancas, que deberé abonar yo. Aunque... hay otra forma de pago, creo. Sangre. Pero no lo recomiendo. Quien posea una ampolla con tu sangre podría usarla para encantamientos que te esclavizarían.

No me tranquilizaron esas palabras, pero no pregunté más, pues estábamos ya en el portal, recibidos por un trío de hadas.

He disfrutado dibujando a muchas de estas hijas de la Tierra, todas diferentes unas de otras, aunque las de un mismo nido comparten unos rasgos comunes que las hacen inconfundibles. Las hadas doncellas, como las que asistían a los bañistas y cobraban el estipendio debido, eran extremadamente delgadas, carentes de las formas redondas habituales en las mujeres de nuestra raza. Vestían túnicas de colores diversos y tejido sutil, que dejaban adivinar sus cuerpos bajo los leves velos. Poco después, hasta esas mínimas barreras desaparecieron, porque se desnudaron totalmente al acompañarnos a la sala de aguas. Desnudas como nosotros, que habíamos dejado toda nuestra impedimenta en la sala de arcones. Mis acompañantes parecían muy satisfechos con la situación, y hacían comentarios jocosos sobre todo ello, saludando a voces a otros clientes que ya estaban dentro. No era mi caso, carente de experiencia en desnudeces colectivas y encuentros cercanos con otros u otras. Un hada se percató de mi timidez y se acercó, me tomó de la mano y me llevó a una cuba pequeña, apta para solo una persona, invitándome a meterme en ella y así eludir la necesidad de compartir el baño, como ocurría en la mayoría de las tinas, generalmente usadas por al menos dos personas, bien dos clientes o un cliente y un hada servicial. Hablan poco las hadas, y aquella se limitó a susurrar su nombre, que me pareció entender era Elina. Como sus hermanas, tenía una cabeza grande, de perfil triangular, casi como un cono invertido, sobre un cuello ágil y esbelto. El pelo negro iba recogido en trenzas atadas sobre la coronilla, y ese era todo el pelo del hada, aparte de las largas pestañas en torno a los grandes y brillantes óvalos de sus ojos, donde el iris violeta parecía ocupar la totalidad del globo visible. Si la nariz era mínima, en cambio la boca era generosa, de labios carnosos. A diferencia de lo que nos ocurre a los hijos de Dios, la delgadez del hada no mostraba en exceso sus huesos, sino que su esqueleto estaba perfectamente revestido por elásticos músculos y fina piel dorada. No tenía pechos como las mujeres, aunque sí pezones, erguidos, grandes y oscuros.

La sala de aguas estaba ocupada, en su perímetro, por sucesivas bañeras, cubas de madera de varios tamaños. El centro de la sala era una piscina donde se recogían los desagües de las cubas. A éstas les llegaba el agua por unas tuberías de plomo pendientes del techo y también mediante los cántaros manejados por las hadas incansables. Elina me dejó en mi bañera, provisto de un trozo de jabón, y marchó a atender a otros clientes, lo que yo aproveché para frotarme a fondo y luego quedar reclinado, la cabeza apoyada en el borde de la tina, los ojos cerrados, disfrutando del agua todavía caliente. Me sacó de ese agradable sopor una mano ágil que se había sumergido en el agua y exploraba donde lo hizo dos noches antes la dueña Mencía. Era el hada Elina, que con un susurro me pidió acompañarla. Seguí su mirada, viendo que en un extremo de la sala había una puerta, cubierta por cortinas, y por la que en ese momento salían el escudero Gil, el paje Hilario y un hada que los conducía asidos de la mano. Sin duda la operación de extracción del fluido viril se hacía fuera de las bañeras.

— No puedo acompañarte, no debo cometer ese acto...— dije con amabilidad, no queriendo ofender a quien me miraba con dulzura. Y le retiré la mano indagadora.

— ¿No me encuentras hermosa? ¿Prefieres a otra de mis hermanas?

— Eres la más bella, pero mi religión no me lo permite.

Elina me miró perpleja y, al cabo de unos segundos, sonrió, se encogió de hombros y se retiró en dirección a una cuba donde chapoteaban dos hirsutos clientes que la recibieron con apetito. Y poco después se llevó a uno de ellos hacia la puerta de las cortinas. Yo sentí un absurdo ataque de celos. O eso interpreté que eran lo nunca experimentado antes, un fugaz pero doloroso sentimiento de envidia, pérdida y decepción.

El agua se estaba enfriando y salí de la bañera cogiendo la toalla que Elina había dejado cerca, me froté y sintiéndome más cómodo al poderme tapar con ella, me acerqué a la bañera donde seguía sumergido mi señor don Martín, para pedirle la llave del arcón donde se guardaban nuestras ropas y armas. Pero el caballero saltó fuera de su tina, cogió su propia toalla y llamó a voces a los demás miembros de nuestro grupo, recordándoles que nos aguardaba otra visita.

Mi señor y yo nos vestimos con rapidez y salimos al exterior para esperar a los demás, lo que quise aprovechar para hacerle algunas preguntas, pero él se me adelantó.

— Creo que has resistido la tentación, lo que te honra, aunque me ha costado unas monedas. ¿O lo que te ocurre es que no sientes deseo por las hembras?

— ¡No, no es eso! El hada Elina era muy hermosa, pero... Desde que entré en el monasterio, hace diez años, me han enseñado que hay que vencer la debilidad de la carne. Quizás allí no era tan difícil, porque sólo se podía pecar con la imaginación, y era una pobre imaginación, sin contaminar con visiones y relatos que la pudieran inflamar. Bueno, salvo cuando encontré unos escritos de Petronio y Nono, y algún otro. Pero... además son hijas de la Tierra. Pecar con ellas es mucho peor que hacerlo con la más baja meretriz... En muchos lugares de la Cristiandad se castiga con la hoguera.

— Está bien, observa y escribe. Aún faltan días para la fiesta del Dragón. Podrás descubrir parte de los secretos de Ciudad Partida, no todos, claro. Y el conocimiento te hará cambiar, aunque no sabemos hacia dónde.

— Me preguntaba por qué las hadas nos sirven con sus baños. Si lo que desean es procurarse la simiente de los hijos de Dios, la podrían obtener sin dar nada a cambio. Supongo que la gran mayoría de hombres está dispuesta a hacer esos regalos tan placenteros sin necesidad de mayor persuasión.

— Es un negocio. La razón de ser de esta ciudad es el comercio entre humanos y gaiades.

— A eso me refiero. Los clientes obtienen el servicio del baño y el placer carnal, dos productos, a cambio de uno solo. Las hadas no hacen tan buen negocio.

— O quizás para ellas nuestra simiente vale por dos. Además, el pago no acaba ahí. Faltan la confesión y la penitencia, que no es leve.

— ¿Se hacen dos pagos, pues? ¿Y los que no se confiesan? ¿O no cumplen la penitencia?

— El Santo Oficio tiene una nutrida delegación en la ciudad. Comprueban que los pecadores se rediman. Mañana mismo un mensajero de las hadas llevará a la Casa Ciega, así se llama, una lista de los que hemos entregado nuestros fluidos. Y antes de abandonar Ciudad Partida deberemos mostrar que hemos purgado nuestro pecado.

— ¿Y de no hacerlo?

— El Santo Oficio emite una condena a la hoguera, que cualquiera puede aplicar, quedándose con los bienes del impenitente. Pero tú no tienes motivo de preocupación, al menos por hoy... ahí llegan nuestros compañeros. Vayamos a la nueva visita.

Era una choza, muy grande, pero no podría nombrar de otra manera a aquella construcción formada por un encalado muro cilíndrico y una cubierta cónica de ramas, de cuyo vértice sobresalía una chimenea humeante. Solo había una apertura, una puerta pequeña que obligaba a inclinarse para pasar al interior. Pero sólo lo hicieron los dos caballeros y el burgués, pues nos ordenaron esperar fuera a escudero y pajes, equipados con los hachones adquiridos en los baños, y que ya era necesario encender.

— ¿Sabes a quién visitan? — me preguntó Gil, con un tono desagradable, como si le irritase sospechar que mi señor me hacía partícipe de sus secretos. Me encogí de hombros y me separé de ellos, acercándome al gran árbol que se erguía a unos pasos. Las primeras ramas nacían cerca del suelo, se podrían alcanzar estirando el brazo, y estaba intentando averiguar de qué especie arbórea se trataba, cuando vi a alguien sentado más arriba, a no mucha distancia de mi cabeza. Un ser barbudo, anguloso y de pequeño tamaño, aunque manos y pies eran mucho mayores que los míos. Era, sin duda, un homúnculo. Me observaba con interés y habló.

— Tus amos son imprudentes, al visitar la Casa Negra. Quizás no vuelvas a verlos.

— ¿Por qué la llamas así, si las paredes son blancas? ¿Y quién la habita?

— Las Brujas Negras. Son tres, y de ahí el nombre de la casa.

— Mi señor y sus aliados son poderosos e inteligentes. Cerrarán con éxito el trato por el que han venido.

— Te compro el cuchillo.

— ¿Mi cuchillo? Se llama terciado y no está en venta.

— Todo está en venta. Te pago con esta fruta, que solo crece en mi árbol. Moña, se llama.

— Un nombre ridículo, si es cierto, y ¿qué propiedades tiene?

— Su pulpa alivia el ardor de estómago.

— Mi estómago está sano, y te repito que no vendo mi terciado, que además es muy grande para ti. Pero me gusta tu conversación… ¿a qué familia o tribu perteneces?

— ¿Acaso no es evidente? Pertenezco a la raza de los colosos.

— Pensé que eras un homúnculo. Por el tamaño, principalmente.

— ¿No te ves obligado a mirar al cielo para dirigirte a mi cara? No me alcanzarías ni siquiera saltando. Y podría embolsar tus dos manos en una sola de las mías. A mi lado eres un enano diminuto.

Se calló, esperando mi respuesta, pero decidí que era inútil discutir, y volví al asunto de las brujas.

— Veo que todos los habitantes de esta ciudad os dedicáis al comercio, así que dime, ¿cuál es el negocio de las Brujas Negras?

— Yo no trato con ellas, pregunta a tus amos si vuelven.

Y el homúnculo saltó a una rama más alta, dando por concluida la conversación. Gil e Hilario se habían acercado para escuchar, y el escudero dijo:

— ¡Que enano más repugnante! Debíamos habernos quedado en los baños, me sobra la fuerza para servir unas cuantas bocas más... y mira a Hilario ¡se ha inaugurado, ja, ja!

El joven paje no parecía muy orgulloso de su reciente experiencia, y se apartó bruscamente cuando el escudero le dio una palmada. Recordé que habían ido juntos a la habitación de las extracciones, y sospeché que quizás las manos del escudero Gil se habían movido con excesiva libertad, sin distinción de sexo. Y creí oportuno reducir su entusiasmo.

— Deberéis cumplir una dura penitencia. Quizás no compense un breve instante de placer.

— ¡Ja, ja, breve dices! Vienes de un monasterio, así que no conoces mujer...

— Las hadas no son mujeres.

— ¡No, son algo mucho mejor! ¡Y las llaman doncellas, ja, ja! De lo otro... ya encontraré a un clérigo amigo, para lo del certificado penitencial.

No quise seguir hablando con un individuo que me parecía indigno de ser armado caballero, pues ese era su futuro próximo, habida cuenta de su condición de escudero de un noble. Y entonces los señores salieron de la Casa Negra, serios pero indemnes y con todo su equipo. Nos acercamos a ellos y habló don Martín.

— Hemos terminado por hoy. Antes de que suenen las doce campanadas debemos estar de vuelta en nuestro lado. En marcha.

3
LA PENITENCIA

No tuve ocasión de hablar a solas con don Martín esa noche, ni tampoco por la mañana, pero tras los laudes le vi quedarse en la capilla, y sentarse junto al confesor. Así que esperé a que terminara y entonces me acerqué yo para hacer lo propio. Frey Henrique me escuchó en silencio, y al terminar preguntó si confirmaba no haber consentido a las propuestas del hada. Su tono me hizo pensar que dudaba de mis palabras.

— ¿Has estado alguna vez con una mujer?

— Todavía era niño cuando me acogieron en el monasterio, y este es el primer viaje que hago fuera de él. Exceptuando algunas salidas a Toledo, acompañando al Bibliotecario y al Deán.

— Entiendo. Pero a tu edad el cuerpo siente intensas pasiones...

— A veces peco en soledad, como dije antes...

— Si, si, ya lo sabemos, algo venial... a no ser que sueñes con muchachos... ¿lo haces?

— ¡No, nunca!

— Está bien, esta noche permanecerás orando en la iglesia después del rezo de vísperas, hasta la medianoche, de rodillas. Y sin cenar. Yo te absuelvo...

Mi señor me esperaba en el claustro, acompañado de Timo, y me ordenó seguirle a los establos, donde me mostró un rocín manchado de no mucha talla.

— Vamos a salir al monte, los dos a caballo. Tú irás en ese, Canelo lo llaman. No te caigas. Trae los capotes y coge el terciado. Y un zurrón con víveres. También llevaremos esas dos lanzas cortas que ves allí.

Aunque nuestro destino estaba al norte, salimos de la ciudad por la Triple Puerta, ya que, sin permisos especiales, los cristianos no podíamos usar la Puerta Grande, abierta en el punto diametralmente opuesto, la norteña entrada a los barrios de los gaiades. Su nombre se debía a su gran tamaño, necesario para permitir el paso de los gigantes que, aunque con poca frecuencia, visitaban la ciudad. Rodeamos la muralla por el lado oeste, y al hacerlo pude comprobar que no había más puertas, un hecho sorprendente en una urbe de su tamaño. Aunque creí ver algún que otro postigo, siempre al pie de un cubo vigilante. En lo que debía ser el punto más occidental de la muralla se abría un arco bajo, por el que abandonaba la ciudad el canal que la partía en dos y que también servía para arrastrar en sus aguas todo género de desperdicios. Como ya había observado el día anterior, la corriente del canal era viva, bien alimentada por el caudaloso Taramas, y servía para mantener razonablemente limpio el interior de la ciudad. Con la colaboración del gremio de Basureros, cuyos carros se oían cuando estábamos en maitines. Vehículos que descargaban su pestífera mercancía en una gran hondonada que dejamos lejos, a nuestra izquierda, lugar bien señalado por la nube de aves de todos los tamaños y especies que sobrevolaban aquel festín.

Cruzamos el canal por un pontón y cabalgamos durante casi una hora, ascendiendo por las cada vez más abruptas laderas de la Gran Sierra, cubiertas de nieve en muchos puntos. Laderas cuyas cumbres se ocultaban tras el permanente telón de nubes que fluían desde la meseta y mantenían a Ciudad Partida en una sombra perpetua. Finalmente, mi señor se detuvo, bajamos de los caballos y los atamos a un rollizo de madera hincado verticalmente en el suelo, y en el que estaba pintado un número, el dieciséis. Montados hubiera sido difícil avanzar más, pues habíamos llegado a los límites de un arbolado muy denso, solo penetrable a pie, y aún con dificultad. Don Martín le echó agua al perro jadeante, me pasó la bota de vino, tras beber él, y me explicó el motivo de la expedición.

— Esta región al norte de la ciudad es la elegida por la Cofradía del Dragón para liberar a la bestia. ¿Sabes qué es este poste? Marca uno de los puntos de donde parten los cazadores, cada uno de un puesto distinto. Desde aquí puedes ver algunos otros, a lo lejos.

— ¿El dragón se oculta entre los árboles?

— Se embosca. El dragón vive la cacería como si nosotros fuésemos las presas.

— ¿Y hemos venido hoy...?

— A una pequeña exploración. Hace dos años que estuve aquí, y el terreno puede haber cambiado, aunque parece que no mucho. No ha habido incendios, y los leñadores han respetado las ordenanzas. Y no hay tanta nieve como para hacerlo infranqueable.

— Entiendo que no habéis visto al dragón con vuestros propios ojos...

— Te equivocas, Álvaro. Como sabes, no se puede atacar a la bestia mientras lo hace otro cazador. Tuve que permanecer inmóvil, observando a don Mario de Ojeda combatir. Fue muy breve. El dragón tiene tres cabezas. Con tres mordiscos simultáneos arrancó al caballero los brazos y la cabeza.

— Pero... pero ¡es horrible! ¿Cómo es posible que no se permita a los cazadores atacar reunidos a un monstruo tan poderoso?

— Es una noble cacería, no una mera operación de exterminio de alimañas. Aunque he oído rumores... quizás haya novedades en el festival de este año. Por eso te he traído conmigo a conocer el terreno.

No supe qué decir ante tamaña insinuación, pero quise aclarar otra duda.

— Cuando el dragón acabó con el señor de... Ojeda, ¿No debíais combatirle vos?

— Cierto, pero huyó velozmente con su trofeo sangriento. Era el primer día y no lo volví a ver antes de terminar el tercer día, que es el último. Aunque el dragón si encontró a varios cazadores.

— Hace dos años... ¿dónde ha estado todo este tiempo?

— No se sabe con certeza. Se dice que en una caverna permanentemente helada, abierta en la ladera norte de la Gran Sierra. Allí duerme hasta que los cofrades le despiertan.

— ¿A ellos no les ataca? ¿Son gaiades? ¿De qué estirpe?

— No pertenecen a una sola familia, pero sí, todos son hijos de la Tierra. Tienen influencia en los dos Concejos, porque el Festival del Dragón es una fuente de riqueza para la ciudad. Vienen muchos visitantes, que pagan por bulas, pasaportes, portazgos y pontazgos, además de comprar las mercancías que sólo se encuentran aquí. Y se dejan el dinero en tabernas, posadas y baños.

— Además de lo que se paga por la licencia de cazador. ¿Ya lo habéis hecho?

— No hay prisa. Los veteranos, los que hemos participado en el festival anterior, tenemos la plaza reservada. Don Alonso deberá ganar la suya en la subasta que se celebrará la semana próxima. No será fácil, pero dispone de amplios fondos.

— ¿Suyos o del onubense?

— El mercader hace una inversión arriesgada pero ambiciosa. Los despojos de un dragón excepcional como éste, se venderían a precio extraordinario, de hecho ya tiene ofertas de reinos lejanos, de Persia o Moscovia.

— ¿Pero qué seguridad tiene de que don Alonso vaya a ser el triunfador?

— No total, por supuesto, pero... Un hombre tan versado en negocios como don Gabriel dispone de algunas ventajas, quizás suficientes... Pero es hora de trabajar. Vamos a ensayar el tiro con lanza.

La lanza corta medía unos cinco pies y tenía una punta robusta. Don Martín escogió un árbol cercano cuyo tronco mostraba una cavidad del tamaño de una cabeza humana. Allí era donde debíamos hacer blanco con las lanzas. Y comenzó él, hincando el proyectil en pleno hueco. Mi primer tiro no fue tan certero, pero a medida que los repetía iba llevando la lanza voladora a su objetivo. Luego pasamos al habitual duelo de espada y terciado, hasta que fue hora de comer.

— Es una pena que no te adiestraran en el uso de las armas desde tu primera juventud, porque tienes cualidades — me comentó mi señor al terminar la sesión, lo que supongo era lo más próximo a un elogio saliendo de su boca.

Sentados en unas rocas, mientras mirábamos a Timo comerse las sobras, pregunté a don Martín por la visita a las Brujas Negras.

— ¿Eran socias del onubense? ¿O de vos, mi señor? ¿Qué venden?

— Como las demás brujas, y además de otras habilidades, destilan pócimas, elaboran talismanes, en fin... dotan a ciertos objetos de poderes mágicos.

— ¿Buscáis algo que sirva para destruir al dragón?

— No es tan sencillo. Las normas de la Cofradía establecen que los cazadores sólo pueden ser hijos de Dios, y deben usar armas de fábrica humana.

— ¿Por qué ayudáis al señor de Trihuega, si tan solo un único cazador puede alzarse con el triunfo?

— Nuestra relación va más allá de la caza del dragón, con ser ésta importante...

— ¿El encuentro en el camino no fue mera casualidad? Parecía que no os conocíais.

— Y así era, al menos cara a cara. Pero la conversación de aquella noche, junto al campamento de los romaníes, nos hizo ver que teníamos intereses comunes. Una alianza parecía provechosa.

Hubiera indagado más en los detalles de esa alianza, pero Timo saltó como un rayo, apuntando con el hocico hacia los árboles, y emitiendo un ronco gruñido. Nos levantamos de inmediato, asiendo las lanzas, viendo la vegetación agitarse. Y las ramas se separaron para dejar paso a un ser colosal, que avanzó pesadamente hacia el espacio libre y nos miró con calma. Tal vez alcanzase las seis varas de estatura, y era robusto en proporción, salvo por la cabeza, de tamaño aún mayor, de brillante cráneo pelado y barbas negras y enhiestas. Vestía un largo gabán hecho con pieles de oso, o tal me pareció. Sentado en su hombro, agarrado al pelo de la barba, viajaba con el gigante un gaiade menor, muy parecido al que habló conmigo frente a la Casa Negra.

— ¿Qué buscáis, pálidos? — preguntó el homúnculo con su voz chillona.

— Reconocemos el territorio de caza, como creo que hacéis vosotros, cofrades del dragón.

— Esas lanzas le harán cosquillas. Os devorará de dos en dos.

— La bota está medio llena. Bebed — dijo don Martín, y la arrojó para ser atrapada por la ancha mano del homúnculo, que bebió un chorro y luego pasó el pellejo a su colega, que apuró hasta la última gota. Apenas un buchito para una montaña como él, pensé yo.

— ¿Por qué dices dos? ¿Es esa la nueva regla que aceptará la Cofradía? — preguntó don Martín.

— El lunes se abre la subasta. Entonces se sabrá — habló el gigante, que nos tiró de vuelta la bota exprimida y reanudó su lenta y cachazuda marcha, alejándose de nosotros en dirección a la ciudad.

No hubo novedades hasta la mañana siguiente, domingo, pues en ese día la capilla del convento se abría a los fieles del común, para asistir a la misa dominical. Y allí estaba yo, somnoliento tras la penitencia cumplida por la noche, aunque al menos pude desayunar a gusto. Entraron don Gabriel de Mora y doña Asunción, escoltados por doña Mencía. Las vestiduras de la dama, más elegantes que las usadas para viajar, resaltaban su hermosura, que me pareció superior a la de cualquier otra mujer, aun admitiendo que mi conocimiento de la belleza femenina era escaso. Dejando a sus señores sentados en uno de los primeros bancos, la dueña se acercó a la pila de agua bendita situada junto a la entrada, y mientras caminaba parecía buscar a alguien con la mirada, alguien que resultó ser yo, pues al localizarme hizo un gesto discreto pero inconfundible. Suponiendo que mi castidad no corría peligro en aquel lugar, me acerqué a la oronda mujer, que me ofreció el agua de su mano. O eso creí, pero no era líquido bendito sino un billete bien doblado.

—Ya sabes a quién dárselo —susurró, se santiguó y volvió hacia su banco.

Durante la ceremonia, y luego, al salir los feligreses a la calle, no quité el ojo de mi señor y de doña Asunción, esperando observar un intercambio de miradas, un gesto de complicidad a la hora de darse la paz, un saludo al final de la misa, pero no hubo nada, y los burgueses se fueron sin mayor dilación, sin ni siquiera unas palabras entre el financiero y mi señor.

— No es el lugar ni el momento de hablar de dineros — me dijo don Martín cuando le comenté mi extrañeza por la distante actitud de un aliado. Quizás porque esa alianza se hacía al margen de la Orden de la Santa Luz, pensé. Pero me limité a dar el papel al caballero, quien lo abrió, leyó y guardó en el bolsillo del sayo. No quise preguntar sobre lo que parecía obvio. Y para mí, doloroso, pues mostraba como vulgar adúltera a aquella cuyo rostro parecía modelo de pureza.

Aproveché el tiempo hasta la hora del almuerzo escribiendo los últimos sucedidos, pero al hacerlo me di cuenta de que seguía ignorando muchas de las cosas que ocurrían a mi alrededor, y por ello mi escrito adolecería de demasiados vacíos, que debería intentar llenar, pero no veía cómo. Después de casi dos semanas de convivencia con don Martín, había comprobado que sólo me contaba aquello que le convenía, pero ocultaba todo lo demás.

Levantados de la mesa, le pedí permiso para salir a la ciudad, si no me necesitaba, dando a entender que cruzaría al otro lado, para conocerlo mejor. Me despachó con un gesto, ordenándome llevar el terciado al cinto, lo que hice. Pero no me dirigí a los barrios de los gaiades, sino a la lujosa hospedería donde se alojaban el burgués Mora y su séquito, denominada Posada del Buen Yantar. Era un edificio de planta cuadrada, con un claustro central, al que intenté acceder, siendo detenido por un peón malencarado, interesado en saber a quién buscaba. Le contesté con una amable sonrisa, al tiempo que retiraba mi capa, dejando ver la empuñadura del terciado.

— Quiero saber si hay cama disponible.

— ¿Para ti? Y tú ¿quién eres?

— Para mi señor, noble caballero que cazará al dragón. Para eso ha venido a esta ciudad. Yo soy su escudero, Álvaro de Pozas, nieto del conde de Pozas.

El esbirro cambió algo de actitud, pero no demasiado, quizás acostumbrado al paso de todo tipo de clientes por el establecimiento. Y me dijo que estaban completos.

— ¿Es que no sabéis que mañana empiezan las fiestas del dragón?

— Nos recomendó este lugar don Gabriel de Mora, que creo se hospeda aquí, con su esposa, doña Asunción.

— Como si os recomienda el duque de Secobia. No hay sitio.

— ¿Está en sus aposentos la señora Mencía, el ama de doña Asunción?

— ¿La de las tetas grandes? No pretenderás subir a verla, ¿qué te crees que es esta casa?

En ese momento vi al fondo del claustro a uno de los gendarmes que servían al señor de Trihuega y decidí retirarme, saliendo fuera y alejándome unos pasos, hasta la más cercana bocacalle, donde me quedé vigilando la entrada de la hospedería. Había tenido una intuición que resultó acertada, pues al cabo de unos minutos salió la comitiva formada por la señora de Mora, la madura dueña y el guerrero custodio. Les seguí con disimulo, hasta llegar a la vía de los Orfebres. Era una calle estrecha, con soportales a un lado, donde se abrían sucesivos talleres y tiendas, frente a los que doña Asunción se iba deteniendo para estudiar la mercancía, preguntar precios y comparar ofertas. Y de vez en cuando compraba algo, un colgante, un anillo, una diadema, que Mencía se encargaba de pagar con monedas que sacaba de una bolsa, y en la que guardaba lo adquirido, todo bajo la atenta vigilancia de su escolta. Ciertamente el burgués era generoso con los caprichos de su joven esposa, algo obligado habida cuenta de la diferencia de edad y de belleza entre ambas partes del matrimonio. Aunque yo carecía de experiencia en tales materias, de mis lecturas había deducido que esas diferencias podían ser causa de conflictos, y el billete enviado a mi señor era prueba material de ello. Una invitación al pecado. Meditaba sobre ello cuando la dueña salió de la tienda, dejando dentro a su señora y al guardián, me localizó con la mirada y vino hacia mí en línea recta.

— ¿Te propones hostigarnos continuamente? ¿Crees que no te vi seguirnos a los baños, el otro día? ¿O es que traes algún recado de don Martín?

— No... nada, pero ¿qué intriga es ésta? El papel ¿era de doña Asunción?

— No pretenderás que yo te cuente nada, si no lo hace tu señor.

— ¿Por qué no? Así también podré yo ayudarles a conseguir sus propósitos, como haces tú.

— ¿Y qué propósitos te imaginas que tienen, joven mal pensado? ¿Y cómo es que me tuteas?

Pero en ese momento salió doña Asunción a la calle, quedándose inmóvil al verme junto a la dueña, mirándonos con semblante sofocado, sin duda creyendo que yo era portador de una respuesta de don Martín. Como no era así, y viendo aparecer al gendarme de torvo semblante, decidí retirarme, tras una rápida inclinación de cabeza. Pero el sayón se acercó, preguntándome qué quería, tras confirmar que yo era el paje del caballero Martín de Pas. Así que improvisé.

— Debo redactar una descripción de los oficios que se ejercen en Ciudad Partida. Una encomienda del Prior del monasterio de la Santa Luz, donde resido.

— ¿No acabas de decir que eres un simple paje del caballero sin divisa? — respondió el guerrero, llamado Ursicio, nombre apropiado habida cuenta de su robusta y erizada constitución.

— Cuando no requiere mis servicios, mi señor me permite trabajar en mi escrito. Pero antes debo recoger toda la información necesaria, por eso estudiaba los talleres de esta calle de los Orfebres.

Ursicio no habló, mirándome con desconfianza, mientras hacía oscilar el hacha que llevaba en la mano. En cambio, doña Asunción mostró un inequívoco gesto de alivio, al comprobar que no mencionaba el delicado asunto de sus mensajes con don Martín. Era la esposa del burgués una mujer incluso más joven que yo, de rasgos delicados, de ojos grandes y castaños como su larga melena, apenas sujetada con una diadema de plata. Lo cual me dio una idea.

— Quizás doña Asunción quisiera indicarme cuál es el orfebre más distinguido, aquél a quien yo me pueda dirigir para preguntarle por los usos y costumbres de su gremio, aquí en Ciudad Partida.

— ¿Pretendes que la señora te ayude en tus labores de pintaletras? — exclamó Ursicio, pero doña Asunción interrumpió su ofendida indignación.

— Precisamente nos queda visitar al Maestro Mayor del gremio de Orfebres. Acompáñanos y podrás preguntarle todo lo que desees. Será muy amable cuando le haya comprado el anillo de que me han hablado.

Me incliné ante ella, y partimos calle arriba, Ursicio delante, doña Asunción detrás, del brazo de la Mencía, y yo cerrando la marcha.

El taller del orfebre maestro no era demasiado grande, calentado por una enorme chimenea situada al fondo, el suelo casi totalmente ocupado por bancos y mesas, las paredes recubiertas de herramientas de todo tipo. Un par de oficiales trabajaban con intensidad, sin ni siquiera alzar la cabeza cuando entramos, y más atrás el maestro estudiaba unas mínimas piezas que miraba con una lupa. Junto a él, un monóculo, más viejo y no tan robusto como los que encontré de visita en el convento. Parecían debatir sobre algún problema técnico, hasta que se dignaron percibir nuestra presencia y el maestro saludó a doña Asunción con una leve inclinación de cabeza. La señora contestó, no sin cierto sobresalto, pues hasta ese momento no había visto de cerca a un hijo de la Tierra, cuya apariencia debió impresionarla. Pero el enano de un solo ojo se limitó a retroceder unos pasos, dejando al maestro atender a las visitas. El negocio que llevó allí a la mujer se resolvió pronto. Un diminuto reloj montado en un anillo, que fue pagado con un papel, supongo que una de esas extrañas letras que luego podría cambiarse por dinero de verdad en un banco. Por ejemplo, en Santa Brígida. Hecho lo cual, doña Asunción me hizo señal para que me acercase a hablar con el maestro, y ordenaba a Mencía y Ursicio que esperasen fuera, en la calle.

Fue una conversación breve, pero en la que descubrí la existencia de los gremios gemelos. A cada gremio de los cristianos correspondía otro de los gaiades, y ambos se relacionaban entre sí, intercambiando artes y materias. El maestro respondía lentamente a mis preguntas, pero no pude avanzar mucho más, porque sentí una mano tomándome el brazo, la de doña Asunción, que me miró como si por primera vez me encontrase digno de atención, y me dijo que debíamos partir. Salimos juntos del taller, pero antes de reunirnos con los otros dos, susurró una pregunta impaciente.

— ¿Traes un mensaje de don Martín?

Sentí una malvada satisfacción cuando le dije que nada traía, y ella bajó los ojos y me soltó el brazo. No tenía excusa para acompañarlas y tomé otro camino, para cruzar al otro lado, aunque no por el mismo puente que en la ocasión anterior. A medida que me aproximaba a donde calculaba que estaría el canal iba oyendo ruido de voces y de movimiento de máquinas y herramientas, y me sorprendió encontrar una amplia plaza, que se extendía sobre ambos lados del cauce, cubierto aquí por grandes losas de piedra, dejando comunicadas entre sí las dos partes de la explanada. Y en ésta una turbamulta de carpinteros, albañiles, pintores y otros operarios trabajaban levantando vallas y tribunas. Viendo cerca a un anciano que observaba plácidamente el esfuerzo ajeno, le pregunté qué era todo aquello.

— ¡Para la selección, claro! ¿Es que acabas de llegar?

Le confirmé amablemente que así era, y me explicó la finalidad de aquellos graderíos y tribunas. Descubrí que la selección de los cazadores del dragón comprendía dos fases. Primero se celebraba una subasta que concedía el derecho a participar en un torneo, mediante el cual se limitaba el número de cazadores a los puestos disponibles. Torneo que se celebraba en aquel escenario que se estaba preparando, y al que acudía la población de los dos lados de la ciudad, además de los numerosos visitantes. Tras asegurar que los caballeros estaban locos, me miró con cierta sospecha, y me preguntó si yo era escudero de alguno de los futuros cazadores.

— Mi señor participó en la última cacería. Tiene su plaza asegurada.

— Bueno, de pagar no se libra, pero... sí, creo que no tiene que pelear en las justas...

— Creo que el dragón devoró a varios cazadores...

— Sí, ja, ja... y este año será peor.

— He oído que quizás se cambien las reglas...

— Se oyen muchas cosas, pero ¿de qué servirá que cada caballero pueda llevar consigo a su escudero? ¡Muchacho, deberías huir!

No seguí el consejo del anciano, pero volví al convento pensando en sus palabras, y tras los oficios y la cena, me acerqué a don Martín antes de que subiera a su celda y le rogué que escuchara lo que tenía que decirle. Asintió y volvimos al refectorio, donde los mozos terminaban de recoger. Don Martín tomó una medio llena jarra de vino, la vació en dos copas, me pasó una y nos sentamos en silencio, esperando a que los sirvientes se marchasen. Y una vez solos me hizo un gesto de adelante.

Empecé relatando el encuentro con doña Asunción. Mi señor escuchó, torció levemente el gesto y contestó.

— Esa mujer es impaciente e imprudente. Los negocios no deben mezclarse con el placer, al menos hasta dejarlos bien cerrados.

—Os ha conocido hace pocos días, apenas habéis intercambiado unos saludos... ¿y ya está dispuesta a cometer adulterio?

— A fornicar, folgar, yacer, gozar... a veces, Álvaro, hablas como un párroco sermoneando a los feligreses. Pero sí, es sorprendente, aunque sin duda no es la primera vez que engaña a su marido.

— ¿Vais a verla, a hablar con ella?

— No inmediatamente. Le transmitirás que debe tener algo de paciencia, mientras busco el momento y el lugar de tener un encuentro. Lo harás a través de su dueña, la del pecho abundante.

No me agradó mucho verme convertido en un alcahuete trotaconventos, encargado de tratar a doña Asunción como a una vulgar cortesana, y don Martín lo debió notar porque sonrió, me puso la mano en el hombro y dijo:

— No hace falta que hagas nada, sólo se lo dirás si vuelven a hablar contigo.

— Sí... sí, claro... pero hay otra cosa... se rumorea que en esta ocasión los cazadores del dragón podrán llevar consigo un aliado... su escudero seguramente.

— ¿Temes que te pida acompañarme en la caza?

— Como bien sabéis, yo no me he formado como guerrero, y vuestras lecciones son valiosas, pero todavía muy escasas…

— Y, sin embargo, el premio vale la pena.

— Supongo que será una fortuna, quizás suficiente para adquirir un señorío.

— Para eso el oro no es suficiente. Pero con la ayuda de la fama… pudiera ser.

— Y dar muerte al dragón proporciona ambas cosas, fama y fortuna. Pero eso también lo pretenden el señor de Trihuega y veintidós caballeros más. ¿Y qué busca el onubense? Si él costea la operación, se quedará con el botín, de tener éxito. ¿O tan grande es el premio que puede repartirse entre dos, o tres?

— Don Alonso ya posee un señorío, pero anhela verlo convertido en condado. Busca ante todo el renombre de ser el matador del más terrible dragón que se recuerda. En ese caso, a nadie le extrañaría que recibiese una recompensa real. Por supuesto, tampoco le repugna aumentar sus caudales, que son escasos, pues sus tierras son poco fértiles y no muy extensas.

— ¿Y vos, don Martín? ¿Un señorío? ¿O volver a la Orden?

— Todo a su tiempo, Álvaro. Y no temas, no es imprescindible que me acompañes en la caza, si por fin se autoriza. Puedo recurrir a uno de los gendarmes de don Alonso. Son guerreros con experiencia. Él llevará al otro, evidentemente, o tal vez a su escudero, Gil, creo que se llama. Aunque es una pena que no vengas. Pero comprendo tu miedo.

Por una parte, sentí cierto alivio al no verme obligado a participar en esa locura, pero también me noté invadido por algo parecido a la vergüenza. Me pregunté si tales sentimientos eran signo de cobardía irremediable o tan sólo el lógico temor ante el peligro. Lo que pensaba don Martín parecía estar claro. E intenté plantearlo como una cuestión de interés material y no de falta de valor.

— El acompañante del caballero, en caso de éxito… ¿qué obtiene?

— Una buena bolsa de monedas, sin duda. Aunque a ti no te servirían de mucho, pues deberías entregarlas al monasterio. Pero en cambio, el honor ganado sería decisivo a la hora de admitirte definitivamente en la Orden.

— Pero eso depende de la averiguación sobre la familia de mi madre... su limpieza de sangre...

— Eso depende de lo que quiera escribir el inquisidor. Y alguien que ha participado en la muerte del dragón tendrá la más limpia de las sangres, no lo dudes.

— ¿Por qué estáis tan seguro de que mataremos al dragón? ¿Tenéis una ventaja que yo ignoro?

— Mañana se celebra la subasta. No es tan espectacular como el torneo, por supuesto, pero todo el mundo asistirá, en esa plaza que hoy preparan. Aprovecharemos para hacer una visita a las Brujas Negras.

Quise saber más, pero don Martín dijo que ya era tarde, y que lo entendería más adelante. Repasando nuestra conversación, sospeché que era fingida la indiferencia de don Martín acerca de mi participación a su lado en la caza. No me lo ordenaba, no me lo pedía, pero recalcaba los beneficios a obtener. Me plantaba un cebo ante la cara.

Era un día frío, en el que minúsculos copos de nieve caían intermitentemente, aunque sin impedir que una multitud se congregara en la plaza central, para ver a los poderosos hacer alarde de sus riquezas pujando unos contra otros. Había también algún espectáculo, con caballeros de cartón luchando con dragones también de cartón, acompañados de músicos y saltimbanquis. Dejando atrás todo aquello, don Martín y yo, abrigados con nuestros capotes encapuchados, caminamos hasta la Casa Negra. Además de las armas habituales, yo llevaba, por orden de mi señor, la rodela, aunque oculta en un saco al hombro. Al llegar miré al gran árbol y allí seguía el homúnculo indiscreto, que seguramente vivía en alguna especie de nido, invisible desde el suelo. Se lo hice saber a mi señor, pero no le dio importancia y golpeó en la puerta, que tras un rato se abrió lentamente, sin que nadie tirase de ella. Lo que me pareció un artificio facilón por parte de las brujas. Y pasamos al oscuro interior, cuyo centro ocupaba un hogar bien cebado y al que nos acercamos agradecidos. De entrada, no vi a nadie y sólo cuando nos calentábamos junto al fuego salieron de entre las sombras las tres amas de la casa. Entendí el porqué de su nombre, pues sus vestidos y agudos sombreros eran tan negros como su tez, de un negro puro e intenso que yo nunca había visto antes. Eran altas y esbeltas, de juveniles movimientos pero piel centenaria, pues su textura era un laberinto de finísimas grietas, como a punto de desmoronarse.

— Bienvenido, caballero renegado. Ha venido contigo el bastardo. Una pareja apropiada — dijo la Primera. Y la Segunda le preguntó si había traído el pago convenido.

Don Martín sacó de debajo de la capa una bolsa de cuero que alargó para ser cogida por la Tercera. Y durante unos minutos las tres brujas examinaron el contenido de la bolsa, consistente en unas docenas de perlas de la lejana Asia. Me dije que era propio de una bruja saber de mi filiación aún sin conocerme, pues no creía que don Martín se hubiera dedicado a hablarles de mi familia en su visita anterior. Y me pregunté si sabrían predecir cuál sería el resultado de la cacería. No debía ser muy difícil para unas brujas de tan grande categoría, como eran estas. Aunque de ser así, todo el sistema de apuestas estaría falseado, a no ser que los corredores hubiesen recurrido a protegerse mediante otros encantamientos. Me sacó de mis reflexiones la voz de la bruja Primera, manifestando que el pago era conforme a lo estipulado, y que procedían a entregarnos las contrapartidas, pues eran dos. Don Martín las tomó y también las inspeccionó minuciosamente, antes de dar por buena la transacción. El primer objeto era un frasco de vidrio lleno de un material purulento e incoloro. Podía ser cualquier cosa, pero mi señor hizo una prueba definitiva. Me ordenó tomar la rodela y ponerme al otro lado de la sala, cubriéndome con el redondo escudo, pero antes lo frotó con un puñado de la tierra del frasco.

— ¡No te muevas! — gritó, mientras arrojaba una lanza corta contra mí. No me dio tiempo a sobresaltarme, pues la pica rebotó y se partió en pedazos.

— Perfecto — dijo, se guardó el frasco en un bolsillo y se acercó a la otra adquisición. Era una caja redonda con tapa de vidrio, como de unas cuatro pulgadas de diámetro, en cuyo interior descansaba un pequeño huso, del tamaño de un dedo, y que oscilaba levemente.

— ¿Sabes lo que es una brújula?

— Sí… pero eso no parece la aguja…

— Porque es un dedo. De un caballero muerto por un dragón. Hace mucho tiempo. Veamos si está reparada y conserva el poder…

Don Martín dejó la caja sobre una mesa y movió un cabezal que sobresalía del lado de la caja, lo cual liberó al dedo que giró con rapidez hasta detenerse, apuntando hacia una dirección cualquiera. Pero la bruja Primera levantó un farol y se acercó al lugar señalado, y allí, colgada en la pared como un trofeo de caza, vimos una zarpa bestial, de piel escamosa y uñas como hoces. Me admiró que fueran propietarias de algo tan valioso como una garra de dragón, lo que indicaba que debían ocupar un muy elevado puesto en la jerarquía de los Otros.

Verificada la bondad del instrumento, Don Martín guardó la brújula dragonera junto con el frasco, mientras yo volvía a meter la rodela invulnerable en el saco. Y noté a una de las gaiades cercana a mí, mirándome con lo que me pareció hambre, más que deseo.

— Es poco frecuente encontrar a un mozo de tus años.

— ¿Mozo?

— Virgen. Desconocedor de mujer. U hombre.

E hizo un gesto parecido a una sonrisa, pero sacando una lengua larga y ágil, que hubiera rozado mi cara de no haber retrocedido yo vivamente.

— No nos dijiste que disponías de un siervo tan valioso — habló otra de las brujas, mirándome con no menos ansia que su hermana.

— Me es necesario para la caza del dragón. Cuando todo termine volveremos para hablar de negocios — contestó mi señor, agarrándome del brazo y llevándome a la puerta.

— ¿Qué... qué significa todo esto? — exclamé, ya en la calle y caminando con presteza de vuelta a nuestro lado.

— No te preocupes, no te voy a vender a las brujas. Pero era conveniente salir de allí cuanto antes.

— ¿Qué pretendían hacer conmigo?

— Supongo que extraerte donaciones corporales con las que elaborar sus ungüentos y bebedizos.

— ¿Sacarme el hígado? ¡Dios mío! ¿Y si envían a alguien a por mí?

— No es probable. En Ciudad Partida reina la ley, aunque también abundan los que la quebrantan, como en todas partes. Los sacrificios humanos están terminantemente prohibidos.

Seguimos caminando e intenté distraer mi temor preguntando a mi señor por la finalidad de los objetos entregados por las brujas.

— Los polvos que hacen invulnerable un escudo, o una armadura, los utilizará el señor de Trihuega en el torneo de mañana. Con ello se garantiza su selección como cazador.

— ¿Y mi rodela? ¿Por qué no habéis traído vuestra adarga...? Entiendo, usareis parte del polvo en ella, antes de darle lo restante a don Alonso.

— Sería inútil. El poder de esos polvos apenas dura un día. Servirán como ayuda mañana, nada más.

Un tanto decepcionado, pregunté por la brújula, aunque ya suponía su utilidad.

— El dedo señala la dirección en que se encuentra el dragón más próximo. Vivo o muerto, como habrás observado.

— Una gran ventaja, aunque sólo facilita encontrar a la presa, no ayuda en el combate...

— Las normas que rigen la caza prohíben usar armas con poderes ocultos, pero la brújula no es un arma. Estrictamente hablando, claro.

— ¿De qué os sirve, si será el señor de Trihuega quien la lleve? ¿O no se la vais a dar?

— La llevará él, pero yo estaré cerca. Los postes de salida están numerados y elegiremos dos números consecutivos, o muy próximos. Y llevaremos unos timbres, además de cuernos de caza. A poco de comenzar la batida yo me habré reunido con él y seguiremos juntos el rumbo que marque el dedo del cazador muerto.

— Pero no podréis atacar juntos al dragón.

— Cierto. Nuestro acuerdo conlleva que él será el primero. Con la ayuda de su escudero o su gendarme, si se confirma que se permite tal cosa.

— Si consigue la victoria todo vuestro esfuerzo habrá sido inútil.

— No del todo, pues al menos recuperaré los gastos, y algo más. Forma parte de nuestro acuerdo con don Gabriel. Pero sí, lo que yo busco es la victoria.

— Lo que depende de la muerte de vuestro aliado.

— Y de derrotar al más temible dragón del que se tiene noticia en mucho tiempo. Le propuse a don Alonso ser yo quien llevase la brújula, pero se negó. Dudo que pueda alcanzar el éxito, pero no ha venido hasta aquí para hacer de simple espectador.

— Quiero acompañaros... aunque tal vez prefiráis a uno de los gendarmes, a Ursicio quizás...

Me miró de soslayo, creo que con un atisbo de sonrisa, como habiendo conseguido lo que se proponía, pero sólo me dijo:

— Esperemos a saber que dice exactamente la Cofradía del Dragón.

Habíamos vuelto a nuestro lado, y nos dirigimos al Buen Yantar, donde encontramos gran bullicio y abundante personal. Muchos de los vencedores en la subasta matutina celebraban su éxito, y el olor a corderos y cochinillos bien horneados invadía las salas de comida. En torno a una mesa ampliamente provista se sentaban nuestros aliados y allí nos acercamos. Don Alonso se levantó como un resorte, una mirada inquisitiva que pronto se calmó cuando don Martín le dijo haber conseguido todo lo necesario.

Los señores, incluyendo a doña Asunción, se sentaban en un extremo de la mesa, los sirvientes en el otro, y por extraña casualidad me vi situado junto a doña Mencía, que parecía haber despachado ya alguna jarra de vino, pero se comportó con razonable discreción, centrada en dar buena cuenta de los asados. Sólo con los postres me prestó más atención, explorando con una mano mientras me preguntaba al oído cuando iba mi señor a contestar a su señora. Y siguiendo mis instrucciones, le expliqué que debería esperarse a terminar la caza del dragón.

— ¡Qué tontería! ¿Y si matan a don Martín? Tenemos dos días antes de que se vayan al monte. Esta tarde iré a ver una casa donde alquilan habitaciones, y que me dicen es muy discreta. Está en la otra parte. Puedes acompañarme.

En ese momento se levantaron los señores y así evité responder a la dueña. Don Martín y yo salimos a la calle, para volver al convento, y le informé de lo hablado con la mujer. Me dio una palmada en la espalda y dijo, para mi sorpresa:

— Aprovecha la ocasión y acompáñala. Y, por cierto, volviendo a tus temores acerca de lo que puedan hacerte las brujas, ya tienes una solución fácil a tu alcance. Prueba la habitación. Deja que la Mencía te desvirgue.

— ¡Pero, pero... es pecado! Y, además, es muy mayor. Seguro que ya ha cumplido los cuarenta.

—Así te enseñará todo lo necesario. Pero también puedes conservar la castidad, aunque ya sabes las consecuencias. Deberás cuidar constantemente tus espaldas mientras vivamos en esta ciudad.

4

EL TORNEO

Los aspirantes a cazadores eran demasiado numerosos aún después de la subasta, y el torneo en el que se decidía su participación en la batida era la gran atracción del Festival del Dragón. Al menos para la mayor parte de los espectadores, ya fueran visitantes o residentes. Para el público, de la caza propiamente dicha sólo llegarían noticias de segunda mano, y a veces los restos de los vencidos por el dragón. Por supuesto, la traída del cadáver del monstruo, para ser paseado por las calles de Ciudad Partida y exhibido en la Plaza Central, hubiera supuesto un espectáculo sin rival. Pero no se estimaba cosa muy probable. Las apuestas estaban claramente en contra de que alguno de los veinticuatro caballeros elegidos fuese capaz de dar muerte a la bestia, ni siquiera con la ayuda de un gendarme o un escudero, por fin aprobada dicha novedad en las normas de la caza, confirmando los rumores de días anteriores. Y yo le reiteré a don Martín mi disposición a acompañarle. Accedió sin demora, indicando que deberíamos aprovechar el par de días que nos quedaban para practicar todo lo posible. Se le veía satisfecho, pero yo no dormí mucho aquella noche.

El día del torneo, el martes, comenzó con una misa oficiada por el arcipreste de la basílica de Cristo Rey, la mayor iglesia de la ciudad, que en algunas ocasiones hacía las veces de catedral, pues el fuero de Ciudad Partida no autorizaba la existencia de auténtica catedral, ni de obispo, por tanto. Misa a la que asistieron todos los caballeros que poco después se enfrentarían entre ellos. No fue muy larga la ceremonia, y una vez terminada nos dirigimos en procesión a la plaza. Don Martín tenía sitio en la primera fila, pero yo debí subir a lo más alto del graderío, lo cual no era del todo inconveniente, pues desde allí podía ver no sólo el coso sino a buena parte de los espectadores, incluyendo a los apostados en el graderío de enfrente. Allí se agrupaban los espectadores del otro lado, también muy numerosos, a pesar de que nadie de su raza participaba en el torneo. No podía dejar de mirarlos, deseando haber tenido a mano la herramienta de un pintor, para retratar aquella multitud que reunía a todas las estirpes de los hijos de la Tierra.

Sobresalía el gigante que conocimos en la montaña, con su inconfundible bóveda craneal, aunque no era el único en su género, pues era fácil distinguir a otros siete colosos, inmóviles como estatuas, sus ojos fijos en la arena todavía vacía. Y capricornios, monóculos, hiporiones, hadas, brujas, lobisomes, homúnculos, además de otras castas que no pude reconocer a primera vista. No vi a las Brujas Negras, quizás poco proclives a exponerse bajo la luz diurna, que ese día era intensa, irradiada por las nubes de plata. Busqué a Elina entre las hadas, pero era imposible reconocerla, suponiendo que hubiera venido, porque todas ellas iban cubiertas de cabeza a pies con largas y coloridas vestimentas que solo descubrían los ojos.

En el centro de cada graderío se alzaba una tribuna cubierta, donde se sentaban los concejales del correspondiente lado. El que parecía presidir el de enfrente era un capricornio de blanca barba y largos y retorcidos cuernos, signo de su edad. A su lado se sentaba una hembra de muy amplias y desajustadas proporciones, de cabeza calva, antebrazos peludos y con una enorme boca, como de rana. Tarascas se llamaban las geoides como ella. Sonaron las trompetas, y al poco, recibidos por el griterío de los espectadores, entraron los caballeros desde el flanco derecho de la arena, desfilando ante nosotros a un trote lento, hasta quedar todos agrupados en el extremo opuesto. Un heraldo tocó de nuevo su trompeta, un voceador gritó el nombre de un caballero, y éste galopó ante nosotros, acompañado por las aclamaciones de la multitud. Y al primero fueron siguiendo los demás, uno a uno. No todos eran igualmente ovacionados, pues era evidente que unos eran más queridos que otros. El jinete llamado Beltrán del Pino se llevó los máximos honores populares y pregunté a mi vecino de al lado, que también había gritado con entusiasmo. Según me dijo, el caballero del Pino había participado en la cacería del dragón anterior, hacía como diez años. De hecho, fue el que dio muerte a aquella bestia. Y el pueblo esperaba que también fuera capaz de acabar con el dragón actual.

— En la última caza, hace dos años, no pudo acudir. Estaba en la campaña de Túnez. Mala suerte — dijo el ciudadano.

Yo pensé que no encontrarse con el dragón quizás fuera una bendición de Dios, pero me limité a asentir con gesto grave, y volví a observar los ritos llevados a cabo por aquellos hombres fuertes y saludables, que invertían buena parte de sus fortunas en alcanzar el derecho a ser devorados por un engendro del infierno.

El siguiente acto consistió en la marcha de todos los caballeros hasta el centro de la arena, para quedar frente a la tribuna del Concejo del Sur, y allí esperaron mientras el voceador volvía a llamarles, dándoles un número a cada uno. A medida que lo recibían, galopaban hacia uno de los extremos de la palestra, los que tenían número impar a la izquierda, los pares a la derecha. Se habían despachado setenta y dos números, así que tras la primera ronda quedarían treinta y seis, todavía demasiados, pues sólo había quince plazas disponibles; las otras nueve, hasta completar veinticuatro, estaban reservadas a los veteranos de la caza anterior, como mi señor.

Yo esperaba el comienzo inmediato de los choques, pero aún faltaba representar un acto más de aquella función preliminar. La tribuna del otro lado era alta, y su frente, desde la barandilla superior hasta el suelo, estaba cubierto con unos cortinajes, como el telón de un teatro. Según he leído, porque nunca he acudido a un teatro, ni siquiera para ver un auto sacramental. Y ahora ese telón se abrió, dejando salir un gran dragón rugiente, que culebreó por la arena entre las aclamaciones de los hijos de la Tierra. Un dragón de madera, cartón y tela, movido por lo que supuse era una cuadrilla de homúnculos o monóculos agolpados en su interior. Las ovaciones de los geoides fueron contestadas por los abucheos e insultos proferidos por los cristianos, y así transcurrió la función, hasta que sonaron las trompetas y la enorme marioneta se volvió por donde había venido. Entendí entonces que en el Festival los caballeros representaban a los cristianos, pero el dragón era el paladín de los desalmados. En cierta manera la caza era símbolo de la guerra civil latente en aquella ciudad dividida en dos.

Volvieron a sonar las trompetas, y la multitud calló, dejando oír la potente voz del declamador llamando a los caballeros portadores de los números uno y dos. Y así dio comienzo ese espectáculo que yo sólo conocía por los libros. El encuentro inaugural fue muy breve. El caballero Dos fue derribado al primer choque y no pudo levantarse. El combate entre Tres y Cuatro no fue mucho más largo. Caído en tierra, Tres se pudo alzar, moviéndose torpemente, incluso logró desenvainar la espada, pero su adversario, que conservaba entera la lanza, le alcanzó en el yelmo con un golpe terrible que tumbó definitivamente al guerrero descabalgado. Pajes y mozos corrieron para retirarle, todavía vivo, según supe después. De llevar la lanza una punta de guerra, aguzada, en lugar del roquete de torneo, Tres hubiera muerto en el acto. Cada victoria era acogida con grandes ovaciones por parte cristiana, pero en el lado geoide se abucheaba e insultaba a todos los combatientes, ya fuesen vencedores o vencidos.

El señor de Trihuega llevaba el número dieciséis, enfrentándose, por tanto, con Quince. Clavé la vista en la adarga de don Alonso, que me pareció algo polvorienta, aunque seguramente fue capricho de mi imaginación. Y ya se acometían el uno al otro, con un choque que lanzó a Quince al suelo, mientras nuestro aliado continuaba al galope, incólume, girando para cargar de nuevo contra su adversario, pero éste, de rodillas en el suelo, hizo señal de rendición. El polvo de las brujas era eficaz, pero me pregunté si alguien se daría cuenta de las anormales virtudes del escudo de don Alonso.

Las ovaciones ascendieron a su máximo nivel cuando fue el turno de don Beltrán del Pino, con el número cuarenta y ocho. Y el favorito del pueblo no decepcionó a sus seguidores, pues fulminó a Cuarenta y siete en la primera acometida. No todos los combates fueron tan breves. Sesenta y tres y Sesenta y cuatro rompieron las lanzas en los dos primeros encuentros y cayeron ambos al suelo al tercer choque, se levantaron y continuaron luchando a pie, con sus espadas, hasta que Sesenta y tres resultó malherido.

Los treinta y seis supervivientes fueron de nuevo numerados y divididos en dos grupos, pares e impares, y comenzó la segunda ronda. De nuevo la adarga del señor de Trihuega cumplió con su encantamiento, y don Alonso se unió al grupo de los vencedores. También lo hizo el caballero del

Pino, presumiblemente sin ayuda de la ciencia de los geoides. Quedaron por tanto dieciocho, de los que aún sobraban tres. Hubo movimiento en la tribuna, luego supe que se hizo un sorteo mediante bolas sacadas de un saco, y seis caballeros volvieron a enfrentarse. La suerte acompañó a don Alonso, que no debió someterse a esa tercera ronda, y también quedó liberado don Beltrán, para decepción de los espectadores, que deseaban volver a verle combatiendo. La mañana concluyó con el desfile de los quince vencedores, tras lo cual la multitud comenzó a dispersarse, en busca de tabernas y posadas. Me reuní con mi señor y caminamos hasta el Buen Yantar, aunque tan solo para felicitar a don Alonso y beber un vaso de vino, pues el almuerzo lo haríamos en el refectorio del convento.

Fue una tarde de oración y ejercicio, y por mi parte también de meditación, porque me asaltaban fuertes dudas sobre todo lo que estaba ocurriendo, pero no podía discutirlas con nadie, pues quienes me rodeaban eran los primeros causantes de mi inquietud.

El convento donde me alojaba era un mercado, y no sólo un lugar de oración. Un mercado de dinero, además, como si fuese una casa de judíos. Y sin duda cumplía esa función con el conocimiento y complicidad de las más altas instancias de la Orden. Las ganancias torpemente obtenidas por mi señor se estaban empleando en adquirir encantamientos y otros géneros malditos salidos de las manos de los seres sin alma que compartían esta ciudad con los cristianos. Y con ello se pretendía obtener ventajas ilícitas, favorecedoras de don Alonso y de don Martín en su caza del dragón, y por ende en la obtención de las riquezas y honores que conllevaba el triunfo en tan grave empresa. Empresa que sería más fácil para mi señor y su aliado que para los otros caballeros que sólo contarían con la fuerza de sus brazos. Injusta victoria pues, indigna de un caballero. Pero ¿qué podía yo hacer? ¿A quién dirigirme? A nadie. Y no eran esos los únicos motivos de escándalo, pues ¿acaso no me propuso don Martín que tuviese relación carnal con la Mencía, quebrantando, si no los votos aún no pronunciados, sí las promesas hechas desde niño, y los mandamientos en todo caso? Me costaba gran esfuerzo reprimir los impulsos de mi cuerpo, propios de mi juventud, pero en el caballero al que servía encontraba no un modelo de conducta y un guía para mantenerme en el buen camino, sino a alguien que parecía despreciar las reglas y mandatos que debería acatar todo caballero cristiano. Alguien que si no había cometido adulterio con doña Asunción era porque no le parecía el momento adecuado, por estar ocupado en otras cosas. Una vez más, me pregunté qué experiencias habría padecido durante su cautiverio en tierra de moros, pues estaba convencido de que en ese tiempo pasado residía el origen de su proclividad al pecado. Y doña Asunción, la primera mujer joven, de mi edad, que yo conocía, traicionando su inocente belleza y sus votos matrimoniales, para entregarse a un extraño.

El miércoles era un día más tranquilo, un intermedio en el que la única actividad relacionada con la caza que comenzaría al día siguiente, jueves, era la adjudicación de los puestos de salida a los veinticuatro elegidos y el levantamiento de las tiendas de campaña donde pernoctaríamos las dos noches de cacería, pues durante ésta no se volvía a la ciudad. Aunque habría otra actividad en la montaña, donde antes del anochecer la Cofradía del Dragón traería a la bestia para liberarla entre los árboles centenarios y las rocas nevadas. Por la mañana acompañé a mi señor a la Plaza Central, donde se había levantado una carpa bajo la cual ejercían sus funciones los doce árbitros de la cacería, y donde entraron los caballeros, y también los escoltas de cada uno, incluyéndome a mí, por tanto. Llamaron al primer caballero y un árbitro, un homúnculo, sacó de un cofre, y a ciegas, un medallón con el número siete que fue adjudicado al cazador. Me preguntaba cómo iban a obtener, don Martín y don Alonso, números consecutivos como pretendían, cuando descubrí la existencia de una reventa, ni siquiera muy disimulada. Y terminado el sorteo comenzó la segunda vuelta, pronto resuelta.

— Tenemos el trece y el catorce — dijo don Alonso con satisfacción, aunque había sido francamente caro, según explicó. Seguramente el burgués financiador no estaría tan contento.

— Es curioso, — respondió don Martín — Resulta que don Beltrán también ha cambiado su puesto, y ha cogido el dieciséis.

— Son buenos lugares, según decís — contestó el señor de Trihuega, que no veía nada de particular en aquello, y don Martín no se extendió más. Pero de vuelta en la calle, le pregunté por el motivo de su extrañeza.

— Don Beltrán estaba muy interesado en obtener el quince, pero no se lo quisieron vender, ni tampoco el doce — me respondió, pensativo.

— ¿Creéis que quiere estar cerca de nosotros?

— Eso pienso, aunque no estoy seguro de los motivos.

— ¿Se habrá dado cuenta del poder del escudo de don Alonso? Y entonces… sospechará que dispone de otras fuerzas no santas con las que derrotar al dragón… querrá estar cerca para ser testigo de lo que ocurra… y poder denunciarle.

— Puede ser, pero también podría buscar una posición favorable para el remate. Por eso han querido conservar sus puestos Quince y Doce.

— ¿Qué significa eso?

— Un caballero cae ante el dragón, pero antes de morir consigue herir de gravedad a la bestia. Y eso facilita las cosas al siguiente.

— ¿Queréis decir que un cazador se reserva, deja pasar a otros antes que él, esperando encontrar a un dragón cansado y herido? ¿Haría eso don Beltrán, que tan orgulloso parece? No es tanto honor rematar a una bestia agonizante.

— No es más que una suposición, seguramente incierta. Y en esta ocasión hay más testigos, los escuderos, que no están obligados a luchar hasta la muerte con el dragón.

— Después de todo, quizás sólo desee obtener un buen puesto de partida.

Y en ese momento nos tropezamos con un monóculo que saludó a mi señor con gran ceremonia. Llevaba unos ropajes más lujosos que los que había visto en otros de su casta, incluso una capa de terciopelo, anillos en los dedos y una gruesa cadena al cuello, de un brillante metal que me resultó desconocido.

— ¡Don Martín, que honor volver a encontraros! Mis socios y yo temíamos que no pudieseis acudir al Festival. Pero sin duda queréis demostrar en esta ocasión las virtudes de vuestra espada, Avileña. Soberbia espada, que veo lleváis encima, ¡magnífico, magnífico! Aunque lo mejor es ser discretos, ¿no creéis lo mismo? Evitar comentarios que pudieran ser malinterpretados…

El discurso del geoide pareció irritar a mi señor, que dio un paso adelante mientras su diestra acariciaba el pomo del puñal. El monóculo retrocedió mientras su ojo se desorbitaba, levantó las manos como pidiendo la paz y volvió a hablar.

— Sin duda todos los problemas se resolverán tan pronto caiga el dragón bajo vuestra espada... pero sería conveniente disponer de ciertas garantías previas. No lo digo por mí, por supuesto, pero alguno de mis socios padece de una desconfianza casi enfermiza. Y yo había pensado en una hipoteca sobre la espada. Podríamos depositar los papeles en el banco de Santa Brígida, pero quizás algún monje cuestionase el origen del arma. Mejor en la banca de la Luna Roja, donde nadie hará preguntas incómodas.

Yo había escuchado el discurso del enano de un solo ojo con sorpresa, pues no entendía qué deuda reclamaba a mi señor, y también con innegable admiración por el valor del hijo de la Tierra, pues don Martín parecía a punto de dar uso a la dichosa espada. Pero tras mascullar una maldición, el caballero dio su conformidad.

— Por rara casualidad estamos muy cerca de la notaría de Paulo Sandoval. Y nos recibirá de inmediato, sin enojosas esperas — respondió el monóculo de nombre Docio, según supe después.

Concluidos los trámites, de vuelta hacia Santa Brígida, me atreví a exponer mis dudas a don Martín, que caminaba silencioso y malhumorado.

— Vuestra espada, ¿Avileña? Hermoso nombre... no me lo habíais dicho, en fin... ¿es acaso producto de las artes de los herreros de un solo ojo?

— ¿Por qué preguntas lo que es evidente?

— Pero no sé si goza de poderes no naturales... ¿os hace invencible cuando la empuñáis?

— Es una hoja sin igual, pero no, no tiene más poder que el de su calidad.

— Pero no queréis que se sepa cuál es su origen...

— Una interpretación muy estricta de las normas que rigen la caza podría obligarme a renunciar a su uso... en todo caso el voto de los árbitros sería muy reñido. Mejor evitar la ocasión.

— Si no matáis al dragón... ¿cómo podréis saldar la deuda con el monóculo Docio?

— En ese caso ya no será un problema, ¿no te parece?

— ¡No, quiero decir, que no lo encontremos! Al dragón, me refiero.

— Álvaro, puede que no le mate, pero es seguro que le daré alcance.

Recordé la brújula digital, en la que mi señor parecía confiar totalmente. Pero que sería llevada por el señor de Trihuega, no por él. E imaginé el procedimiento. Don Alonso marcharía directo hacia el escondite del dragón, guiado por el artefacto de las brujas. Y don Martín, y yo, le seguiríamos de cerca. El primer caballero daría muerte al monstruo, o caería ante él. En cuyo caso sería el turno de don Martín. Pero no veía cómo podría derrotar a esa bestia invencible, tan sólo con mi pobre ayuda, desprovistos de conjuros o armas sobrenaturales. Y el dragón no se conformaría con matar al caballero, disponiendo de una presa más, fácil como yo, tan a su alcance. Sumido en negros pensamientos, apenas fui consciente de llegar al convento y entrar al refectorio, para el almuerzo. No recuerdo qué comimos, pero sí que me asaltó una idea mientras me llevaba la cuchara a la boca. Si en la cacería estaba prohibido usar armas o ingenios hechos por los geoides, eso era porque existían y eran eficaces. Y no sólo por su temple superior, como la espada Avileña, sino por gozar de poderes capaces de derrotar a cualquier dragón. Recordé algunos casos conocidos a través de mis lecturas. Una capucha que hace invisible a quien la viste. Un guantelete de hierro con el que triturar las más duras rocas o corazas. Una trompeta escupidora de llamas ardientes. Las brujas tendrían no exactamente esos ingenios, pero quizás otros, incluso más poderosos. Si mi señor no había adquirido ninguno era sin duda por su respeto a las leyes que regían el duelo entre hombre y dragón. Un respeto relativo, por otra parte. El uso de la brújula era sin duda una infracción. Pero don Martín, y don Alonso, debían pensar que hacer trampa para ser los primeros en alcanzar a la presa era un pecado venial, algo leve, y que en lo realmente importante, el combate, se atendrían a la norma. Suponiendo, claro está, que Avileña tan sólo fuese un acero muy bien forjado. Curiosa moral la de mi señor, tan laxa en unas cosas y tan estricta en otra que podía costarle la vida. Pero, me dije, ¿por qué debía yo, que ni siquiera soy un escudero, perder la vida por atenerme al código caballeresco?

Y tomé una decisión, quizás desesperada, pero que no fue la que muchos hubieran juzgado más lógica, es decir, la huida.

— Os ruego, mi señor, que me permitáis pasear por la ciudad esta tarde, sin compañía — le dije a don Martín, que me devolvió una mirada de decepción. Estaba claro lo que pensaba y me vi obligado a asegurarle mi lealtad.

— Os juro por mi honor que volveré para acompañaros en la caza. Pero necesito unas horas de soledad…

A juzgar por su gesto, seguía sin estar convencido de mi intención, y usé un nuevo argumento.

— También quiero pediros unas pocas blancas… con las que pagar un servicio en el Baño de las Hadas.

Me miró, sonrió y sacó la bolsa de la que nunca se separaba, la abrió y volcó una parte de su contenido sobre la mesa.

— Coge lo que quieras, con una docena es suficiente… aunque ya conoces la otra forma de pagar.

— ¿Cómo voy a cometer tal pecado cuando puede que mañana mi alma se presente ante el juicio de Dios?

— Deberías respetar el santo sacramento de la confesión. Mañana, antes de partir hacia la montaña, todos haremos confesión general. Lo que hagas hoy será borrado.

— Lo pensaré mientras camino… y vos ¿qué haréis esta última tarde?

— Tal vez me acerque por el Buen Yantar para concretar algunos detalles con don Alonso y don Gabriel. Pero no pierdas más tiempo, vete con las hadas.

Las calles, por así llamarlas, del otro lado, estaban mucho más concurridas que en mis anteriores visitas, ocupadas tanto por geoides como por cristianos. Estos últimos eran, en su inmensa mayoría, forasteros venidos al Festival, que aprovechaban la visita para ver de cerca a esos seres de los que sólo se hablaba en los cuentos, y también para adquirir los productos de la extraordinaria artesanía de monóculos y homúnculos. Y quizás la magia de las brujas, para los que se atreviesen a pagar el precio. Supuse que las hadas tendrían abundante clientela y no me equivocaba, pues había gente esperando en la puerta del Baño. No era ese el único nido de hadas de la ciudad, y mientras caminaba pude identificar a otros, alguno ocupando el hueco tronco y el extenso ramaje de uno de los árboles gigantescos que parecían cumplir la función de las torres de iglesia de la parte cristiana, en nuestro lado. Otro nido residía en un jardín laberíntico del que había oído hablar y por ello evité cuidadosamente. En un amplio espacio libre que rodeaba un estanque circular tenía lugar una carrera de hiporiones, que galopaban veloces bajo los gritos de ánimo de los espectadores de ambos mundos, unidos por su afición a las apuestas. Pero en contra de lo que había creído mi señor, tal vez confundido por mi petición de monedas, no era ningún nido de hadas mi destino de esa tarde, aunque me hubiera gustado ver de nuevo a Elina. Mi camino me llevó a la Casa Negra, frente a la cual me detuve, fortaleciendo mi ánimo e intentando descubrir si las negras magas estaban dentro. Entonces oí un ruido sobre mi cabeza y allí estaba, sentado en su rama, el homúnculo indiscreto.

— Buena tarde tengas, coloso arborícola. He pensado que nada escapará a tu aguda visión, habida cuenta del extraordinario punto de vista de que gozas.

— Deseas saber si las brujas atienden a alguna visita.

— Eh... sí, eso es. No quiero interrumpir a tan nobles señoras, si están ocupadas.

— Hay un visitante. Un cristiano gordo. Seguramente pretende recuperar la virilidad. Eso es lo más demandado. ¿Tú tampoco te yergues?

— ¡No, en absoluto! Quiero decir, que no tengo ningún problema de ese tipo.

Siguió un silencio incómodo, propio de cuando tu interlocutor te mira desde lo alto, haciéndote de menos. Al cabo de un rato que se me hizo muy largo se abrió la puerta de la Casa y el cliente, gordo como dijo el homúnculo, salió caminando con rapidez, a la fuga, tambaleante, a punto de tropezar y caer, pero finalmente desapareció tras una esquina.

Yo me alcé, puse una mano sobre la empuñadura de mi terciado, respiré a fondo, caminé hasta la puerta y la golpeé con energía. Corrieron largos minutos y por fin se abrió lentamente, sin ayuda de mano humana, como en la ocasión anterior. Y pasé al interior.

Cuando mi visión se acomodó a la oscuridad de la morada brujesca, pude ver una figura aproximándose lentamente, sólo una y no tres, lo cual me produjo un mayor temor y el olvido del discurso que traía preparado. Y fue ella la que habló primero.

— Mañana partirás en busca del dragón. ¿Quieres conocer lo que te reserva la fortuna?

— ¡No, no he venido por eso! Aunque me he preguntado si tus hermanas y tú ya sabéis cual será el desenlace de la batalla.

— Vienes a ofrecernos tu sangre de virgen, pues veo que sigues siéndolo, ¿a cambio de qué? ¿Qué deseas?

— ¿No lo sabes ya?

— Debes pedirlo tú, aunque yo lo conozca.

— Un hechizo para matar al dragón. O un arma, una lanza encantada, una armadura impenetrable, cualquier cosa que cumpla ese fin.

La negra silueta de la bruja se estiró aún más, y en donde presumía yo que se encontraba su cara, aparecieron dos hileras de dientes blanquísimos, brillantes y abundantes, en mayor número que los que adornan las bocas de los hijos de Dios. La bruja se reía.

— Hace siglos que se celebran el festival y la cacería. ¿Crees ser el primero que acude a nosotras en busca de ayuda?

— He leído las crónicas. El dragón resulta victorioso en dos de cada tres festivales. Lo que implica que han muerto muchos más caballeros que dragones. Y me pregunto qué tenían de especial los pocos hijos de Dios que triunfaron. Porque creo que sin alguna ayuda es imposible derrotar al dragón. El que encontraremos mañana ha dado muerte a diecisiete caballeros entre los cuatro festivales en los que ha combatido. Y cada año es más poderoso.

— Si tan informado estás, conocerás que los cazadores tienen prohibido usar armas que no hayan salido de manos cristianas. Aunque tu señor, el caballero renegado, pretende quebrantar la ley.

— Pero no le habéis denunciado. Es más, sois vosotras las que le habéis entregado polvos y talismanes mágicos. Pero creo que no serán suficientes.

— El caballero y su aliado pretenden alcanzar al dragón antes que cualquier otro. Luego combatirán según la norma. Se lo exige su honor.

— Y morirán. ¿No os dice eso vuestro espejo?

— Quieres ser tú quien les salve, incluso entregándome tu sangre en pago.

— Sí, para eso he venido. Pero quizás me he equivocado, y vuestro poder no llega a tanto.

— Te puedo proporcionar algo con lo que un guerrero bien adiestrado daría muerte a cualquiera, incluso a Grunac, pues así se llama el dragón.

— Yo no soy un guerrero experto. Pero podría entregárselo a don Martín.

— Ignoras que ya se lo ofrecí, cuando hace pocos días vino a negociar. Pero rehusó. Salvó su honor, aunque, en cualquier caso, no deseaba pagar el precio.

— ¿Y yo puedo pagarlo? ¿Tanto vale mi sangre? ¿La que no quiso venderos mi señor?

De nuevo exhibió la bruja su luminosa dentadura, y también sus ojos parecieron reflejar una luz venida tal vez del hogar central, donde brillaban carbones al rojo, sin llama.

— Era otra cosa lo que pedí a tu señor. Yo no te conocía. Pero hace muchos años que no acuden mozos ante mí. Eres afortunado, pues mi apetito me hace ser más generosa. Pero debes decidirte pronto, antes de que vuelvan mis hermanas.

— ¿Apetito? ¿Acaso eres una sanguijuela?

Recibí una terrible bofetada que me hizo retroceder, seguido por la hembra que me sujetó por el cuello y me empujó hasta hacerme caer de rodillas ante ella, pues poseía una fuerza propia del más poderoso atleta. Levanté las manos pidiendo perdón y ella me soltó, aunque no me atreví a levantarme.

— Sólo deseo saber cuál es la naturaleza de tu arma — gemí.

— Acompáñame — dijo la geoide, y dio unos pasos hacia la boca de una escalera que se hundía en el suelo, y que yo no había visto hasta entonces. Me llevó a una cámara subterránea, apenas iluminada por unas luciérnagas pendientes del techo. Las paredes estaban cubiertas de estanterías de madera, cargadas de frascos, matraces, vasos, botellas y otros recipientes, unos vacíos y otros llenos de diversos productos. Tomó un pequeño bote de cobre, y sin quitarle el tapón de corcho lo pasó ante mis ojos, diciendo:

— Contiene un veneno universal. Frotándolo sobre la hoja de tu arma, cualquier herida que inflijas con ella se convierte en mortal.

— ¿Quieres decir que untando la punta de una lanza, basta con clavarla en el dragón, en cualquier parte de su cuerpo?

— Eso he dicho. Lo más seguro sería mojar las puntas de unas flechas, y herirle a distancia.

— No sé disparar con arco. Quizás pudiera impregnar las armas de don Martín, sin que él lo supiera.

— Si tocase con sus dedos desnudos la hoja untada, también resultaría envenenado. No se puede ser ignorante de lo que se lleva.

— Pero don Martín jamás querría utilizar el veneno.

— Te lo repito, decídete.

— Deberé ser yo el que lo use. He aprendido a arrojar la lanza. Lo haré.

— El tiempo corre. Desnúdate y túmbate en esa cama.

La cama era más bien una mesa de madera, de cuya superficie salían correajes de cuero y que me recordó inmediatamente a lo visto en algunos libros ilustrados que versaban sobre el Santo Oficio. Me quité la ropa mientras la bruja se hacía con varios utensilios como toallas, lancetas, un escarificador y unos platos hondos.

— Toda la ropa. No temas por tu castidad. Si la perdieses tu sangre valdría muy poco — dijo la hembra, impaciente al ver que conservaba puestos los calzones. Me los quité y permanecí inmóvil, boca arriba, mientras ella iba ligando a las correas de la mesa los tobillos y el brazo derecho, dejando sólo móvil el izquierdo.

— ¿Cuál es tu nombre? — pregunté, esperando escribir algún día el relato de esta aventura. Me miró y paseó sobre mi pecho su índice de uña larguísima.

— Soy Argisán. Estate quieto.

Usó la lanceta para abrir una vena de mi brazo, apretando con los dedos en torno a la incisión para dirigir el chorro de sangre hacia un tazón que fue llenándose con rapidez. No sentí apenas dolor y pronto la bruja detuvo la hemorragia para cambiar el recipiente por otro vacío. Colmados tres, ató fuertemente una venda en torno a la herida, taponándola. Pero no había terminado. Cogió el escarificador y lo paseó por delante de mis ojos, mostrando las doce cuchillas que asomaban por su cara inferior. Lo apoyó en mi pecho, a la izquierda, sobre el corazón, y accionó el resorte. Los doce cortes, aunque superficiales, fueron tan dolorosos como temía, pero apenas en un segundo Argisán levantó el artificio, dejando al aire las incisiones en mi piel de las que manaban gotas de sangre.

No esperaba lo que ocurrió entonces, pues la bruja no recogió la sangre en un recipiente, sino que acercó su boca y lamió ansiosa los pequeños hilos rojos, hasta cerrar las finísimas heridas. No quedó satisfecha la bebedora, y volvió a aplicar el escarificador, esta vez a la derecha, y luego sobre el bajo vientre. Y bebía con sed insaciable. Yo sentía una creciente debilidad, aunque ello no impedía el endurecimiento de mi miembro, y temía que la bruja concluyera el rito tomándome allí mismo, sentándose sobre mí. Pues, razonaba yo, la sangre extraída al comienzo, depositada en los tazones, cumplía con la cualidad de ser virginal. Ahora ya no era necesario mantenerme en esa condición. Pero algo me salvó, quizás el temor de Argisán al regreso de sus hermanas, o el deseo de proceder a nuevas extracciones en un futuro. Se levantó bruscamente y me ordenó vestirme con rapidez, lo que hice a pesar de que la cabeza me daba vueltas. La seguí al piso superior, donde me entregó el bote del veneno, y me empujó hacia la puerta.

Me alejé de la Casa Negra sin que nadie me obstaculizara el paso, y pude volver a Santa Brígida, aunque debí detenerme un par de veces y sentarme en el suelo de la calle para recuperar fuerzas. Ya estaban todos reunidos en el refectorio, para la cena, y debí afrontar las miradas censoras de los monjes y la de mi señor, que denotaba sobre todo curiosidad. Terminados los rezos, me preguntó por mis andanzas, y yo respondí sin mentir, aunque engañándole. Pues reconocí que mi retraso, y mi debilidad, se debían a una relación íntima con una hembra geoide, aunque sin especificar exactamente cuál. A la que no hubo que pagar con las blancas entregadas por mi señor, que le quise devolver, pues se había contentado con mi fluido corporal. No se interesó por más detalles, lo que hubiera sido propio de charlatanas y no de caballeros, pero antes de dejarme ir a mi celda me recordó algo:

— Mañana, antes de partir hacia la montaña, iremos todos a la basílica de Cristo Rey, para la absolución general. No te preocupes por los pecados cometidos hoy. Y guárdate las monedas, por si hay otra ocasión.

5
LA CAZA

Bajo el gran tapiz que representaba a San Jorge, el arcipreste pronunció un sermón vibrante y tempranero, exhortándonos a ofrecer un triunfo a Dios, nuestro Señor, para lo cual era ineludible encontrar y dar muerte al hijo de Satanás, pues en eso consistía la naturaleza del dragón de nombre Grunac, sin duda aparecido para poner a prueba nuestra fe y nuestro valor. También nos recordó que aquellos que cayeran en el glorioso combate serían acogidos en el Paraíso, y para asegurarlo nos impartiría la absolución general. Es una forma de perdonar los pecados que no requiere relatarlos a un confesor, lo cual me produjo no poco alivio. Terminada la ceremonia, montamos en nuestros caballos, formamos una columna y partimos hacia la Triple Puerta, para luego ascender hacia las alturas boscosas donde nos aguardaba la bestia, hasta entonces invencible. A cierta distancia de las lindes de aquella masa arbórea se había levantado el campamento donde dejaríamos monturas y equipo no indispensable, y a donde volveríamos para pasar la noche. Según me dijo mi señor, a quien no cesaba de hacer preguntas, el dragón tenía vedado aproximarse al campo, aunque no siempre había sido así. Las crónicas recogen como en una ocasión, hacía más de cien años, la bestia invadió el recinto durante la noche y dio muerte a la casi totalidad de los dormidos caballeros. Fue a raíz de esa tragedia cuando la Cofradía del Dragón aceptó limitar los movimientos del monstruo. Aunque hubo algún otro caso posterior, si bien el resultado del ataque no fue tan demoledor.

— Si ha vuelto a ocurrir, ¿ello significa que el dragón desobedece las normas del torneo? — pregunté, no sin cierta satisfacción. No sería yo el único en quebrantar esas leyes.

—Sí, aunque muy raramente. Por ello se establecen guardias nocturnas.

La escala en el campamento fue muy breve, sólo el tiempo indispensable para dejar caballos y enseres a cargo de los pajes y sirvientes enviados por el Concejo del Sur, pues pronto sonaron unos cuernos de caza dando la señal para dirigirnos a nuestros respectivos postes de partida. Hasta ese momento, yo no había encontrado la ocasión para preparar mis armas con el ungüento de las brujas, pero ya no quedaba tiempo, y le dije a mi señor que debía retirarme un momento para aliviar una necesidad corporal.

—Sí, mejor ahora que en plena cacería… pero date prisa, no quiero ser el último en llegar a nuestra posición de partida.

Corrí hasta unos árboles cercanos, y tan pronto creí estar oculto, saqué el bote que llevaba escondido en mi capa, lo abrí con mucho cuidado, sin quitarme los guantes, y usando una espátula apliqué sendas dosis en las moharras de las dos lanzas cortas que constituían mi armamento, además del terciado. También llevaba la rodela y algo nuevo para mí, una cota de malla con su almófar, entregada por los frailes. Era una defensa similar a la usada por los caballeros y demás escuderos y gendarmes, pero a la que yo no estaba acostumbrado y tenía grandes dudas de que pudiera protegerme de la despiadada mordedura de Grunac.

Llegamos a tiempo a nuestro poste, el número catorce, y casi inmediatamente sonaron de nuevo los cuernos señalando puntuales el comienzo de la caza, justo cuando sobre las nubes la luz del sol marcaba el mediodía. El poste número trece quedaba a unos cien pasos a nuestra izquierda, y hacia allí nos dirigimos con presteza, para tomar contacto con don Alonso de Trihuega y su gendarme Ursicio, que ya se habían internado entre los árboles, suponíamos que siguiendo las indicaciones de la brújula digital.

Cada cazador llevaba un cuerno, que debería hacer sonar al ver al dragón, indicando a los demás la situación de la bestia, pero también proclamando la prioridad del que tocaba a la hora de atacar a la presa. Para evitar molestas confusiones, el señor de Trihuega o, mejor dicho, su gendarme, llevaba un silbato que tocaba regularmente, un toque breve pero agudo y penetrante que nos permitía a don Martín y a mí seguirle cada vez más de cerca.

No trazamos una ruta directa, lo que hubiera sido imposible dado lo abrupto del terreno y lo tupido del arbolado, pero además el dragón se movía sin cesar, o eso parecía a juzgar por los continuos cambios de dirección de nuestra vanguardia. Al cabo de una hora nos habíamos situado a unos veinticinco o treinta pasos por detrás de ellos, distancia que parece corta, pero que no sería fácil de cubrir con rapidez cuando se produjera el encuentro. Y éste se produjo, transcurridas casi dos horas desde el inicio, pero no fue con el señor de Trihuega ni con nosotros. Nos habíamos detenido para un breve descanso cuando oímos el toque lejano de un cuerno, pero no tan lejano como para no ser los segundos en llegar al lugar de los hechos, casi a la vez que nuestros aliados.

Los cuerpos despedazados de una pareja de cazadores, los primeros en encontrar a Grunac, o tal vez en ser encontrados por éste, yacían en torno al tronco de un enorme tejo cuya copa se veía rota y desmochada. Era fácil suponer que el monstruo la había aprovechado para atacar desde la altura a los dos hombres. Aunque no les había sorprendido del todo, pues el infortunado caballero pudo tocar su cuerno, por breve que fuera el toque. Ahora también sonó el de don Alonso, tocando a difuntos, y cumplido el ritual, el caballero señaló en una dirección, sin duda indicada por la brújula, y marchó rápidamente tras su enemigo, seguido a cierta distancia por nosotros. Observando el terreno pensé que el mágico artefacto ya no era tan necesario, pues el rastro del dragón era fácilmente identificable, incluso para un ojeador inexperto como yo.

Rodeados por ramas y troncos, avanzamos con precaución, explorando con la vista en todas direcciones, especialmente hacia las alturas, temerosos de caer en una emboscada y convertirnos en cazadores cazados. Me pareció que la pareja de vanguardia era menos prudente y se alejaba de nosotros, movido el señor de Trihuega por su valor y también, sin duda, por su desmesurada ambición. Posiblemente el hecho de que otro caballero hubiera alcanzado primero al dragón le hizo perder confianza en la ventaja concedida por la posesión de la brújula, y estaba decidido a que nadie más le adelantara. Le perdimos de vista, aunque le oíamos porque no se olvidó de tocar el silbato. Y, quizás después de media hora, sonó el cuerno. Había encontrado a Grunac. Olvidando nuestro cansancio, corrimos hacia él.

Desembocamos en un claro, cuyo centro ocupaban don Alonso y Ursicio, separados unos pasos uno de otro, y avanzando lentamente hacia su enemigo. Aún ahora me sorprende recordar que al ver al monstruo no experimenté el ataque de pánico que había esperado padecer desde que subimos al monte. En cierta ocasión, mucho tiempo después, un protomédico me explicó que nuestro hígado y bazo producen unos líquidos que se vierten en la sangre e inflaman de valor el corazón. O al menos reprimen el terror. O quizás fue la inmensa sorpresa de ver con mis propios ojos a una bestia muy distinta de lo que yo había esperado. Yo había imaginado una especie de gran lagarto, o sapo descomunal, de cuatro patas, con espinas en el dorso y provisto de tres cabezas, cada una en el extremo de un cuello serpentino, pues así es como se suele representar a los dragones en libros y tablas.

Grunac tenía, sí, tres cabezas, cada una tan grande como la de un caballo, pero de prolongadas quijadas que ocupaban todo su largo, exhibiendo infinitos dientes afilados como navajas. La piel parecía la de un pez, húmeda y escamosa, no tenía orejas, pero sí un racimo de ojos multicolores brotando de cada frente. Y los largos cuellos nacían de un cuerpo aterrador por lo extraño, pues más que un cuerpo de animal era una enorme aglomeración de tentáculos, como un nido de culebras u ovillo de gusanos gigantescos, en parte cubiertos por conchas de tortuga. Y aquellos miembros serpentinos se movían sin cesar, enroscándose unos en torno a otros, impulsando a Grunac lentamente hacia atrás, como retando a sus enemigos a lanzarse al ataque.

Eso hicieron los valerosos guerreros, cubriéndose con sus adargas y blandiendo largas lanzas, que pretendían hincar en las cabezas del dragón, que a su vez contraatacaron veloces. Ursicio fue el más desafortunado pues, eludiendo ágilmente la lanza, le acometieron dos de las cabezas, una mordiendo el escudo y tirando de él, descubriendo al gendarme, cuyo cuello fue atrapado en las fauces de la segunda cabeza. Y todo terminó en unos segundos. El señor de Trihuega, enfrentado a una sola testa, pudo herirla con su lanza, que perdió al retirarse ondulante el largo cuello, llevándose consigo el asta hincada. Desenvainó el caballero su montante, colgado a la espalda, pero fue acometido por las otras dos cabezas, que abandonaron el cuerpo de Ursicio para socorrer a su hermana, y repitieron la maniobra, una apresando y sujetando la adarga, las otras dos enfrentadas a la gran espada, oscilando con rapidez, evitando el golpe desesperado de don Alonso, que se desprendió del escudo y retrocedió sin dejar de asestar cuchilladas que solo herían al aire, hasta que una de las puntas del tridente penetró su defensa, le mordió la pierna derecha, y con un latigazo de su cuello arrojó varios pasos más allá al caballero, que quedó inmóvil en el suelo, apenas conservando la extremidad, retorcida y ensangrentada. En una interpretación estricta de las normas, hubiéramos debido esperar a que Grunac rematara a don Alonso, pero no lo hicimos.

— ¡Vamos! — gritó don Martín, y avanzó hacia el dragón, sin mirar si yo le seguía. Nuestro plan era atacar a la bestia a distancia, y eso hizo mi señor, arrojando sus dos lanzas cortas, con tal rapidez que ya volaba la segunda cuando apenas se había hincado la primera en el cuello de la cabeza más próxima, ya herida antes por don Alonso. Pero la segunda lanza falló y se clavó inútilmente en el suelo, más allá de donde se movía Grunac. Blandiendo a Avileña, cubriéndose con la adarga, don Martín avanzó para entablar el cuerpo a cuerpo, que en primera instancia fue con sólo una de las cabezas, pues la segunda intentaba arrancar la lanza clavada en el cuello de la tercera. Y eso permitió a don Martín asestar un terrible tajo a su adversario, que emitió un insoportable silbido de dolor, y se retiró sobre su cuerpo, como procurando esconderse entre aquella maraña de tentáculos. Pero las otras dos testas dentadas, liberadas de la lanza, atacaron al unísono, y pronto temí que mi caballero corriera la misma suerte que sus predecesores.

Quiero creer, y así lo recuerdo, que me había quedado más atrás no paralizado por el miedo, sino por el asombro y admiración ante la lucha entre los cristianos y el hijo de Satanás. Pero mi inmovilidad fue cosa de pocos segundos, y pronto corrí adelante, tomando impulso para tirar mi primera lanza, que voló veloz y certera, o tal parecía, hasta que rebotó al chocar contra una de las conchas de galápago que cubrían parte de aquella masa de lombrices descomunales. Venciendo el súbito sentimiento de desolación por el ataque fallido, lancé la segunda, y ésta se hincó profundamente en el cuerpo baboso y enmarañado de Grunac. No sabía yo cuál sería el efecto del veneno recién inyectado en el dragón, pero fue más rápido que lo imaginado en las horas anteriores. Una cabeza se había dirigido hacia mí, pero se detuvo bruscamente, y con un silbido más agónico que antes, se volvió para arrancar la lanza hincada entre los pliegues de su cuerpo, lo que hizo de inmediato, arrojándola lejos de sí. Pero no quedó aliviado el monstruo, que parecía invadido por una parálisis general, sus cuellos oscilando muy lentamente, cada vez más bajos, hasta apoyar las cabezas en el suelo. Todavía no confiaba yo en que Grunac hubiera quedado definitivamente fuera de combate, y no quise acercarme, buscando mi primera lanza, la que fue rechazada por la concha del dragón. Sin duda don Martín era de valor más sobresaliente, porque al advertir la debilidad de su enemigo, avanzó veloz y con un único tajo de Avileña cortó limpiamente una de las cabezas de Grunac, lo cual quizás excitó al moribundo dragón, pues retiró otra cabeza a lo alto de su cuerpo, como queriendo enterrarla entre aquellos anillos viscosos que todavía palpitaban débilmente. Pero yo había encontrado mi lanza, la recogí y avancé hasta arrojarla desde muy cerca del objetivo, sin peligro de fallar. Un temblor recorrió aquel cuerpo informe, y comprendí que el final era cuestión de poco tiempo. La cabeza que se había escondido volvió a aparecer, deslizándose hacia el suelo, hasta quedar al alcance de Avileña, que no falló el golpe. Inspirado por mi señor, desenvainé mi terciado y ataqué la tercera cabeza, que yacía inmóvil más cerca de mí. Ciertamente no era lo mismo mi brazo que el de don Martín, ni tampoco eran iguales nuestros aceros, pues tuve que golpear una y otra vez aquel cuello que difícilmente se podría abarcar con las dos manos, hasta por fin seccionarlo totalmente. Don Martín me mostró respeto y me dejó hacer, eligiendo marchar junto al exánime señor de Trihuega, no sin antes tocar con el cuerno las notas de victoria. Terminada la decapitación, me uní a ellos.

Aunque inconsciente, don Alonso seguía vivo, y cortando tiras de su capote logramos vendar su pierna destruida y al menos cortar la hemorragia. Por Ursicio nada se podía hacer, pues había muerto instantáneamente, la cabeza casi desprendida del tronco. En esas labores estábamos cuando comenzaron a llegar unos y otros.

El primero, galopando entre los árboles, fue un hiporión, cuyo gran medallón colgado del cuello le identificaba como miembro del Colegio de Árbitros, uno de los doce individuos encargados de organizar la cacería y velar por el cumplimiento de las normas. Se detuvo frente al cuerpo del dragón, lo examinó en silencio y, una vez convencido de que la bestia había muerto, se volvió hacia nosotros y preguntó, mirando a mi señor.

— ¿Sois el matador? Don Martín de Pas, ese es vuestro nombre, si no recuerdo mal.

— Así es. Yo he dado muerte a Grunac. Con la ayuda de mi escudero, Álvaro de Pozas. Debes llamar a los demás árbitros para que proclamen mi victoria.

Con cierta desgana asintió el geoide de cuerpo equino, e hizo sonar una corneta, mientras se aproximaba a donde yacía el señor de Trihuega. Y al verle de cerca, interrumpió el toque, y se volvió gritando.

— ¡Está vivo! ¡Habéis combatido juntos a Grunac! ¡Fraude!

— Escucha, hijo de la Tierra, mi escudero y yo hemos luchado solos. El señor de Trihuega, ese es el herido, yacía inmóvil cuando atacamos al dragón. No te atrevas a acusarme de otra cosa.

— Lo decidirá el plenario del Colegio, pero las pruebas son claras. Sigue vivo.

Tres parejas de cazadores llegaron casi simultáneamente, entre ellos don Beltrán del Pino, quien no consideró necesario felicitar a mi señor por su victoria. El cuerpo del dragón atrajo la atención de todos, que se acercaron para observarlo de cerca, incluso uno de ellos, un gendarme, movió con el pie el asta de una de las hincadas lanzas. Temiendo que tocaran demasiadas cosas, me acerqué, cogí el palo y tiré de él, arrancándolo del cadáver, e hice lo mismo con la otra lanza.

— Son mías — dije como toda explicación, y me alejé antes de que alguien quisiera examinarlas de cerca. Algunos recién llegados decidieron atender a don Alonso, y cortaron ramas para improvisar unas parihuelas en las que trasladarle al campamento, donde había un cirujano. No me costaba imaginar lo que haría al ver aquella pierna reducida a guiñapo, amenazante de gangrena.

Pero seguía vivo el debate sobre la legalidad de la batalla con el dragón, con dos bandos que no estaban claramente diferenciados, pues no todos los cristianos se mostraban conformes con el resultado de la caza, surgiendo un grupo minoritario que ponía en entredicho la limpieza de nuestra victoria, aunque todavía no se atrevían a manifestarlo abiertamente. Con algún retraso llegaron los representantes de la Cofradía del Dragón, capitaneados por el gigante de abovedada cabeza que ya conocíamos don Martín y yo. Y tan pronto se informaron de la situación, exigieron paralizar todo proceso de entrega del cuerpo de la bestia.

La atronadora voz del gigante, cuyo nombre era Simún, se impuso sobre el ruido ambiental, para insistir en sus exigencias, pues si Grunac no había sido muerto en buena lid, sería la Cofradía quien se llevara sus restos, dejando con las manos vacías a quienes habíamos luchado y vencido. Comenzaba a oscurecer, y el frío a hacerse notar, por lo que se produjo una tregua aprovechada para encender unas hogueras, cosa nada fácil.

— Nos toca quedarnos aquí toda la noche. No podemos perder de vista el cuerpo — me dijo don Martín, que no dejaba de acariciar el largo puño de su espada.

— ¿Creéis que los cofrades quieren llevárselo? ¿O tal vez incinerarlo?

— No seas ingenuo, Álvaro. Quizás hagan un túmulo y quemen esos gusanos que tiene por cuerpo, pero las cabezas valen una fortuna. Y son mías, no lo olvides.

No lo olvidaba, ni tampoco que mi señor estaba cargado de deudas, que sólo podría saldar con la venta de aquellas reliquias monstruosas, operación mercantil en la que necesitaría el concurso del experimentado burgués de Onuba, deseoso de recuperar su inversión y obtener el beneficio debido. Y quizás también los monjes banqueros de Santa Brígida tenían derecho a una parte. Muchos interesados en que el rico botín quedase en manos cristianas, y por motivos similares, otros tantos empeñados en impedirlo.

Los doce integrantes del Colegio de Árbitros habían llegado, reunido brevemente y procedieron a interrogar a los testigos, que en verdad sólo éramos don Martín y yo, pues don Alonso ya estaba lejos, rumbo al campamento, y además seguía inconsciente, por fortuna para él, dado el dolor de sus heridas. Nos interrogaron por separado, pero nuestra versión era coincidente. Llegamos, vimos al dragón triunfante y a los dos cazadores caídos, inmóviles, derrotados sin duda alguna. No comprobamos si estaban muertos porque Grunac nos atacó. Pero nuestras lanzas voladoras, la invencible Avileña, hasta mi modesto terciado, nos dieron la victoria. Una historia muy cercana a la realidad, que pudimos acordar mi señor y yo antes del interrogatorio, y por ello coherente y sobre todo irrefutable. Y, sin embargo, el voto del Colegio se dividió en dos. Los seis árbitros cristianos fallaron a nuestro favor, declarando limpia nuestra victoria y en consecuencia concediendo a don Martín el derecho sobre los despojos. Pero los seis árbitros geoides votaron en contra. Se aferraron al hecho de que don Alonso siguiera vivo. También hicieron declarar a los caballeros y asistentes que llegaron inmediatamente después de la batalla, y más de uno reconoció la posibilidad de que hubiéramos luchado juntos. Como más tarde me confesó un árbitro cristiano, alguien, sin duda don Beltrán del Pino, creía que la victoria sobre el dragón hasta entonces invencible era consecuencia del ataque conjunto de los dos caballeros y sus dos asistentes. Incluso especuló con la hipótesis de que Grunac había concentrado el ataque de dos cabezas sobre don Alonso y Ursicio, y eso nos permitió a don Martín y a mí destruir a la tercera cabeza, hiriendo fatalmente a la bestia.

— ¿Y qué ocurre ahora? — preguntó mi señor al portavoz de los árbitros, un viejo fraile mercedario.

— La decisión compete al plenario de los Dos Concejos. Mientras tanto no se debe tocar nada.

— ¿Están locos? ¡Tardarán días, si no semanas, en llegar a una resolución! ¡Si lo hacen!

— Deberás recurrir a la virtud de la paciencia, hijo mío — respondió fray Sebastián.

— ¿Paciencia? El cuerpo se pudrirá, o será devorado por los carroñeros. ¡O saqueado por bandidos!

— Podemos protegerlo. Monte abajo, cerca del campamento, hay un nevero, grande. Allí se conservará perfectamente todo el tiempo necesario. Mañana organizaremos el traslado.

No había mucho más que hablar, y nos preparamos para pasar la noche allí mismo, custodiando los restos. O lo que es lo mismo, a nuestro botín. Nos acompañarían varios de los cazadores, pero también se quedaron los cofrades del Dragón, y unos y otros alimentamos las hogueras y apilamos ramas y hojas para montar algo parecido a unos lechos, además de vigilarnos mutuamente. Usando nuestros escudos, mi señor y yo recogimos nieve de nuestro alrededor para apilarla encima del cadáver del monstruo. Hecho lo cual, agotados, nos sentamos junto a uno de los fuegos, tan difícilmente encendidos a causa de la humedad general.

Yo seguía aferrado a mis dos lanzas y, aprovechando la cercanía de las llamas, introduje las aceradas puntas en el fuego, esperando borrar las huellas del veneno. Aquello llamó la atención del escudero de un caballero de la Borgoña, venido para participar en la caza, y que me preguntó por los motivos de mi maniobra.

— Están manchadas con la sangre del dragón. ¡Quién nos asegura que no es venenosa! — y para mayor verosimilitud, añadí que haría lo mismo con la hoja de mi terciado. El escudero pareció convencido y no dijo más, y tampoco dijo nada mi señor, pero me miró fijamente y comprendí que dudaba sobre las exactas circunstancias del combate. Era un guerrero de gran experiencia. Quizás suficiente como para detectar haber sido favorecido por el uso de armas mágicas.

Nada bueno tuvo aquella noche de frío y miedo, aunque al menos estábamos vivos y enteros. Y hubo paz, o quizás sólo una tregua, inestable y seguramente corta, pues no veía yo cómo los Concejos del Norte y del Sur podrían llegar a un acuerdo aceptable por las partes. Y en ausencia de pacto, serían las armas las que decidieran. Un enfrentamiento entre la Cofradía del Dragón y los caballeros cazadores. Pero eso provocaría una guerra civil en Ciudad Partida, y sin embargo la urbe había sobrevivido durante siglos, durante los cuales era seguro que se habían producido situaciones mucho más críticas que la vivida ahora. Me preguntaba qué sistema había servido para apaciguar los ánimos y bloquear los impulsos violentos de los ciudadanos de uno y otro lado de la ciudad.

Habían transcurrido casi tres horas de luz, cuando llegó una numerosa expedición procedente del campamento, con víveres, ropa y tiendas de campaña. Indicación de que se tardaría en resolver el pleito, y que por tanto deberíamos permanecer allí en las alturas de la sierra, custodiando el trofeo en disputa. Entre los recién llegados figuraba don Gabriel de Mora, que además parecía mandar y disponer. Entendí que quería proteger su inversión, y en efecto, tan pronto hubo saludado a don Martín, marchó con él a ver de cerca las tres cabezas de Grunac, medio cubiertas de nieve, alineadas una junto a otra al lado de la montaña de intestinos que constituía su cuerpo decapitado. No estuvieron solos en esa inspección, pues varios geoides se acercaron con presteza, vigilando atentamente los movimientos de los cristianos. Me pareció que el bando de los hijos de la Tierra se había reforzado desde el día anterior, sobresaliendo los gigantes, nueve pude contar, encabezados por el imponente Simún. Si la posesión de los restos del dragón se decidía por la fuerza de las armas, sentía yo fuertes dudas sobre nuestra posibilidad de victoria pues no llegábamos a la treintena los caballeros y asistentes que seguíamos en el lugar del combate. Eso debió pensar el burgués, a juzgar por su preocupado semblante, y porque tras hablar con mi señor, se acercó al gigante cabezudo con ánimo de parlamentar.

Hablaron más tiempo del que yo hubiera imaginado, pero cuando don Gabriel volvió con nosotros se limitó a decir que los geoides acatarían el fallo de los dos Concejos. O eso había asegurado Simún.

— ¿Le creéis? — preguntó don Martín, que evidentemente no lo hacía.

— No. Están reforzándose, según me han dicho algunos de los nuestros.

— En efecto. Han venido bastantes más hijos de la Tierra, desde ayer.

— ¿Podemos contar con todos los caballeros aquí presentes?

— Habrá que preguntárselo. Pero dudo mucho que el caballero del Pino luche a mi lado, y seguramente tampoco lo harán algunos otros.

— Sí, la envidia no es buena compañera. Pero debemos saber qué fuerza tenemos.

Me atreví entonces a intervenir en la conversación. Mi condición de mero paje más que superada por mi recién adquirido rango de matador de dragones.

— Si los cofrades y sus aliados actúan, ¿lo harán antes de que se lleve el cuerpo a la nevera?

— Creo que sí. Aquí están más cerca de los caminos que conducen a las Tierras Altas de Castilla. — contestó don Martín.

— ¿Cuánto tiempo nos queda? — pregunté. Y respondió don Gabriel, que demostraba tener grandes dotes de organizador.

— El traslado a la nevera podría hacerse mañana. Hoy ya han empezado a abrir un camino entre los árboles. A primera hora saldrán del campamento con los carros y grúas, para llegar aquí a mediodía. Cargamos y salimos hacia la cueva de hielo. Yo me vuelvo para comprobar que todo se hace según lo convenido.

Asintió don Martín, y se dirigió hacia donde los caballeros y sus ayudas terminaban de despachar los víveres traídos por la expedición del burgués. Se detuvo frente a ellos, desenvainó a Avileña y la hincó en el suelo, dejando su mano apoyada en el pomo. Gesto de que sus palabras se pronunciaban bajo el signo de la cruz.

— ¡Oíd, compañeros, oíd! Habéis permanecido junto a mí toda esta noche, larga y fría, para defender el derecho, no solamente el mío, sino el de todos los cazadores, a percibir la recompensa debida. Pues los hijos de la Tierra, quebrantando un mandamiento secular, amenazan con impedir la entrega de los despojos que legítimamente corresponden al vencedor. Habréis visto como desde hace horas van llegando gigantes y homúnculos, hiporiones y monóculos, cada vez en mayor número. ¡No pensareis que vienen tan solo para despedir a Grunac! Si sucumbiendo a su condición de seres sin alma, intentan usar la fuerza para arrebatarme lo que es mío, ¡yo lucharé hasta la muerte, en defensa de mi honor y mi derecho! Pero me pregunto... ¿luchareis a mi lado?

Los interpelados se miraron unos a otros y de inmediato respondió el borgoñón don Romualdo de Usés, declarando su disposición, incluso su deseo, de enfrentarse a los hijos de la Tierra, seres sin alma y sin forma humana, como los describió.

— ¡Sí, sí! ¡Oíd, oíd! — exclamaron otros, pero entonces se adelantó don Beltrán del Pino, matador de dragones, cuya estatura sobresaliente enmudeció a todos, se apoyó en su larga lanza de gruesa asta, se despojó del yelmo y habló.

— Nobles y valerosas palabras las que hemos oído. Difícilmente podríamos estar en desacuerdo, ninguno de nosotros, que hemos venido de tierras lejanas para arriesgar nuestras vidas frente al dragón. Permitidme recordar cómo hace diez años, con esta misma lanza, di muerte a Selión, antecesor de Grunac, que ahora yace despedazado más allá. En aquella batalla no dispuse de la ayuda de un escudero bien armado, como ahora ha disfrutado don Martín. Tampoco hubo reticencias por parte de los árbitros, pues nadie puso en duda la limpieza de mi victoria. Es lamentable que no ocurra lo mismo en esta ocasión. Pero ello nos obliga a esperar al fallo de los Concejos, para que quede sin mácula el honor de los cazadores, pues sin duda eso es lo que se resolverá.

Todos entendimos el sentido del discurso de don Beltrán, y más de uno llevó la mano a la empuñadura de su espada. Y otro caballero, cuyo nombre he olvidado, tomó la palabra.

— No es sólo el honor de don Martín de Pas y del señor de Trihuega lo que se dirime. Los despojos del dragón, muy especialmente las tres cabezas, alcanzarían un precio incalculable si llegan a las lonjas de Ciudad Partida, donde tantos mercaderes de bienes preciosos han arribado, o ellos o sus agentes. Uno de esos traficantes acaba de marcharse de aquí, todos le hemos visto. Y os digo, todo guerrero que combate tiene derecho a su parte del botín, del que se gana o del que se protege.

Se oyeron murmullos de aprobación, y todas las miradas se dirigieron a don Martín, pues era evidente que estaba obligado a responder.

— Me complace oír que se me reclama repartir el trofeo con los aliados, con las espadas amigas que garantizarán que las reliquias de Grunac queden en manos de quien las obtuvo en buena lid. Y al reclamarlo, reconocen mi derecho. Pues algunos de vosotros, aunque sois de los nuestros, aceptáis la pretensión expuesta por los hijos de la Tierra, que me niegan la victoria sobre Grunac. Me pregunto qué harán los que así se acomodan a los deseos de los otros, si la pugna entre ambas partes se convierte en una prueba de fuerza, a decidir mediante las armas. Me sorprende ver como unos caballeros curtidos en cien combates renuncian a la lógica de la espada para atenerse a rebuscados argumentos propios de leguleyos. Pues a eso se reduce la cuestión. La norma, que algunos pretenden que fue vulnerada por mí, sólo dice que ningún cazador atacará al dragón hasta que no haya terminado el combate anterior. Y en otro lugar dice que los combates serán a muerte. Y de ello los desalmados deducen que yo no hubiera debido atacar a Grunac hasta que don Alonso de Trihuega hubiera entregado su alma. Y ahora, miradme a la cara y decidme qué habría hecho cualquiera de vosotros, ¿acaso permanecer inmóvil, apoyado en su lanza como un anciano se apoya en su bastón, mientras nuestro hermano agonizaba, esperando la llegada de la muerte? Permitidme que lo dude, pues quiero creer que quien se encontrase en esa situación acometería a la bestia, sin darle opción a escapar y perderse en el bosque. A no ser que bajo esa parálisis sólo se escondiera una mera cobardía... ¡pero no, eso no es posible! Entonces... ¿será el rencor motivado por la envidia?

— ¡Basta de palabrería ofensiva! ¿A quién llamas cobarde o envidioso? — gritó un caballero de Aragón, siempre cercano a don Beltrán.

— Si te sientes ofendido, tendré sumo placer en solventar la cuestión con nuestras espadas.

El anciano fray Sebastián, del Colegio de Árbitros, había escuchado el debate con creciente preocupación, y al llegar el momento del desafío no esperó más y se interpuso entre los contendientes. Con su blanca barba y robusto báculo semejaba a un santo apóstol, y los excitados caballeros dieron un paso atrás.

— ¿Acaso los humores del dragón muerto corrompen vuestras mentes? ¿Vais a mataros unos a otros, mientras los hijos de la Tierra os observan divertidos y burlones, esperando el momento adecuado para acabar con los supervivientes?

Nadie respondió durante un largo momento, hasta que don Beltrán del Pino alzó su lanza, diciendo:

— Dejemos que los Concejos decidan, como es su prerrogativa. Y mientras eso ocurre, protejamos el cuerpo de Grunac de cualquier intento de profanación.

No era ese el primer deseo de don Martín, que había manifestado su preferencia por atacar a los geoides y solucionar el litigio por la vía militar. Pero entendió que la mayoría estaba por la vía de los leguleyos, como la había descrito anteriormente, y aceptó.

— ¡Sea pues! Mañana escoltaremos el cuerpo hasta su tumba temporal, y una vez depositado bajo el hielo, estableceremos los turnos de guardia. Y reconoceré los servicios prestados, que se remunerarán con los pagarés emitidos por el convento de Santa Brígida.

El sistema de pago no entusiasmó a los caballeros, más partidarios del cobro en plata u oro, pero hasta ellos, poco versados en finanzas, entendían que don Martín carecería de efectivo hasta disponer plenamente de los despojos de Grunac. Y el convento era garante del futuro pago, al menos en teoría.

Repasando estas líneas, escritas tiempo después de los hechos relatados, me pregunto si son fieles a lo verdaderamente ocurrido, o si mi memoria ha embellecido o distorsionado la historia real. Los discursos de los caballeros en el debate que estuvo cerca de llevarlos al duelo, aparecen quizás más pomposos de lo que fueron. Y no sé si he logrado describir con exactitud el horror cambiante que fue el dragón llamado Grunac. En estos años he intentado una y otra vez dibujar su retrato y, aunque soy un buen artista, siempre he borrado el pobre resultado. Pero me consuela pensar que los más ilustres autores, cuyas crónicas he estudiado repetidas veces, también deformaban, cambiaban, ocultaban, embellecían e incluso inventaban, quizás construyendo una gran verdad general a costa de la exactitud de los detalles. Aunque nada invento ni exagero cuando menciono la incomodidad y el frío padecidos en aquellas alturas, al pie de los negros acantilados que constituyen los cimientos de las Tierras Altas de Castilla.

6

LA CUSTODIA

Don Gabriel de Mora era hábil financiero y capaz organizador, pero no tan buen conocedor de los problemas del transporte, sobre todo en terreno difícil. La comitiva de porteadores, reclutados entre los que cargaban los pasos de Semana Santa, no llegó donde nosotros al día siguiente, como se había anunciado, sino dos días después. Y hubieran tardado más, de no haberse incorporado los gigantes a los trabajos de apertura del camino a través del bosque. Un éxito de la habilidad negociadora del burgués onubense, aunque no sin obligarse a un pago sustancial. Carga transferida a mi señor, que se lamentó con amargura.

— Sabes, Álvaro, aunque venda las cabezas del dragón a muy buen precio, apenas conseguiría cancelar mis deudas. Suponiendo que no incurra en otras nuevas antes de terminar todo este negocio.

— ¿No obtendréis ningún beneficio de vuestra hazaña? ¿No os parece suficiente la fama? Pero, claro... ¿de qué sirve que los juglares canten esa gesta, si podéis perder hasta vuestra espada? ¡Avileña la hipotecada!

— ¡Eso no ocurrirá jamás! — contestó con torvo semblante. Y al ver mi cara, sorprendida ante su propósito de incumplir un pacto, quiso explicarse.

— El monóculo Docio no reclamará la entrega de Avileña, si no puedo abonarle lo convenido. En lugar de plata me exigirá la prestación de algún servicio.

Intenté imaginar qué clase de servicio podría necesitar el geoide, pues don Martín sólo podría prestar la fuerza de su brazo y el filo de su espada. ¡Un caballero cristiano sirviendo a un hijo de la Tierra!

— Por otro lado, quizás la Orden os reclame para regresar a su seno. O el duque de Secobia, o hasta el mismo rey, os concedan un señorío. Nunca hasta ahora un cazador ha dado muerte a un dragón de cinco festivales, como Grunac. Seréis reclamado por todas las cortes de la Cristiandad. Príncipes y nobles desearán conoceros en persona.

— ¿Quieres decir que no debo preocuparme por la plata? ¿Qué todo me será pagado? — respondió con una sonrisa — Pero la memoria de los hombres es corta. Pronto esos señores se cansarán de oír mi historia. Y tampoco me atrae representar el papel de cuentista ambulante, casi como un bufón.

— ¿Y cuál es vuestro papel, mi señor? Yo espero escribir la crónica de los hechos del caballero Martín de Pas, con el relato pormenorizado de sus batallas, pecados y redención.

— ¿Y por qué crees que podrás describir esos hechos? ¿O pecados?

— De algunos he sido testigo. De otros… espero merecer vuestra confianza, y oírlos de vuestra boca.

— ¿Y merezco yo la tuya? ¿O me ocultas algo?

Callé un largo momento, repasando la respuesta a una pregunta que no me resultaba inesperada. Y contesté lo que ya tenía decidido.

— Acerca de lo que se ignora no se puede mentir.

Asintió don Martín, y me cogió del brazo para llevarme junto a una hoguera, diciendo:

— Veo que no soy yo el único que tiene deudas. Y sí, al menos te debo el relato de mis hechos, como los llamas. Algún día te los contaré.

El cuerpo de Grunac olía desagradablemente cuando, a base de brazos, cuerdas y palancas, fue cargado en una plataforma de tablones para ser llevado a la nevera. Tanto en esa maniobra, como en la inmediata operación de traslado, resultó decisiva la participación de los gigantes, dispuestos a extraer a los cristianos toda la plata posible, pero sin cuya fuerza soberbia no hubiéramos terminado nunca. Fue una marcha lenta, que nos ocupó todo el día, pero pudimos llegar a nuestro destino con suficiente margen de luz diurna, e inmediatamente se procedió a la descarga. Previamente enviados por don Gabriel, unos albañiles y carpinteros habían ensanchado la puerta de entrada y levantado suficientes tablas del suelo para permitir el paso del cuerpo y dejarlo caer al gélido espacio inferior, donde se almacenaba el hielo usado por el gremio de neveros.

Desde arriba, alumbrándonos con teas y hachones, cristianos y geoides dimos un último vistazo a los restos del dragón, que fueron rápidamente cubiertos con más hielo arrojado desde nuestra posición.

Y entonces nos reclamó fray Sebastián, golpeando una roca del suelo con la contera de su cayado, y escoltado por los otros once árbitros, que ahora se mostraron unánimes.

— ¡Oíd, oíd! El cuerpo de Grunac, el dragón, permanecerá en esta nevera, a salvo de corrupción y carroñeros, hasta que los Dos Concejos dicten sentencia. Ahora los litigantes, siendo la primera parte el caballero don Martín de Pas, en unión de los demás caballeros cazadores, y siendo segunda parte, la Cofradía del Dragón, cuya voz es portada por Simún, el gigante, como digo, ambas partes jurarán por Dios todopoderoso y por su honor, que nadie accederá al interior de la nevera ni importunará la integridad del cuerpo de Grunac, hasta que la sentencia determine qué se ha de hacer con dicho cuerpo, y a quien pertenece. Y ambas partes jurarán también que esa sentencia será acatada en todos sus términos. ¿Me habéis oído? Pues… ¡Jurad!

Levantando voces, manos y zarpas, todos juramos. O eso parecía, porque al hacerse de ese modo multitudinario, resultaba imposible asegurar que algunos no hubiesen permanecido en un disimulado silencio. No acabaron allí los trámites, pues ambos portavoces hubieron de firmar un pagaré, por el que el adjudicatario del cuerpo debería abonar al gremio de neveros una cantidad por el uso del depósito.

— ¡Y por la pérdida de todo ese hielo corrompido, que deberemos sustituir por entero! — exclamó enfático el maestro nevero, que para mi sorpresa resultó ser un peludo lobisome.

Los árbitros establecieron un sistema de guardias, formadas por parejas dobles, y ello nos permitió a don Martín y a mí regresar al campamento junto con los demás cazadores, en una columna de antorchas que llegó a su destino a la medianoche. Tarde, pero con tiempo de beber vino y devorar pan y tasajo, antes de acostarnos en unos lechos que me parecieron principescos comparados con lo padecido monte arriba, junto al cuerpo del dragón. Despojándome por fin de la odiosa cota de mallas, me tumbé sobre el camastro de paja, me cubrí con una manta áspera pero cálida y cerré los ojos, acompañado de los ronquidos y resoplidos de los otros cazadores con quienes compartía la tienda. No sabría decir cuánto tiempo llevaba dormido, aunque todavía era de noche, cuando noté la presencia de alguien junto a mí, presencia excesivamente cercana. Durante un segundo creí que me querían robar, aunque lo único de valor que tenía junto a mí eran unas pocas monedas y el terciado, que ya nunca dejaba lejos, siguiendo las enseñanzas de don Martín. Pero una mano me acarició la mejilla, suavemente, aunque con dedos de rugosa piel, y me quise levantar de inmediato para rechazar esa incursión en mi intimidad, que habida cuenta del lugar donde me encontraba y con quien lo compartía, solo podía provenir de algún insolente sodomita. Pero, no obstante mi indignación, fui incapaz de moverme.

— ¿Quién eres? ¿Qué quieres?

— ¿Te has olvidado de mí? — susurró en mi oído una voz inconfundible.

— ¡Argisán! ¿Qué haces aquí? ¿Cómo?

Como en la Casa Negra, vi, muy cerca de mí, las hileras de blancos dientes de la sonrisa de la bruja, cuyos dedos, ásperos como lijas, seguían tocándome la cara, quizás por ser la única parte descubierta de mi cuerpo.

— Puedo visitarte siempre que lo desee, Álvaro. Conservo cuidadosamente tu donación.

— Pero... ¿cómo has llegado? — insistí.

— Tal vez he volado por los cielos, subida en mi escoba.

— Este es un campamento cristiano. Se celebra misa todos los días. Hay altar y sagrario. No deberías haber podido entrar.

— Pero estás tú. Me has dado tu sangre. Es una cadena irrompible la que nos une.

— ¿Qué quieres de mí? ¿No te basta con esa sangre de la que hablas?

— He estado observando todo lo acontecido durante la cacería. Debo reconocer que usaste con acierto mi regalo.

— ¿Regalo? Pagué bien su precio.

— Lo que sea, pero he venido para decirte algo.

Creo que asentí, con los ojos cerrados, pues la mano de largas uñas recorría mi cara, como reconociéndome mediante el tacto dada la total oscuridad de la tienda. Y Argisán continuó.

— Quiero hacerte notar que el desenlace de la pugna por los restos de Grunac está en tus manos. Y por tanto en las mías.

No contesté de inmediato, estudiando lo que había querido decir. Yo también había meditado sobre ello, pero existía un obstáculo a cualquier solución.

— Tengo entendido que ambos Concejos tienen igual número de miembros. Ocurrirá como en el Colegio de Árbitros. No veo cómo se solucionará el empate entre unos y otros.

— Eres un hombre de poca fe. Tanto en un Concejo como en el otro hay suficientes concejales honrados. Votarán lo que crean que es justo, a la vista de los hechos probados.

— Pero puede que no nos crean a don Martín y a mí. Ni siquiera lo hacen algunos caballeros cristianos.

— Pero no seréis los únicos testigos del combate.

— ¿Y quién más? Ah... tú misma... ¿con un espejo mágico?

— Sólo Ilandrina, nuestra reina, tiene una joya tan útil. Pero no vive en Ciudad Partida, sino muy lejos de aquí, en su castillo de las Tierras Altas. Pero hay otros medios de ver a distancia, como la pila de agua clara que tenemos en nuestra Casa, mis hermanas y yo. He de decir que combatiste con valor, aunque sólo seas un paje.

— ¿Y testificareis a nuestro favor?

— Diremos lo que vimos, nada más.

— Entonces... ¿por qué dijiste que el resultado estaba en mis manos?

— Existe la posibilidad de que alguien pregunte si vuestras armas poseían un poder no natural.

— ¡Lo negaré rotundamente! Pero... tú, tus hermanas, ¿qué diréis?

No respondió a mi pregunta, sino que me hizo otra, quizás retórica.

— ¿Mentirás? ¿No te importa quebrantar el octavo mandamiento?

La sonrisa de Argisán brilló con más intensidad, las cinco uñas de acero se clavaron en mi pecho, y con un grito salté del camastro. Pero a nadie pude ver en la oscuridad, sólo oía a los otros durmientes, y entendí que mi visitante ya se había ido, si es que alguna vez había estado en la tienda y no solamente en mis sueños.

La mañana siguiente, a lomos de Deimos y Canelo, volvimos donde el nevero, acompañados de Timo, que correteaba contento de estar con nosotros. Aunque al llegar cerca del depósito, pasando sobre el rastro de nuestro viaje anterior, gruñó con ferocidad, erizados los pelos del lomo. Sin duda el leve hedor del cadáver era perceptible para los perros, y no sólo para ellos. Describiendo lentos círculos en el aire, varios buitres aguardaban pacientes la ocasión de cumplir con su misión limpiadora.

Todo estaba según lo previsto y pactado, las guardias y los relevos cumpliéndose ordenadamente. Aunque nuestro turno no llegaría hasta el día siguiente, don Martín decidió quedarnos allí todo el día, lo que resultó aburrido, pues pocos cristianos o geoides aparecieron, aparte de los obligados por tener guardia. Hubiera sido oportuno que mi señor aprovechase la tarde para revelarme esos hechos de su vida que yo necesitaba para mi proyectada crónica, pero estuvo poco hablador, salvo para darle vueltas a su situación financiera. Yo no la veía tan difícil.

— Me disteis a entender que la Orden os pagaba por llevar las perlas al convento. Y ese dinero se usó en la inscripción en la cacería. Así que vuestra deuda se reduce a la de la espada. No puede ser tan alta... y vos mismo decís que el monóculo Docio os la canjeará por un servicio. A no ser que haya más que yo ignore, otras deudas de vuestro pasado.

— Te olvidas de lo que he prometido a los caballeros por proteger el cuerpo de Grunac.

— Pero si no triunfáis en el pleito, ellos no pretenderán cobrar...

— ¡Álvaro, Álvaro, que ingenuo eres! Y hay otros pactos que cumplir. El burgués puso dinero para la inscripción del señor de Trihuega, para pagar a las brujas, en comprar los puestos de partida, en las mudanzas de estos días... hasta en la ayuda de los gigantes...

— Es un negociante. Ha hecho una apuesta que puede perder.

— Una apuesta, dices... sí, así podría considerarse, por dejar el resultado en las manos de los Concejos.

No supe qué más decir, pues temía lo que Argisán y sus hermanas decidiesen declarar ante tales tribunales. Tenía que saber algo más, aunque nada pudiera contarle a mi señor. Y le pedí permiso para bajar a la ciudad la mañana siguiente, con tiempo de volver a la tarde, cuando era nuestro turno de guardia.

— ¿Vas a visitar a las hadas? ¿O al ama de doña Asunción?

Trotando a lomos de Canelo, alejándome de dragones muertos y geoides vengativos, sentí como cierta paz regresaba a mi espíritu, aunque fuese de modo provisional, pues la sentencia de los Concejos podía llevarnos, a don Martín y a mí, a la ruina y el deshonor. Y todo dependía de la declaración de las Brujas Negras.

Al llegar a la Triple Puerta mostré el documento que certificaba mi calidad de cazador de dragones, aunque fuese como auxiliar, esperando que ello me franquease el paso sin mayor problema. Y pude entrar, pero no de inmediato, porque en seguida comprobé que no sólo el nombre de mi señor, sino también el mío propio, se habían hecho ampliamente conocidos. El gendarme que examinó mis papeles se volvió hacia sus compañeros, gritando que había llegado el matador de Grunac, y a ellos se unieron los numerosos transeúntes, que me rodearon de cerca, acribillándome a preguntas y tocando a mi caballo y a mí. Hubo un momento en que pensé que me iban a despojar de ropas y armas, como si fuesen reliquias sagradas, y azucé a Canelo hasta abrirnos paso y emprender rumbo al convento. Aquel recibimiento me hizo pensar, pues si tan amados éramos en nuestro lado... ¿me recibirían con los correspondientes odio y violencia los habitantes del otro lado? Afortunadamente, una vez en el interior de Ciudad Partida, no había necesidad de mostrar mi identidad, aunque cruzase al lado norte. Pero creí prudente disimular mi aspecto, y eso hice en el convento. Pero no fue rápido.

El Prior y el Deán me interrogaron durante buen rato, deseosos de conocer todos los detalles de la cacería, junto con los demás frailes que escuchaban atentamente mi relato.

— Si te he entendido bien, el acto decisivo fue el tajo con el que el caballero de Pas decapitó al dragón. Un golpe de espada extraordinario — concluyó el Prior, en tono pensativo, como si estuviera imaginando ese instante, quizás juzgando su verosimilitud, seguramente preocupado por la controversia suscitada en torno a la limpieza de la batalla. Finalmente dieron por terminado el examen, y el Prior me permitió dirigirme a mi celda. Le había contado que el onubense don Gabriel deseaba que llevara a su esposa noticias de lo que ocurría en la montaña. También le dije que era mejor no ser reconocido, habida cuenta del tumulto ocurrido en la Triple Puerta, y por ello me quitaría la cota y el sayo, manteniendo el tosco capote encapuchado, y dejaría allí caballo y lanzas, que recogería una vez hecho el recado.

Caminé rápido, sabiendo del poco tiempo de que disponía antes del volver al convento si no quería levantar sospechas, pero nadie interrumpió mi marcha, crucé el canal y llegué a la Casa Negra sin novedad. Subido a las ramas del árbol, como un pajarraco, el homúnculo me observaba en silencio, quizás sin reconocerme bajo la capucha. La puerta estaba abierta, y pensé que seguramente me esperaban, pero no vacilé y entré en la oscuridad.

El hogar central emitía una luz más intensa que en ocasiones anteriores, una luz rojiza que me permitía ver a las brujas, a las tres, sentadas en sus altos sitiales, mirándome con ojos fosforescentes y sonrisas de escualo.

— Bienvenido, Álvaro. Nos alegra que hayas acudido tan raudo a nuestra llamada.

— He venido por mi propia iniciativa...

— Como prefieras. Carece de importancia.

— ¿Qué deseáis?

— La vista ante los dos Concejos se celebrará en dos días. Y como ya te adelanté, todo depende de nuestra declaración. Podemos limitarnos a atestiguar que tu señor y tú atacasteis a Grunac cuando don Alonso y su escudero ya habían caído. O podemos añadir algún detalle adicional. Las lanzas envenenadas, por ejemplo.

— ¡Pero... eso sería confesar vuestra complicidad! ¿Qué obtendríais a cambio? Nada, tan solo una sanción, no sé cuál, pero es seguro que os castigarían. No os creo.

Las tres brujas se miraron unas a otras, muy poco impresionadas por mis palabras, incluso divertidas, a juzgar por sus cada vez más amplias sonrisas. Y habló de nuevo Argisán.

— Eres descarado, hablándonos así... pero no lo has pensado demasiado, Álvaro. No hace falta mencionar tus lanzas, cuando podemos dirigir la atención de los concejales hacia otra cosa. ¿No se te ocurre cuál?

— ¿Otra...? ¡Maldita sea! ¡La espada!

— Muy bien, Álvaro. Sí, Avileña, ese acero forjado en el taller del mejor espadero de entre todos los monóculos. Pero cuyo uso en la cacería... Ya sabes, todas las armas deben ser producto de las manos de los cristianos.

Intenté rebatir aquella amenaza, argumentando que Avileña carecía de poderes mágicos, no era más que un arma muy bien fabricada. Argisán me hizo callar con un gesto de su mano, y habló otra de sus hermanas, Egirán.

— Piensa antes de hablar, hijo de la panadera. El fallo del juicio pende de un hilo. Desvelar la naturaleza de Avileña será suficiente para convencer a uno o dos concejales antes indecisos. ¿Olvidas que incluso ahora, desconocedores de tal circunstancia, varios de los caballeros ponían en duda vuestra victoria?

— Pero... nobles señoras... ¿qué obtendríais con esa declaración? Los restos del dragón serían entregados a la Cofradía... ¿acaso sois miembros de ella? Pero entonces, ¿por qué nos entregasteis los polvos de la invulnerabilidad, la brújula, el veneno?

— No demos más vueltas, hermanas, el pobre joven es demasiado inocente...

— Queréis algo... ¡las reliquias!

— Por fin, Álvaro. Queremos que tu señor triunfe en el juicio, reciba el cuerpo del muerto Grunac, y nos entregue una parte razonable. Sabemos que tiene deudas y somos generosas. Nos conformaremos con dos cabezas. Él se puede quedar con el resto.

— Y tú nos darás dos dosis de tu sangre, para Uristán y para mí. No va a ser Argisán la única en disponer de tal golosina — añadió Egirán, apuntándome con su larga lengua.

— ¡Por favor! Quedaría muy debilitado... y debo volver esta misma tarde a la montaña. Para hacer guardia toda la noche en el nevero.

Las desalmadas se miraron un instante, y habló Argisán.

— Puedes irte libremente, pero antes jurarás por tu Dios que harás esa donación a mis hermanas, una vez haya concluido este conflicto. Y transmite nuestra oferta a tu señor. Hoy mismo. Debemos tener su respuesta antes del juicio.

¿Qué otra cosa podía hacer, salvo jurar que les entregaría mi sangre virginal? Y también prometí cumplir todas sus demás exigencias. Volví hacia nuestro lado casi a la carrera, porque debía pasar por la Posada del Buen Yantar para cumplir con el encargo del burgués, como le había dicho al Prior. Me ilusionaba ver de nuevo a doña Asunción, y hablar con ella, aunque fueran unos minutos, pero no tuve suerte, porque las damas estaban ausentes, y sin perder más tiempo proseguí hasta el convento. Afortunadamente no me hicieron muchas preguntas y pude armarme, cargar algún equipaje, montar a Canelo y partir a galope hacia la Triple Puerta.

Encontré a don Martín irritado por lo que consideraba un retraso por mi parte y, sin esperar para comer algo, marchamos hacia la nevera. Hecho el relevo de la guardia, nos sentamos frente a la hoguera con que apenas conteníamos al frío nocturno, bien cubiertos con gruesos capotes. A unos pasos de distancia, frente a su propio fuego, la pareja de los Otros. Un lobisome que nos saludó con una mueca plena de colmillos, armado con una cuchilla curva como una hoz, hincada en el suelo junto a él. Su compañero era el monóculo de mayor anchura que había visto hasta entonces, equipado con un martillo digno de alguno de esos dioses venerados por los bárbaros paganos de Germanía. Respetable dúo, aunque al menos ninguno es un gigante, me dije. Comimos algo de pan con queso, bebimos vino de la bota, y ya de mejor humor, el caballero se dignó hablarme.

— No sé por qué, pero me parece que no has ido a los baños. ¿Has preferido aprovechar la visita a la dueña de las tetas?

Había llegado el momento y, mirándole de frente, confesé la verdad de la muerte de Grunac, la existencia de las lanzas envenenadas, el negocio con las brujas y sus actuales exigencias. Mientras me escuchaba, don Martín apretaba las mandíbulas, quizás conteniendo la ira ante lo que debía considerar una traición. Terminé y quedé mudo, esperando la reacción de mi señor, temiendo una explosión de cólera, pero se levantó, dio unos pasos y finalmente volvió a su sitio, un gesto amargo en su faz.

— Ahora descubro el motivo de tu presencia, por qué pedí que me acompañara un paje…

No entendí en ese momento el sentido de sus palabras, y permanecí callado, mientras don Martín apretaba el puño de la espada hasta volver a hablar.

— Soy yo el culpable de tu maquinación. No debí obligarte a participar en la caza. Nada más lógico que recurrieras a cualquier método para evitar ser muerto por Grunac. Pero al hacerlo, me has despojado de la gloria de mi triunfo. No fui yo, sino tus malditas lanzas, las que acabaron con el dragón invencible.

— Fuisteis vos quien cortó las cabezas, dos de tres. Y no hay deshonra en recibir la ayuda de un aliado. Cuando Heracles destruyó a la Hidra de Lerna, su sobrino Iolao luchó a su lado.

— Si accedo a la petición de las brujas perderé hasta la última blanca, quizás ni siquiera pueda saldar todas mis deudas... Me quedará tan solo el honor de mi victoria... un honor ilusorio.

— En ese caso seréis el único juez de nuestros actos. Pero si las brujas cuentan lo que saben...

— Ni fama ni fortuna. Tendré deudas y deshonor.

— Debo llevarles una respuesta.

— La noche es larga. Debo pensar.

Don Martín se levantó y fue hacia los caballos, para sacar algo de las alforjas. La bolsa de café y la perola, que llenó con nieve y puso al fuego. Poco después humeaba la infusión, cuyo olor atrajo la atención de los hijos de la Tierra. Los vi cuchichear y luego se levantó el lobisome, que según nos dijo antes, se llamaba Niachi. Se acercó hasta nosotros, hizo una breve reverencia ante los matadores del dragón, como nos había llamado antes, y mostrando un tazón manifestó su deseo de probar aquel brebaje de tan extraordinario perfume. Ligeramente sorprendido, don Martín sirvió el resto del líquido, y observamos como los dos geoides compartieron el brebaje hasta la última gota.

— Una bebida reconfortante. Sería muy apreciada en las frías noches de las Tierras Altas. ¿Qué comerciante la proporciona? — dijo Niachi, relamiéndose las fauces con una larga lengua.

— Ninguno en Ciudad Partida. Esta ración es la mía particular, comprada en Córdoba a mercaderes venecianos.

— Os agradecemos compartir un producto que debe ser muy caro. Es una lástima la ausencia de proveedores. Como digo, se podría vender muy bien en nuestros lugares, ¿no crees, Daro?

El monóculo asintió con un gruñido, fijando en nosotros su ojo y mostrando sus dientes. Un gesto típico de su raza, pensé. Y habló el gordo, dirigiéndose a mi señor.

— Cuando emita su fallo el doble Concejo, y tus manos queden vacías, comerciar con esta negra bebida, café como la llamas, sería un posible remedio a tu ruina. No tan glorioso como subastar los colmillos de Grunac, pero...

Don Martín echó atrás el capote y desenvainó la espada, yo me incorporé de un salto, empuñando mi lanza y blasfemando por lo bajo, y el monóculo dio un paso atrás, pero alzando su martillo. Fue el peludo geoide con rostro de lobo quien saltó entre nosotros, gritando.

— ¡Deteneos! ¿Habéis olvidado vuestro juramento?

Permanecimos quietos y finalmente nos retiramos a nuestros puestos. Sentados junto al fuego, don Martín preparó más café, aunque solo para nosotros. Y al cabo de un rato, sonrió.

— ¿Sabes, Álvaro? Puede que ese enano insolente tenga parte de razón. Vender café a los hijos de la Tierra sería un buen negocio. Aunque haría falta un socio experto. Como el onubense.

— Y su esposa — me atreví a decir.

— Conozco a otro... muy adecuado para el comercio del café... me extraña que no haya aparecido por aquí.

Pero no me explicó quién era ese misterioso mercader.

No sé a qué hora de la noche, todavía del todo cerrada, me levanté a orinar y luego a dar vueltas en torno nuestra hoguera, intentando vencer el sueño. Al cabo de un rato don Martín me hizo un gesto para que me sentara de nuevo a su lado.

— Debes llevar mi respuesta a las brujas, este mismo día. Iré contigo, para que la oigan de mi propia boca. Antes pasaremos por el convento, a recoger algo.

No dijo más, y no me atreví a preguntar. Pasó largo tiempo, el caballero agitó las brasas, echó algunos tacos de madera, y volvió a hablar. Y, para mi sorpresa, me propuso contarme su aventura africana, aunque antes debía jurar que en la crónica de los hechos del caballero don Martín de Pas, si alguna vez llegaba a redactarla, nunca incluiría ciertos detalles de su cautiverio en Orán.

— Tú quieres escribir sobre las hazañas de un glorioso paladín de la Cristiandad, modelo de caballeros... y sí, puedes hacerlo, siempre que sólo incluyas una parte de los hechos. ¿O pensabas mencionar las lanzas envenenadas?

— No me lo había planteado... pero ocultar todo lo que no se atenga a un comportamiento ideal... produciría un resultado monótono. De escaso interés. Y falso.

— ¿Te das cuenta que deberías exponer también tus pecados? Te expulsarían de la Orden. Tampoco podrías simular que es una mera invención, dando distintos nombres a los personajes. Todo el que leyera el episodio de la caza del dragón sabría a quienes te refieres.

— Vos mismo me echasteis en cara tener una moral muy estrecha, pero en estos pocos días transcurridos a vuestro lado, he aprendido que la vida, lejos de la seguridad del convento, obliga a una perspectiva más amplia. Pero recurriendo a la mentira y el disimulo ¿no es así?

— En ocasiones es inevitable. Pero no se debe hacer alarde de esos actos, que quebrantan las leyes de Dios y de los hombres.

— Si no hubiéramos recurrido a la magia de las brujas negras, no habríamos encontrado al dragón o, de hacerlo, estaríamos muertos.

— El precio es muy alto. Yo no podré cancelar mi deuda con Docio, y deberé prestarle un servicio quizás deshonroso. Pero tú, Álvaro, ¡qué mal negociante! Esa crónica que proyectas no contendrá los que serían sus mejores pasajes. Y además, las Hijas de la Tierra tienen tu sangre.

Habíamos llegado a cierto acuerdo, pero era consciente que mi crónica sería apenas una caricatura de la realidad, si deseaba que fuese libremente copiada y pasada de mano en mano, como anhela todo hombre que escribe. Aunque tenía otra opción, que no quise mencionar a mi señor. Escribirlo todo, sin callar nada, y huir, renunciando a la Orden, para buscar mi sustento en otro reino, tal vez en Francia o Inglaterra. Allí podría darla a conocer, seguramente encontrar traductores para ello. Pero no podía infligirle tal ofensa a don Martín.

— No veréis ninguna crónica escrita por mí, ni completa ni mutilada. Os lo prometo.

Sin duda el lector que ha llegado hasta estas líneas sentirá cierto desasosiego al contemplar como pronuncio un evidente juramento en falso. Pero le ruego continúe hasta el final, y podrá comprobar que entre mis muchos pecados no se encuentra ese, al menos en aquella ocasión, sentado junto al fuego, cerca del nevero donde se custodiaban los restos del dragón Grunac, muerto por mi lanza envenenada.

Don Martín preparó más café, el último que tenía, según dijo, y comenzó el relato de su cautiverio y liberación, una historia que me sorprendió. Con frecuencia le interrumpí con mis preguntas, deseoso de dejar claramente establecidos todos los detalles, y así llegó el amanecer, y poco después el relevo. Por nuestro lado llegaron un caballero valenciano y su escudero, de su misma tierra. Por el otro, un gigante, que no era Simún, equipado con una maza de tamaño proporcionado al de su dueño, y un hiporión armado con arco y flechas.

— Espero que sean fieles a lo pactado. Los nuestros no les durarían un minuto — dije con preocupación.

— Sería el final de nuestros problemas ¿no crees? Una guerra civil en Ciudad Partida cancela todos los pactos, contratos y juramentos en vigor. Al diablo con las brujas.

Llegamos al campamento sin novedad, encontrando que don Gabriel había ordenado un copioso desayuno, sobre el que caímos con apetito. No me extrañó demasiado observar que quedaban pocas tiendas, y pocos acampados. Si no se producía ningún incidente en el nevero, y hasta el momento lo acordado se cumplía escrupulosamente, el centro de interés radicaba en la vista que se celebraría al día siguiente, pero en la ciudad. No había motivos para permanecer en un lugar tan inhóspito. El propio burgués dudaba sobre si quedarse o volver al bienestar de la Posada del Buen Yantar. Las últimas noticias sobre el estado del señor de Trihuega, ingresado en el Hospital de la Misericordia, eran las esperadas. Le habían amputado la pierna destrozada por Grunac, y todo dependía de la ausencia de infección.

— Si bajamos hoy podríamos pasar por donde las brujas, para adquirir algún ungüento, si lo tienen — dijo el mercader.

— No son las Negras las más versadas en pócimas medicinales. Lo suyo son más bien los venenos — contestó don Martín. Pero añadió que, tan pronto terminásemos el condumio, bajaría a la ciudad para tratar con las hadas del Jardín Enredado. Y convenció a don Gabriel para que se quedara en el campamento — sólo vos podéis mantener esto organizado — le dijo, añadiendo que estaríamos de vuelta esa misma tarde.

De nuevo a caballo, rumbo a Ciudad Partida, pregunté a don Martín por esas hadas, pues había oído que quien entraba en el laberinto vegetal donde habitaban no volvía a salir.

— Hay algo de exageración en esas historias. Creo que se sale tan pronto se entrega a las hadas la retribución por sus servicios.

— ¿Y tenemos con qué pagar?

— De momento tenemos crédito. Somos los matadores de Grunac.

Y la deuda sigue creciendo, pensé.

7
MEMORIA DE DON MARTÍN: EL CAUTIVERIO

Los sarracenos no cumplieron las condiciones pactadas en la rendición de la torre de San Antonio, en Larache. Los prisioneros cristianos serían canjeados por los musulmanes presos en Ceuta, fue lo convenido. Pero el emir, deslumbrado por sus victorias, creyó innecesario renunciar a la plata que le proporcionaría la venta como esclavos de casi un centenar de hombres, jóvenes y robustos en su mayoría. El valor de los que eran caballeros al servicio de la alta nobleza, o miembros de Órdenes militares, como don Martín de Pas, era aún mayor, porque existía la posibilidad de recibir un cuantioso rescate por ellos. Sin embargo, los mercados más boyantes estaban en las ciudades del norte, como Orán, y el victorioso caudillo Hicham Tazi decidió aprovechar la presencia de una flota presta a cruzar el estrecho, para embarcar en aquellas naves a los presos cristianos. En las oscuras y pestilentes bodegas fueron añadidos a la carga de esclavos negros traídos del sur del desierto, y poco después partió la escuadra, una docena de bajeles de cascos redondos y velas cuadras, naves desde las que todos los días se arrojaban al mar los cuerpos de los afligidos por la enfermedad, con frecuencia todavía vivos.

Pero don Martín no llegó a Orán tan pronto como estaba previsto. Superado el estrecho, navegaban las naves por el mar de Alborán, pero excesivamente dispersas, y ello facilitó el ataque de cuatro galeras de corsarios venidos del Este, de más allá del canal de Sicilia, a los que ser también musulmanes no impidió asaltar y adueñarse de dos de los barcos del convoy, uno de ellos el que llevaba a nuestro protagonista. Las galeras necesitan galeotes, y esa fue la suerte del infortunado caballero, que quizás lamentase no haber luchado hasta la muerte en Larache, un destino más honroso que la rendición cobarde y la cruel esclavitud.

El jefe de la flotilla corsaria era conocido como Abdul el Tiñoso, aunque no muchos le llamaban así a la cara. Repuestas sus dotaciones de remeros, prosiguió su campaña por el Mediterráneo occidental, merodeando por las costas del Reino de Valencia y las Islas Baleares, abordando naves solitarias y asaltando pueblos costeros poco protegidos, evitando navegar a la vista de las torres de vigilancia o cruzarse con las galeras del rey de Aragón.

Hacia la mitad del verano Abdul ancló en Túnez para descargar parte del botín y reponer provisiones. Fue una breve escala, en la que los galeotes pudieron gozar de algún descanso y también beber agua más fresca que la consumida durante la navegación. Pero pronto se hicieron a la mar, para volver a la rutina agotadora de manejar el remo, compartir comida seca e insípida cuando no pútrida y dormir sobre los duros bancos, siempre a la espera de recibir el látigo del cómitre.

A finales de septiembre, de nuevo en el mar de Alborán, uno de los temporales tan súbitos y tan frecuentes en esa época del año se abatió sobre las galeras del Tiñoso, una de las cuales desapareció sin dejar rastro. Por su parte, la *Perra encelada*, así llamaban a la nave en la que bogaba don Martín, se separó de las otras, perdió el árbol, y la calma posterior a la tempestad la encontró aislada, fuera de la vista de sus compañeras, aunque no de la costa. Y el capitán quiso emprender rumbo hacia el este, de vuelta a Túnez, dando por terminada la campaña de ese año. Pero el casco también había sido severamente dañado, apareciendo vías de agua que resultaron imposibles de sellar. La galera condenada puso proa hacia la ribera, intentando encallar en una playa de arena que se veía cercana. Y con escaso margen lo consiguieron, clavándose la nave a no mucha distancia de la tierra, cuando ya el agua llegaba a los bancos de los encadenados galeotes, que gritaban presos del pánico, suplicando ser liberados de las cadenas que ataban sus tobillos. Alguien, no supo nunca don Martín si siguiendo órdenes o por propia iniciativa, soltó los cierres y los remeros treparon a los puntos más altos del inmovilizado bajel. La lancha se había perdido en la tormenta, por lo que ni tripulantes ni forzados tenían medios de llegar a tierra, salvo a nado, habilidad que pocos dominaban. Pero estabilizada la situación, el capitán organizó el armado de un par de almadías usando para ello remos y cordajes. Y fue así como tripulación y chusma llegaron a la playa, sin más bajas, ni ocasiones de huir para los galeotes. Los moros habían conservado sus armas, y pronto quedó restablecido el orden de guardianes y presos. Pero la urgencia de encontrar agua y víveres obligó al jefe, el capitán Zineb, a ordenar la marcha hacía el interior, hacia unas lomas arboladas que se atisbaban desde la playa. Llegaron al oscurecer, y acamparon, agotados, sedientos, hambrientos y casi desnudos.

Los galeotes no tenían armas, pero seguían libres de cadenas. Y esa noche, don Martín aprovechó la oscuridad y escapó del improvisado campamento. Ya había llegado lejos cuando amaneció, y la luz del nuevo día le reveló lo que creyó ser un milagro salvador. Detrás de una cercana tapia de seca mampostería pudo ver las copas de abundantes limoneros. Le llegaron las fuerzas para saltar el muro y saquear las ramas más bajas de aquellos árboles cuyos ácidos frutos devoró con ansia, saciando sed y hambre. No obstante el alivio, era consciente de que su situación era casi desesperada. Estaba desnudo, con apenas un trapo atado a la cintura, los pies sangrantes tras tantas horas de caminar descalzo por el árido suelo, esquivando los abundantes cardos. Intentó discurrir el modo de proseguir la fuga, pero aunque lograse eludir a los corsarios no era capaz de vislumbrar cómo volver a las tierras de la Cristiandad. Ignoraba en qué lugar se hallaba, y sólo se le ocurría seguir la línea de la costa hasta llegar a un puerto, donde tal vez encontrar algún barco cristiano, de los que comerciaban con moros. Aunque era consciente de ser algo muy poco probable.

Los recuerdos de don Martín se hicieron confusos. No sabría decir durante cuántos días se movió por aquellos huertos de frutales, escondiéndose de los hortelanos, salvándose de la sed gracias a un par de pozos que localizó, y alimentándose de frutas y raíces. Entró en una cabaña desocupada y se hizo con una deshecha chilaba y unas gastadas sandalias que le parecieron un tesoro. Y decidió seguir con su plan de aproximarse al mar, que debía estar al otro lado del monte por cuyas laderas vagaba. Lo fue rodeando hasta ver la gran extensión azul, pero también apareció una ciudad con un puerto cercano. Había llegado a donde, meses antes, hubiera sido vendido como esclavo de no haberle capturado Abdul el Tiñoso. Eran la ciudad de Orán y el puerto de Mazalquivir. En este último pudo atisbar algunas fustas y saetías, aunque ninguna nave redonda, que hubiera podido proceder de las tierras del norte cristiano, quizás de Marsella o Génova. No obstante, al encontrar un camino que bajaba hacia el puerto, decidió seguirlo a pesar del peligro de encontrarse con moros. Y eso ocurrió no muy tarde, y no con unos hortelanos sino con varios jinetes bien armados.

Don Martín improvisó un ardid que, para su sorpresa, tuvo éxito. Encorvando la espalda, gruñendo torpemente y extendiendo una mano suplicante, mientras se señalaba boca y oídos con la otra mano, fingió ser un mendigo sordomudo. No recibió limosna, sino una patada propinada desde la altura por uno de los hombres montados. Pero no hubo más, y el caballero devenido mendigo pudo alejarse y continuar hacia el puerto.

Como sospechaba, al llegar al muelle comprobó que no había naves de cristianos, y por tanto sería imposible escapar por el mar. Pronto descubrió que los puestos de mendigo estaban sobradamente ocupados por individuos bien organizados y enemigos de la competencia. La segunda noche le encontró escarbando entre las basuras en busca de algo comestible, ahuyentando a los perros que, como los mendigos, le consideraban un intruso. Había dejado el puerto y pasado a la ciudad de Orán, donde esperaba encontrar algún medio de subsistencia, pero sin éxito, y el hambre le roía las entrañas. En su deambular llegó ante los muros de un recinto cuyas puertas estaban vigiladas por guardias provistos de alfanjes y látigos, y retrocedió rápidamente, adivinando que era el baño donde se custodiaba a los esclavos. Aunque se preguntó si no sería mejor la esclavitud que la muerte por hambre.

Sentado en el suelo de una calle cercana, extendiendo inútilmente la mano hacia los transeúntes, oyó el fragor de un numeroso cuerpo de infantes y jinetes que se aproximaban hacia él. Y reconoció a los galeotes de la *Perra encelada*, al menos a buena parte de ellos, todavía presos, aunque sus actuales guardianes eran los soldados del alcaide de Orán. Se preguntó qué se habría hecho de los corsarios del Tiñoso, a quienes no veía entre los cautivos, ni entre los guardias. Y observaba el cortejo desfilar, mientras él pretendía retirarse prudentemente por una bocacalle, pero no lo consiguió. Uno de los presos le reconoció y por motivos poco explicables, tal vez deseoso de ganar el favor de sus carceleros, gritó señalándole con el dedo, diciendo que aquel mendigo era en realidad un galeote huido.

Así acabó la fuga de don Martín, pues varios soldados corrieron hacia él y le apresaron sin mayor dificultad.

Un escribano anotó los nombres de la nueva remesa de esclavos, haciendo lista aparte con aquellos susceptibles de ser liberados previo sustancial rescate. Entre estos estaba el caballero de Pas, que explicó su pertenencia a la Orden de la Santa Luz, fraternidad que sin duda pagaría por su liberación una vez tuviera noticias de su situación. El escribano tomó buena nota, pero adelantó al caballero que las comunicaciones con los reinos cristianos eran muy lentas. Mientras se negociaba el rescate, el preso sería puesto a trabajar, como los demás esclavos, sin ningún privilegio. La conversación, hablada en español porque el escribano era un renegado almeriense, produjo cierta esperanza en don Martín, que se vio reforzada cuando dos días después el escribano, acompañado de un funcionario del caíd, regresó con un papel para que el caballero escribiera un mensaje que pudiera remitirse a su gente. Ya había comenzado a trabajar, un trabajo duro pero menos demoledor que el remo, incorporado a las cuadrillas de peones que bregaban en las obras de ampliación del muelle de Mazalquivir. Y así transcurrieron semanas y luego meses, hasta que la llegada del invierno obligó a interrumpir los trabajos en el puerto, pero pronto se encontró nueva labor que hacer. El ricohombre Hazen El Rumi, hijo y sucesor de un jeque poderoso recientemente fallecido, necesitaba obreros para ampliar su mansión, adosada a la muralla de la ciudad, y visitó el baño para inspeccionar la mano de obra disponible.

Don Martín había adquirido notable destreza como albañil y cantero, siendo ascendido al rango de encargado de un par de cuadrillas, sin perder por ello su condición de esclavo en espera de rescate. El encargado del baño, Bachir, propuso al joven jeque alquilar las dos cuadrillas incluyendo al capataz. Podrían trabajar en la casa y ser devueltos en primavera para reanudar las obras portuarias. Sin embargo, Hazen insistió en la venta. Hubo una larga negociación y finalmente el noble accedió al alquiler, pero con una excepción, El caballero cristiano, cuya apostura le había admirado, debía pasar a ser de su propiedad. Conseguirlo le obligó a pagar más dinero, porque don Martín era una excelente inversión para quien fuese su amo, que podría recibir un cuantioso rescate y, mientras éste llegaba, hacer uso de los servicios del caballero. Cerrada la operación, los traspasados esclavos, nueve en total, acompañaron a su nuevo dueño a su mansión. Bachir quiso asegurarse de que el Rumi disponía de los medios necesarios para sujetar a los esclavos y evitar todo intento de fuga, quedando suficientemente convencido al ver a los guardias armados que acompañaban a Hazen, aunque eran todos eunucos.

Hombre activo, Hazen El Rumi hizo venir al día siguiente a su arquitecto y a su aparejador para organizar los trabajos de las nuevas cuadrillas. Llamó la atención de don Martín que el aparejador hablase español, descubriendo que era oriundo de Cádiz y, como el escribano que acudía al baño, renegado. En posterior ocasión, cuando había más confianza entre ambos hombres, el aparejador, al que llamaban Bilal, aunque su nombre original era Juan, sugirió al caballero que renunciase a Cristo y abrazase la religión de Mahoma, con lo cual recobraría la libertad. O una relativa libertad, porque Bilal reconoció que difícilmente le autorizarían viajar a España. Don Martín aprovechó para preguntar sobre la probabilidad de que una carta enviada desde Orán llegase a puerto español, como la cercana Cartagena. No era imposible, reconoció el aparejador, pero hacía muchos meses que ningún bajel cristiano había fondeado en Mazalquivir. La situación entre los reinos de Portugal, Baja Castilla, Plana de Iberia, Granada y Aragón, por una parte, y los de Fez y Tremacén por otro, era casi de guerra abierta, a lo que se añadía la presencia habitual de piratas venidos desde Libia y Turquía, o incluso de normandos llegados del Mar Océano. Todo lo cual hacía muy difícil el comercio y las comunicaciones. Por lo que el aparejador aconsejaba la conversión al Islam como opción más razonable.

Los trabajos progresaban, y las visitas de arquitecto y aparejador se hicieron menos frecuentes, pues en ambos crecía la confianza en la capacidad de don Martín. Confianza también demostrada por la libertad de que gozaba para circular por la gran mansión, con excepción, por supuesto, del serrallo. Y un día el amo, Hazen El Rumi, le invitó a compartir el almuerzo para hablar de la marcha de las obras, e incluso de la opinión que le merecían los detalles y acabados trazados por el arquitecto. Pero en esa comida hubo una sorpresa, en forma de intérprete. Una mujer, con la cabeza cubierta pero mostrando un rostro hermoso, de ojos azules, y que se presentó a sí misma como Marta, nacida en Sevilla y primera concubina de Hazen el Rumi. Dos robustos eunucos hacían guardia en las puertas del comedor, tal vez en previsión de que el esclavo pretendiese algún acto violento, pero cuando llegaron los postres Hazen les despidió con un leve gesto de la mano. Solos los tres, Marta, apareciendo el rubor en sus pálidas mejillas, tradujo una pregunta de su señor. Quería éste saber si don Martín encontraba bella y seductora a la mujer. Extrañado, el caballero dudó sobre lo qué contestar, temiendo que la pregunta fuese una trampa para justificar algún castigo excepcional, pero se decidió por decir la verdad, alabando la belleza de Marta, y felicitando al moro por poseer a tan hermosa dama. Y, atendiendo a un gesto de su señor, Marta hizo un breve resumen de su vida. Hija de un mercader de Sevilla, pasaba el verano en la villa que su padre poseía en la costa de Málaga, y allí fue capturada hacía cuatro años. Su juventud y belleza, su rubia melena y su verificada virginidad, hacían de ella un trofeo valioso, sólo al alcance de quien pudiese pagar mucho en la subasta celebrada en el tinglado del puerto de Mazalquivir. Fue vencedor Hazen el Rumi, que hizo de ella concubina, que no esposa, por ser cristiana. Preguntó don Martín si había dado hijos a su señor, y la mujer no contestó, volviéndose nerviosa hacia Hazen y traduciéndole la pregunta, como pidiendo permiso para responder. Pero el moro dio por terminado el almuerzo y don Martín se retiró a la covacha donde vivía.

Mayor sorpresa tuvo el caballero cuando, pocos días después, el señor el Rumi le llevó con él al baño dispuesto en una de las alas del edificio. Y con ellos, de nuevo la traductora Marta, que también se encargó de pasarles jabones y ungüentos, hasta desnudarse y entrar en el agua con ellos. Fue una situación difícil para el monje guerrero, excitante pero incómoda. De nuevo imaginó que su amo le ponía a prueba, quizás para someterle a un terrible castigo si fallaba. Sabía que al otro lado de las cortinas que cerraban la puerta hacían guardia los dos eunucos, bien equipados con curvos alfanjes. Pero debía adivinar cuál era el sentido de la prueba. Sólo podía consistir en demostrar su absoluto respeto por las propiedades del joven jeque y por ello se retiró de inmediato cuando las manos de la mujer intentaron frotarle el pecho y hombros, esperando que el agua jabonosa velase el orgulloso estado de su cimbrel. Sin embargo, al ver ese rechazo, Hazen mostró un gesto de disgusto, no de satisfacción, profiriendo una exclamación que la apurada Marta tradujo como de ofendida sorpresa por el desaire infligido a una mujer tan bella y complaciente. Confuso, don Martín pidió a la concubina razón de lo ocurrido, y ésta, tras un breve pero intenso intercambio con su dueño, fue autorizada a explicar la situación.

El jeque Hazen el Rumi era víctima de una maldición, proferida por un ifrit de retorcido humor. Y los efectos de la maldición consistían en una pertinaz impotencia, que sólo podía vencerse, al menos temporalmente, al observar a su mujer, fuese esposa o concubina, folgando con otro hombre. Acto que debía cometerse ante sus propios ojos.

Cuando, años después, de vuelta a la Cristiandad, don Martín relató estos hechos a un sabio filósofo, el anciano juzgó que el moro mentía, y que aquellos gustos perversos se debían a la pecaminosa naturaleza de su propio espíritu y a la debilidad de la carne, sin necesidad de culpar a algún genio vagante por el desierto.

En cualquier caso, el caballero sabía que en la mansión vivían tres niños pequeños, al cuidado de las mujeres en el serrallo, aunque ignoraba quiénes eran las madres de cada uno de ellos. Y preguntó a Marta por ello, y también si eran hijos de Hazen. Éste parecía satisfecho al ver a sus compañeros de baño hablando entre sí, lo que Marta había aprovechado para acortar distancias y extender sus piernas bajo el agua hasta enredarlas con las del caballero, que no se retiró.

Los niños eran hijos de Hazen, dijo Marta, y uno, de poco más de un año, de ella. Los otros, de sendas esposas, aunque solo vivía una pues la otra había fallecido en el parto. Pero hacía pocos meses que Hazen el Rumi había recibido riquezas y títulos tras la muerte de su padre, el jeque, ascenso que le había llevado a casar con otras dos jóvenes de buenas familias, que ahora eran la primera y segunda esposas. Pero todavía son vírgenes, susurró Marta al oído de don Martín, mordisqueándole la oreja. Entendió el caballero que su dueño pretendía usarlo para resolver ese problema y ampliar la descendencia, todavía muy reducida para un personaje de su condición, con tres esposas y, según había contado Marta, seis concubinas. No obstante, seguía sin ver con claridad todos los aspectos de aquella extraña situación, y preguntó a la cada vez más cariñosa sevillana, cómo se produjo su embarazo y el de las otras dos. Quién o quiénes fueron los necesarios colaboradores, y si seguían en activo. No era tan fácil para Hazen encontrar a esa clase de socio, explicó Marta, y pronto dedujo don Martín el por qué. Era imprescindible guardar el secreto de tan humillante condición, y ello obligaba a descartar a los pares del moro, y de hecho a cualquier hombre libre que viviese en la ciudad o las cercanías. En cuanto a los esclavos propiedad del entonces sólo heredero del jeque, no eran tantos, la mayoría eunucos y no muy atractivos los demás, cedidos por su padre, tal vez proclives a delatar la perversión del hijo. Gran noticia para los hermanos menores ansiosos de heredar. Por ello la aparición de un hombre joven y fornido, ignorante del idioma árabe, fue una bendición para Hazen, que por fin tenía ante sí la ocasión de satisfacer sus instintos y preñar a sus mujeres. Ocurrió hacía algo más de dos años, cuando un recién adquirido esclavo normando se había mostrado más que dispuesto a folgar con esposas y concubinas, una a una o en grupo, solo o mano a mano con el moro, su dueño. Y que además de los placeres carnales obtuvo del agradecido Hazen la promesa de ser liberado cuando las tripas de las mujeres mostrasen su nuevo estado.

Preguntó el caballero si cumplió su promesa Hazen. Y la rubia concubina asintió, pero su gesto denotó escasa seguridad en sus propias afirmaciones. Gundar el normando desapareció poco antes de que ella pariera, explicó. En lo que respecta a su suerte debían creer en la palabra del amo. Pero ya no hubo ocasión de saber más, porque Hazen se levantó para dirigirse a una alcoba comunicada con la sala de baños, ordenándoles ir con él. El jeque seguía fláccido, le señaló don Martín a Marta. Aún no hemos hecho nada, tú y yo, respondió la mujer. Y más valía que cumpliese, pues la alternativa era la castración, añadió.

Cuando tuvo lugar aquel primer encuentro de cuerpos, don Martín gozaba de escasa experiencia en duelos amatorios. Durante la campaña africana había quebrantado en algunas ocasiones, no muchas, sus votos de castidad, pronunciados al ingresar en la Orden de la Santa Luz. Habían sido encuentros breves y de pago, que le obligaban a posteriores confesiones ante clérigos generalmente comprensivos, aunque no siempre. Pero la falta de pericia se vio sobradamente compensada por la juvenil energía de los tres participantes, y aquella sesión se prolongó hasta la noche, siendo la primera de otras muchas.

Marta siempre estuvo presente, no sólo cuando era la protagonista femenina de la función, como la primera vez, sino también cuando fueron desfilando las demás mujeres del serrallo, empezando por Malika, la recentísima primera esposa, una joven de apenas catorce años, que sumisa y asustada accedió a todas las exigencias de su marido. Por su parte, don Martín disfrutaba sin reparo de aquella orgía permanente, que le permitía vivir experiencias antes inimaginables y además gozar de las comodidades de la mansión, pues su amo le había dispensado de trabajar en las obras, limitando su labor a dar algunas indicaciones generales a las cuadrillas.

Pero las bondades de su nueva situación no le hacían olvidar que seguía siendo un esclavo, sometido al capricho de su señor, que si ahora le usaba para el placer, podría en cualquier momento cambiar de actitud y devolverle al banco de una galera, si así se le antojaba. No era éste su único motivo de preocupación, pues a medida que pasaban los días, la conciencia iba elevando su voz, reprochándole sus pecados. Había roto sus votos, y por tanto jurado en vano. No oraba al Señor ni siquiera en la soledad de su celda, porque sentía profundo reparo en hacerlo, recién vuelto de una fiesta carnal como la que se celebraba a diario. Y pecaba contra el sexto mandamiento en todos sus modos y maneras, faltas agravadas por el hecho de que ejecutaba con las mujeres de Hazen todo tipo de actos salvo aquellos que pudieran preñarlas, lo que estaba reservado al esposo. Pero incluso por encima del remordimiento roedor, sentía la profunda herida padecida por su orgullo de caballero de la Cruz, convertido en juguete del moro.

Pasados más de dos meses desde el primer fornicio triangular, el equilibrio de su conciencia se rompió, y decidió escapar o morir en el intento, aprovechando la relativa libertad de movimientos de que gozaba. Se haría con un par de los excelentes corceles de las cuadras del jeque, con los que galopar hasta reventar. Procurarse ropas, armas y víveres sería tarea fácil, como lo sería forzar la salida de la mansión, pues había estudiado con atención a los guardias eunucos, concluyendo que si bien grandes, eran lentos y torpes. La casa estaba situada en el lado de tierra de Orán, lejos del mar y cerca de los abundantes terrenos de huerta que se extendían a lo largo del barranco que los moros denominaban de Ras el Ain. Y la casa compartía parte de su muro con la muralla de la ciudad, en la que, allí mismo, se abría un postigo, pequeño pero suficiente para un hombre y sus caballos. Incluso había elegido la espada que robaría de la armería, un acero toledano que creía superior a los más comunes alfanjes y cimitarras. Pero todo cambió en la tarde de aquella víspera de viernes.

Se oyeron gritos y trompetas procedentes de las calles, y los moradores de la mansión salieron fuera a ver cuál era la causa de tanto estrépito. También lo hizo don Martín, aunque permaneciendo rezagado, y poco después llegó, al galope, Tayeb, uno de los hermanos de Hazen, ante quien desmontó y explicó algo, a gritos, con gran excitación. Durante su largo cautiverio, el caballero había aprendido rudimentos del idioma, pero apenas pudo entender nada, y fue Marta la que se acercó para informarle de los acontecimientos. Una gran flota cristiana se aproximaba a la costa. La neblina caída durante todo el día había impedido atisbarla antes, y ya estaba muy cerca.

Hazen quiso verla con sus propios ojos, y pronto organizó un grupo a caballo, con su hermano, dos guardias y el esclavo cristiano, a quien ordenó acompañarlos en condición de experto. Llegaron a la muralla enfrentada al mar y a la carrera subieron al adarve, desde donde podían ver, limitada a su derecha por la desembocadura del barranco, la cala donde con buen tiempo recalaban embarcaciones de menor porte que así evitaban a sus mercancías el más largo viaje por tierra desde el puerto de Mazalquivir. Y también vieron dos docenas de naves que por su rumbo manifestaban su propósito de desembarcar en dicha cala, llevando a sus soldados lo más cerca posible de la ciudad. Fustas, saetías y galeotas, portando los estandartes de la Casa de Aragón. Mar adentro, otra fuerza de naves mayores, galeras, cocas e incluso alguna tarida portadora de caballos, se dirigía a Mazalquivir. Don Martín conocía bien la capacidad de las defensas de Orán y, vistas las naves de la armada, también pudo calcular cuál era la fuerza atacante, muy superior a la guarnición de la ciudad, cuyas murallas tampoco estaban en el mejor de los estados. No hizo falta explicárselo a Hazen el Rumi, pues su cara desolada expresaba a la perfección que entendía la difícil situación. Pero pidió su opinión al caballero, que intentó exponerle su previsión de los futuros acontecimientos.

La tropa que desembarcase en la caleta se vería obligada a un ataque frontal contra el sector de muralla en mejor estado, pero aun así obligarían a los defensores a concentrarse en esa zona, desguarneciendo otros frentes, que pronto podrían ser atacados por las tropas desembarcadas en Mazalquivir, que disponían de los caballos traídos a bordo de las taridas, dos de ellas creyó ver don Martín. Y no mencionó que también quedarían desguarnecidos el baño y el caserío en general, proporcionando a los numerosos esclavos la oportunidad de sublevarse. La única ventaja de los defensores residía en que ya era muy tarde para que el invasor desembarcase ese día, y ello les daba a los moros la posibilidad de concentrarse en la orilla y dificultar el asalto, incluso hacerlo imposible. Iba Hazen a ordenar el regreso a su casa, cuando le reclamó el alcaide, que inspeccionaba las defensas de la zona. Tuvieron una conversación agitada, de la que don Martín pudo entender solo parte, pero suficiente. El alcaide exigió a Hazen que enviara mensajeros a sus vasallos y aliados, ordenándoles acudir en socorro de la ciudad. Y también mencionó la necesidad de tomar medidas para impedir que los esclavos ayudasen a los atacantes. Cuáles serían esas medidas no pudo entender el caballero, pero temió que llegasen a lo irreparable.

De vuelta a su casa, Hazen preparó la salida de los mensajeros, que lo harían al amanecer, pero no solos. Formando una pequeña caravana, huirían de la asediada ciudad el harén en pleno y los hijos, llevando consigo las monedas, joyas y demás objetos valiosos de la mansión. Tayeb dirigiría la columna fugitiva. Algunos esclavos irían en ella, los otros permanecerían en la casa, con Hazen y parte de los guardias. Siguiendo órdenes, don Martín se retiró a la celda que compartía con otros dos esclavos, también veteranos de Larache. Un eunuco llegó tras él y cerró con llave la puerta, pero el caballero no había desaprovechado las muchas semanas de privilegiada libertad y disponía de otra llave. Pasada una hora, abrió la puerta y salió a los patios, marchando a la armería, situada en un pequeño cuarto en el sótano. Le seguían los dos camaradas, que, tras vencer sus dudas, decidieron sumarse a la fuga. Un único y somnoliento guardia fue derribado con la estaca que blandía el caballero, y pronto los tres guerreros se equiparon de la forma más conveniente, don Martín con la espada toledana y un par de puñales. Surgió entonces una discrepancia entre los fugados. Don Martín quería visitar el harén, pero los otros dos, interpretando equivocadamente sus motivos, se negaron, aduciendo que era imperativo abandonar la ciudad antes de ser descubiertos, para luego intentar unirse al ejército aragonés. Ya tendrían tiempo de gozar de las moras cuando Orán fuese conquistada, afirmaban. Finalmente acordaron que los dos gendarmes se descolgarían al exterior por una cuerda atada a una almena, y que don Martín usaría el mismo camino cuando terminase su visita al mujerío.

El caballero no pretendía entrar al serrallo, lo que hubiera desatado un escándalo delator, sino hablar con Marta a través de un ventanuco que ya habían utilizado otras veces. Tras golpear el vidrio reiteradamente, se abrió la hoja y se asomó la mujer, sorprendida y asustada. Don Martín le hizo una proposición. Huir con él, y de esa manera podría más adelante regresar a España a reunirse con su familia. Mañana sería tarde, porque estaría en el desierto, con la caravana, lejos del posible rescate. Mi hijo, dijo Marta. Ve a buscarlo, dijo él. Si vuelvo a mi tierra... me lo quitarán y me meterán en un convento, dijo ella. Y además... espero otro. Vete, corre, reza por mí. Y cerró la ventana.

La negativa de Marta le hizo cambiar sus planes. No se descolgó por el lienzo de muro que daba al exterior, al barranco de Ras el Ain, sino por otro interior, pasando a una calle por la que corrió hacia el baño donde se custodiaba a la mayor parte de los esclavos. Oculto en una esquina, estudió el portón que daba paso al patio que, rodeado de covachas, conformaba aquel corral de hombres. Sabía que nada más pasar la puerta exterior se encontraba el cuerpo de guardia, aunque no podía adivinar con cuántos individuos. Esperaba una ocasión de actuar, y ésta se produjo con los primeros rayos del sol. Una fila de cinco esclavos, ligados unos a otros por la cadena que unía sus tobillos, apareció calle arriba, apacentados por un guardián que pretendía dejarlos en el baño. Llegaron, llamó, se identificó y le abrieron la puerta. Y don Martín se lanzó a una carga de un solo hombre. No sabía cuántos guardias le harían frente, pero sabía que liberar a los esclavos o morir en el intento era la única forma de obtener el perdón de Dios y recuperar el honor perdido.

El guardia que traía a los presos fue el primero en caer, seguido por otros cuatro, quedando vivos tres más que huyeron y otro que se entregó a la misericordia del caballero. Los golpes y gritos habían despertado a los esclavos, arremolinados en el patio, y que aclamaron a don Martín cuando le vieron entrar empujando a su prisionero. El entusiasmo se moderó un tanto cuando entendieron que no era la vanguardia de las tropas desembarcadas. No pocos sintieron una acometida de terror, imaginando que pronto llegarían las fuerzas del alcaide para ejecutar la más terrible de las venganzas. Pero don Martín acalló a los cobardes, explicando que el alcaide estaba más que ocupado defendiendo la muralla de la cala, pero que ciertamente no tenían más alternativa que luchar, pues de retirarse los aragoneses, ellos, los esclavos rebeldes, serían crucificados. Organizó el reparto de armas, entregándolas a los que vio más dispuestos, y ordenó proveerse de antorchas a los que carecían de otros medios. Un lejano griterío, una súbita trompetería, señalaron que había comenzado la lucha en el frente principal, fuera éste la orilla del mar o la muralla más adentro. Y los esclavos salieron a las calles, provistos de fuego y acero.

En las pedregosas arenas de la caleta, ni los cristianos lograban adentrarse tierra adentro y aproximarse a la muralla, ni los moros conseguían echarles al mar. Con el agua por las rodillas, don Rodolfo de Alagón arengó una vez más a sus hombres y avanzaron de nuevo contra lo que hasta ese momento había sido una barrera infranqueable. Pero algo ocurría a las espaldas de la morisma, columnas de humo que se alzaban sobre la muralla, combatientes corriendo por detrás de las almenas, algún grito estentóreo de ¡Santiago! La tropa desplegada en la playa se creyó a punto de ser atacada por la espalda y sus líneas se deshicieron, hombres que hasta ese momento habían luchado con valor corrieron como conejos hacia la puerta de la muralla, otros hacia las casas conocidas como arrabal de la Marina. El alcaide Ali Benantar se mantuvo firme, y cayó atravesado por las picas de los gendarmes de don Rodolfo.

Un mes después, una fusta con pabellón cristiano arribaba al puerto de Málaga y de ella desembarcaba don Martín de Pas, presto a emprender viaje a la casa madre de la Orden de la Santa Luz, entre Aranjuez y Toledo.

* * * * *

Cabalgábamos ya muy cerca de la Triple Puerta, y le hice una observación a don Martín.

— Vuestra historia es apasionante, aunque entiendo que no queráis sea conocida, al menos ciertos detalles... pero yo he leído una crónica de la conquista de Orán y Mazalquivir, y no se os menciona.

— Don Rodolfo de Alagón no era muy partidario de compartir méritos, y esa crónica que dices fue escrita por orden suya.

— Todavía no me habéis contado la historia de vuestra espada, Avileña, y de la anterior caza del dragón. Y por qué no os readmitieron en la Orden. Y vuestro origen familiar, por supuesto.

— Otro día, Álvaro, otro día.

Y espoleó a Deimos.

8

EL LITIGIO

Si en mi anterior visita al convento fui intensamente interrogado por los monjes, deseosos de conocer hasta el menor detalle de la batalla con el dragón, mucha más atención atrajo el héroe de la jornada, don Martín. Le reclamaron en el refectorio y allí se congregaron frailes y siervos para escucharle. Pero antes habíamos subido a nuestras celdas para refrescarnos un poco, y mi señor hizo una señal para que pasara a su habitación.

— Estarán todos escuchándome. Y nadie quedará en el resto del convento. Tú harás lo que te voy a decir.

Debí quedar boquiabierto cuando entendí cuáles eran sus instrucciones. Una vez más pensé en la opción de desobedecerle, incluso delatarle, pero pocos minutos después él abandonó la celda rumbo al refectorio, y yo, obediente como siempre, me preparé para ejecutar el plan que me había expuesto.

Esperé un rato, corto pero lo suficiente para asegurar que no me encontraría con nadie, y emprendí la operación, bajando a la iglesia desde donde pasé a la sacristía, abriendo la puerta de ésta con la llave facilitada por don Martín. Al parecer no había perdido la costumbre, adquirida en Orán, de robar llaves.

Don Martín me había indicado dónde encontraría lo que había ido a buscar, y en efecto, en una hornacina abierta en un muro de la sacristía, se alojaba una fina talla en madera policromada, de poco más de dos palmos de altura, que representaba el busto de un hombre de barba entrecana y gesto ausente. Tenía una base del mismo material, unida a la imagen, y esa base era mi objetivo. Pasé la mano por la trasera, comprobando que había una puertecilla, cerrada con llave. Llave que yo no tenía, pero sí un cuchillo, con el que acometí la madera, abriendo un hueco y liberando el paso del pestillo. Ya podía abrir la portilla y sacar el contenido, pero me detuve, sintiendo el horror de mi acto. Un robo sacrílego estaba cometiendo, por mucho que mi señor sostuviese que tan sólo era un préstamo, y que lo devolveríamos muy pronto, quizás esta misma noche. Pero, una vez más, fue vencida mi conciencia y extraje el contenido de aquel busto relicario. La mano incorrupta de San Ágamo.

Metí en un bolsillo de mi capote aquella especie de arrugado guante de cuero, devolví la imagen a su posición anterior, y recorrí las desiertas estancias del convento hasta encerrarme en la celda, esperando la vuelta de don Martín. Siguiendo sus instrucciones me vestí la cota de mallas con su almófar, añadí un puñal a mi armamento y entreabrí la puerta, atento a su vuelta. Por fin llegó, me interrogó con la mirada y, una vez satisfecho, entró en su celda para salir en pocos minutos, totalmente equipado. Incluso el yelmo, que también serviría para ocultar su identidad al vecindario, pues no era el mismo que había llevado hasta entonces.

Partimos a paso vivo, y pronto me percaté de que no nos dirigíamos al Jardín Enredado, donde pretendíamos obtener alguna poción para el herido señor de Trihuega.

— Después, Álvaro. Primero las Brujas Negras — respondió secamente don Martín cuando le hice notar mi extrañeza, y esa breve frase fue quizás la gota que colmó el vaso de mi paciencia. Me detuve y creo que incluso llevé mi mano a la empuñadura del terciado. A través de su yelmo no pude ver cuál era el gesto con el que se volvió hacia mí, a la espera de una explicación. Mirando a la oscura ranura tras la que se escondían sus ojos, hablé.

— Mi señor, os he servido con lealtad, cumpliendo todas vuestras órdenes, incluso aquellas que atentaban contra los principios que me han enseñado mis maestros, que también son los vuestros. Y he luchado a vuestro lado contra el bestial Grunac. Hace apenas una hora he robado la más preciosa reliquia del Convento de Santa Brígida, y la llevo en el bolsillo de mi capa. Y también lo he hecho por orden vuestra. Tengo derecho a saber qué le vais a decir a las brujas. Y por qué llevamos la mano incorrupta de San Ágamo. Conozco el motivo por el que se guarda en este convento. Su proximidad paraliza, hace nula, la magia de los geoides. Y muy especialmente de las brujas. Cuando el Santo Oficio detenía a alguna sospechosa, para su interrogatorio, los inquisidores llevaban consigo la reliquia, que les protegía de las maldiciones y conjuros lanzados por la bruja. En Ciudad Partida el Santo Oficio no tiene competencia sobre los hijos de la Tierra, pero es posible que en un futuro se rompa el Fuero que rige la tregua entre cristianos y geoides. La mano se guarda por si algún día fuese necesario combatir a los del otro lado. Y me pregunto si ese es el motivo de llevarla con nosotros. ¿Qué respuesta vais a dar a las tres brujas?

— No voy a entregarles mis trofeos.

— ¡Pero entonces revelarán a los dos Concejos el origen de Avileña!

No le hizo falta hablar a don Martín, que permaneció ante mí, erguido, inmóvil, las dos manos en la larga empuñadura de su espada, respondiéndome con su silencio.

— ¡Vais a matarlas! — grité.

— Parece, Álvaro, que te repugna la idea.

— ¡Es un asesinato!

— Te han robado la sangre, convirtiéndote en su esclavo, aunque aún no lo percibas. No son mujeres, ni siquiera su aspecto es igual al de cualquier hija de Dios. Hembras sin alma, las denominan los Padres de la Iglesia. No es un asesinato. Si no lo fue cuando Judit degolló a Holofernes que, aunque pagano, era hijo de Dios, menos en este caso.

— Lo será para el Fuero de Ciudad Partida, estoy seguro.

— ¡Una ordenanza municipal!

No supe qué más decir, y retrocedí anonadado, pero decidido a no ser cómplice de lo que seguía juzgando como un crimen indigno de un caballero. Al cabo de un minuto, don Martín debió adivinar mi posición y extendió la mano, diciendo:

— Entrégame la reliquia. Acompáñame hasta la Casa Negra. No hace falta que entres conmigo. Después iremos al Jardín Enredado.

En ocasiones la alta tragedia muda sorpresivamente en farsa bufa, y eso ocurrió cuando, poco después, llegamos ante la Casa Negra. Don Martín golpeó la hoja de la puerta y esperó, pero inútilmente. Ni la hoja se movía ni tampoco se oía ningún ruido procedente del interior de la casa. Nadie respondió a unas segunda y tercera llamadas. Yo estaba más atrás, y creí saber lo que ocurría.

— Han huido, mi señor.

— ¿Acaso no me esperaban, con la respuesta a sus exigencias? O… ¿han adivinado mis intenciones?

— Sin duda, señor. Desvelar el porvenir es una de las más habituales labores de las brujas. Evidentemente pueden contemplar su propio futuro, no sólo el de sus clientes.

— Debo suponer que querrán venganza.

No contesté, pues creía yo lo mismo, y temblaba al pensar que me considerarían cómplice de los planes homicidas de don Martín. Con el agravante de la posesión de mi sangre, lo que les facilitaría invocar los más crueles encantamientos sobre mi persona. Y estaba sumido en esas tristes reflexiones, cuando oí un silbido, procedente de las alturas a mi espalda. Era el homúnculo, que nos hacía señales para que nos acercásemos al árbol.

— No están.

— Eso nos parecía, pero es extraño, porque nos esperaban — respondí. Y el minúsculo nos mostró un papel doblado que sostenía en una de sus manazas.

— Es el contrato que veníais a firmar. Lamentan las tres damas no poder hacerlo personalmente. Por motivos de salud, me dijeron. Aunque yo las vi como siempre.

Y dejó caer la hoja, atrapada en el aire por don Martín.

— Firmadlo vosotros y yo se lo haré llegar.

El caballero había desdoblado el papel, que eran dos, uno copia del otro, y lo leyó con rapidez, lo releyó, luego lo volvió a repasar y finalmente me entregó una de las hojas.

— No lo entiendo. Mantienen las condiciones que te dijeron. Dos cabezas y tu sangre para las otras hermanas.

Nos alejamos unos pasos para hablar fuera del alcance de las enormes y curiosas orejas del homúnculo. Tampoco yo había encontrado ninguna cláusula engañosa en el breve documento. Ellas se comprometían a declarar que don Martín y yo habíamos luchado contra Grunac sin ninguna ayuda. Y a no mencionar cualquier otra circunstancia. Sólo había una explicación.

— Están extraordinariamente interesadas por esas cabezas, y la única forma de conseguirlas es a través vuestro, señor.

— Eso parece. Y vengarse pueden hacerlo más adelante, después de concluir este negocio.

— ¿Entonces...?

— También puedo yo encontrarlas a ellas más adelante. Y provisto de un antídoto contra su poder profético. Entonces no sabrán ni el día ni la hora.

— ¿Eso existe? El antídoto, quiero decir.

— Por supuesto. ¿No te has percatado de la gran afición que hay por las apuestas? Serían imposibles si se conocieran de antemano los resultados de carreras o torneos. He cometido un error al no haberlo usado antes.

— ¿Vais a firmar, pues? Perderéis buena parte del tesoro.

— Todo, en realidad. Con lo que me queda sólo podré cubrir mi deuda con don Gabriel. Ni siquiera creo que sirva para cancelar la hipoteca de Avileña.

— Esa espada no os ha traído mucha suerte. De no haberla llevado a la cacería, las brujas no podrían extorsionaros. Y además ha sido muy cara, parece. Debe tener una buena historia detrás.

— Más adelante, Álvaro. Ahora resolvamos lo que tenemos entre manos. Por cierto, habrás visto que tú también debes firmar.

— ¿Y con qué firmamos?

Resultó que el habitante del árbol disponía de útiles de escritura, también proporcionados por las brujas previsoras. Don Martín dobló uno de los dos papeles ya firmados, lo clavó en la punta de su espada y la levantó hasta acercar el documento a las manos del homúnculo, pues éste se había negado a bajar al suelo. Cosa que me hubiera gustado saber cómo lo hacía. Aunque podríamos quedarnos al acecho, pues debería llevar el contrato a las brujas. Necia suposición. Tan pronto tuvo el escrito en sus manos, emitió un complejo silbido al que respondió el graznido de un cuervo, un cuervo enorme que voló hacia el árbol, se posó en la rama, al lado del homúnculo, cogió el papel con el pico y despegó veloz, perdiéndose de nuestra vista.

— Hoy las brujas han triunfado. Vayamos al Jardín Enredado. Espero tener más suerte con las Hadas Verdes.

La entrada al laberinto vegetal conocido con el nombre de Jardín Enredado se encontraba al fondo de un callejón de tortuosa geometría, como eran las edificaciones y espacios del lado norte de Ciudad Partida. Un seto alto y denso, entreverado de espinas, cerraba ese fondo, salvo por un hueco estrecho, abierto entre las ramas y hojas, por el que pudimos pasar, de uno en uno, y sin ver qué había mucho más allá, pues la ruta a través de la masa vegetal era retorcida, con giros y revueltas que se abrían en bifurcaciones donde nada indicaba cuál era el camino correcto. Atravesando el mar de verdes hojas, don Martín se detuvo al desembocar en un pequeño claro y llamó con grandes voces a las habitantes del lugar. No parecían contestar, a pesar de su insistencia, pero al cabo de un rato vi unos ojos, verdes como la piel del rostro que iluminaban, mirándonos desde la maleza circundante.

— ¿Qué deseáis, pálidos? — susurró, de forma casi inaudible.

Don Martín se acercó al hada, hizo una reverencia y pasó a exponer nuestra necesidad de medicinas. Mientras negociaban, yo observaba a la hija de la Tierra, de aspecto diferente a las hadas del baño. Su cuerpo parecía cubrirse no con vestidos, sino con hojas y flores, quizás pegadas sobre la verde piel, o bien naciendo directamente de ella o de los largos y finos tallos que constituían su cabellera y caían hasta cerca de las rodillas. Por ello era difícil distinguirla de la vegetación que la rodeaba, aunque las formas de su cuerpo eran más llenas y curvilíneas que las de Elina y sus hermanas. Finalmente se llegó a un acuerdo, y otra hada apareció llevando un par de frascos que entregó a don Martín y que éste me pasó para guardarlos en los bolsillos de mi capote.

— No he podido oír cuál ha sido el precio.

— Relativamente asequible. El hígado de Grunac.

— ¿Tiene hígado el dragón? — pregunté, procurando borrar las imágenes que asaltaron mi mente. Cuando, para el traslado, cortaron su cuerpo en varios trozos, me alejé asqueado y no estaba muy al tanto de los detalles.

— Me es difícil asegurarlo, pero es probable que más de uno.

¿Lo usarían para elaborar sus pócimas, o se lo comerían? ¿Crudo, tal vez? Resultaba muy perturbadora la idea de ver a esas mujeres, extraordinariamente bellas a pesar de su cobertura vegetal, devorando entrañas de dragón. Me sacó de mis fantasías el comentario de don Martín.

— Ahora debemos ver cómo administrar la medicina a don Alonso. En el Hospital de la Misericordia no se admiten productos elaborados por los Otros.

Sor Virginia dirigía con mano de hierro la gran sala del hospital donde yacían enfermos y heridos, todos hijos de Dios, y entre ellos don Alonso, si bien su lecho estaba disimulado tras unas cortinas. Cuando llegamos al hospital los médicos ya se habían retirado y fuimos recibidos por la monja, que nos condujo hasta el mutilado señor de Trihuega. Le habían administrado algunos hipnóticos y dormitaba.

— Me temo que hay síntomas de putrefacción. Pero quizás deseen estar a solas con su amigo. Ahí ven una jarra de agua. Por si tiene sed, claro. Volveré en un rato — y tras decir esto, sor Virginia se retiró, corriendo del todo la cortina, de modo que quedamos ocultos a todos los demás ocupantes de la sala, tanto pacientes como cuidadores.

— No hay tiempo que perder — dijo don Martín, extendiendo la mano para recoger los frascos de las hadas. Según las instrucciones recibidas, vertió el contenido en la jarra de agua, la agitó para mezclarlo todo y procedió a derramarlo lentamente sobre los vendajes del muñón, hasta empaparlos.

— Si no me han mentido, será suficiente. Vámonos — dijo mi señor.

— Sor Virginia sabía lo que íbamos a hacer. Pero no lo ha impedido, ni ha querido recibir nada...

— No directamente. Pero cuando don Alonso se recupere, hará una generosa donación al hospital. Lo que no ocurriría si muere.

Me entristecieron esas palabras. Todos los que me rodeaban se movían empujados por la avaricia, ya fuesen hijos de Dios o de la Tierra, seglares o religiosos. Me preguntaba cómo había podido ser tan ingenuo, aspirando a entrar en una Orden que, bajo su honorable apariencia, ejercía la innoble labor del prestamista, negociando incluso con los geoides. Por otro lado, la crónica que tenía decidido escribir sería mucho más portentosa, y por ello atractiva para los lectores, si el pecado abundaba en sus páginas. Siempre que el mal fuese finalmente derrotado y castigado. Miré a don Martín, caminando a mi lado con pasos enérgicos. ¿Podría redimirse, o pagaría por sus pecados? ¿En esta vida o en la otra? Había pensado que el título de mi obra iba a ser "Crónica de los hechos del caballero Martín de Pas, con el relato pormenorizado de sus batallas, pecados y redención". ¿O debería decir batallas, pecados y condenación? Y yo había sido cómplice de algunas de sus culpas, aunque al menos no de las más graves. No había participado en un asesinato, aunque fuese frustrado.

Los Plenarios de los Dos Concejos se celebraban en la Casa Puente, un notable edificio que yo no había conocido antes de esa mañana en la que don Martín se presentó ante los jueces, en mi compañía y también con la de los caballeros que habían custodiado el cuerpo de Grunac. Como su nombre indicaba, la Casa Puente salvaba el canal central con un gran arco de fina sillería, pero no soportaba una calzada sino un palacete con dos entradas, una por cada arranque del puente, y a las que se llegaba por sendas escalinatas. Todo el interior era ocupado por una sala, alargada, iluminada por altas vidrieras laterales, y en la que destacaban las dos sillerías también laterales, enfrentadas una a la otra, como en el coro de una catedral. Doce sitiales en cada una, ocupados por los Concejales de Sur y Norte, hoy en función de jueces. No era un espacio excesivamente amplio, además achicado por la presencia de varios gigantes, y muchos espectadores debieron quedarse fuera, en las escalinatas, aunque algo oían porque las grandes puertas se dejaron abiertas, tanto las que daban al sur como al norte.

No deseo cansar al lector con los tediosos detalles del juicio. Puede que interese saber que entre los doce Concejales del Norte parecían estar representadas todas las estirpes de los hijos de la Tierra, desde los gigantes a los homúnculos, incluyendo una bruja de curva espalda y nariz ganchuda. Hecho el silencio en la sala, se le concedió la palabra al representante de la Cofradía del Dragón, el gigante Simún, que expuso la ya conocida teoría, acusándonos del incumplimiento de las reglas de la cacería. A continuación, don Martín hizo el alegato correspondiente, también de términos conocidos. El Doble Concejo estaba presidido por dos concejales, uno de cada parte, que alternaban sus intervenciones. En ese momento fue el turno del viejo capricornio que ya había visto en el torneo, de nombre Xesirenoque, que ordenó avanzar a los testigos. Comenzó a hablar el hiporión que había llegado el primero a la escena de la batalla. Declaró que el señor de Trihuega estaba vivo, pero al ser interrogado por don Martín, debió reconocer que no le había visto combatir junto a nosotros. Lo mismo declararon los otros testigos, pues todos llegaron tarde al lugar de los hechos. Una pausa, y habló el anciano don Pedro de Laorden, en nombre del Concejo del Sur, llamando a declarar a cualquier otra persona que tuviera algo que decir o, en caso contrario, a callar para siempre. Busqué con la vista entre los espectadores, pero no vi a ninguna de las Brujas Negras, aunque sí al monóculo Docio, sin duda preocupado por el pago de Avileña. Iba don Pedro a dar por terminada la declaración de testigos, lo cual no extrañaba a nadie, cuando un cuervo de gran envergadura, seguramente el mismo que llevó el contrato a las brujas, aleteó ruidosamente bajo los cuchillos de madera del techo, graznó con violencia y descendió al suelo, entre las sillerías de los concejales. Xesirenoque le miró con interés, como entendiendo sus graznidos, y levantando la cara hacia la altura, exclamó con cierta irritación:

— ¡Adelante, Argisán! Has obtenido la atención de todos, como te gusta hacer. Pero ahora habla, si tienes algo que decir.

Acogida por el murmullo de los espectadores, envuelta en su amplia túnica negra, con el sombrero en la mano, descubriendo la cabeza en torno a la cual flotaba una larga cabellera blanca, la Bruja Negra descendió de las alturas hasta posarse entre las dos líneas de sitiales. Y yo sentí, angustiado, que me parecía tan bella como las hadas del baño o del jardín.

— Seré breve, damas y caballeros, hijos de Dios y de la Tierra. Mis hermanas y yo contemplamos, en el agua de la pila de alabastro que es uno de nuestros más preciados bienes, el combate entre Grunac el dragón y el caballero Martín de Pas, acompañado de su valeroso paje, el mozo Álvaro de Pozas. Llegaron donde el dragón cuando éste había derrotado al señor de Trihuega, que yacía malherido junto a su escudero, éste ya muerto. Don Martín y su mozo lucharon con lanzas y espadas, acabando con la vida de Grunac al cortarle sus cabezas. El caballero cortó dos, el paje la tercera. Y así fue lo ocurrido.

Terminado su parlamento, Argisán nos obsequió con su interminable sonrisa, que me pareció aún más llena de dientes que en otras ocasiones, especialmente cuando fijó su mirada en mí. Hizo una breve reverencia a los concejales del norte y se elevó hacia la oscura techumbre, perdiéndose entre tirantes y tornapuntas.

No habiendo más declarantes, se pasó a la votación, que era secreta. Un oficial desfiló ante los concejales, que iban introduciendo una bola en la bolsa que llevaba. Hubo once bolas blancas, diez negras y tres de madera, que significaban abstención.

— ¡Hemos ganado, maldita sea! — gruñó don Martín, dándome una palmada en la espalda que casi me tira al suelo.

Y nos vimos rodeados por los caballeros aliados nuestros, felices porque alguna plata iban a percibir, y también por otros muchos desconocidos, deseosos de arrimarse al vencedor, ignorantes de la escasa liquidez que su victoria iba a proporcionar a don Martín.

Mi señor no se dejó llevar por la euforia del momento, sino que salió al exterior por la puerta del sur, descendió las escalinatas y, con grandes voces, convocó a los caballeros.

— ¡A caballo! ¡Al pozo de nieve! ¡Al galope!

En previsión de que los cofrades del dragón no acatasen la sentencia, habíamos dejado nuestros caballos atados junto al arranque sur de la Casa Puente, y en pocos minutos corríamos hacia la Triple Puerta, para continuar monte arriba camino del nevero que alojaba el roto cadáver de Grunac. Pero yo me desvié antes, pues siguiendo órdenes de mi señor, marché al campamento donde esperaba el burgués, para comunicarle el resultado favorable del juicio y así poner en marcha la extracción de los restos y su transporte a la ciudad. Mientras galopaba a lomos de Canelo pensaba en la desagradable sorpresa que sufriría don Gabriel cuando supiera de los muchos y onerosos compromisos adquiridos por mi señor. Pero no era yo el encargado de revelárselos.

El onubense no perdió un minuto cuando oyó mis noticias, y pronto unos carromatos partieron hacia el nevero, donde llegaron no mucho después que don Martín y sus caballeros. Los geoides presentes, no muchos, observaron pacíficamente las complicadas labores de extracción y carga de los miembros del dragón, tarea que pudo terminarse al comenzar la tarde. Aunque parecieron sorprendidos por el fallo del tribunal, no el esperado por ellos. Y sin mayor dilación, la caravana emprendió viaje hacia la ciudad, donde entramos a su debido tiempo, desfile recibido por las aclamaciones de vecinos y visitantes. El primer carromato llevaba las tres cabezas, cubiertas con lonas que retiramos al llegar a nuestro destino, la Plaza Mayor, donde los caballeros que nos escoltaban lograron imponer orden a la multitud ansiosa de ver con sus propios ojos los restos mortales del dragón que parecía invencible. El espectáculo se prolongó hasta bien avanzada la noche, iluminada por cientos de antorchas, linternas y velas, y animada por la aparición de ollas de garbanzos con tocino y gallina, bien acompañadas de hogazas de pan y barricas de vino tinto, traídas en abundancia por taberneros y posaderos, que servían liberalmente a todo el que lo pedía.

— Es tradición que el matador del dragón corra con los gastos — me explicó don Martín, que parecía extrañamente resignado a la pronta pérdida de su recién ganada fortuna.

Fue una noche larga y confusa, en la que personas desconocidas se acercaban y me hablaban como si fuesen amigos de la infancia, incluso varias mujeres que me hicieron propuestas tan explícitas que hasta yo pude entender. Pronto perdí de vista a don Martín, mucho más solicitado que yo, y al cabo del tiempo intenté alejarme del centro del bullicio en torno a los restos del dragón, buscando refugio en una callejuela cercana. Alejado de las antorchas y fogatas de la plaza, agradecí la serena oscuridad, sentado en un banco de piedra y cerrando los ojos, en busca del sueño. Pero alguien interrumpió mi sosiego. Vistiendo un largo hábito negro con toca y velo del mismo color, pensé que fuera una monja de alguno de los conventos de nuestro lado, aunque me extrañaba ver a una religiosa en la calle a esas horas, cerca de aquella fiesta desmedida. Pero cuando se sentó a mi lado y levantó el velo, descubriendo la negra piel de su rostro y la blanca dentadura de su sonrisa, perdí la última brizna de sueño. Me hubiera levantado de un salto, pero Argisán me asió una muñeca con sus dedos de acero, impidiéndome alejarme de ella.

— Debes venir a nuestra Casa, y traernos las dos cabezas. Cuanto antes, no es necesario esperar a que se sequen. Nos encargaremos nosotras de su preparación. Ven tú solo, con un par de mulas que lleven nuestro premio.

La bruja me hablaba con la boca pegada a mi oído, que acariciaba con su lengua mientras clavaba sus uñas en mi cuerpo, atravesando mis ropas como si fuesen de paja.

— ¿Yo sólo? Me asaltarán y me las robarán.

— No pretenderás venir con el caballero que desea asesinarnos. Pero no te preocupes por tu seguridad. Irás bien escoltado. Hazlo pronto. Mañana sería lo mejor.

— Tengo que hablar con don Martín... y conseguir las mulas, cargarlas... no sé cómo os podría avisar de mi partida...

— No hace falta aviso alguno. Yo te veo cuando así lo deseo. Sabré cuando partes hacia mi casa. Recuerda que también debes cumplir con otra obligación. Mis hermanas te esperan ansiosas. Aunque no sé si les complacerá tu olor. Apestas.

Bajó la mano, clavó las uñas en mis partes más tiernas, no tan tiernas en ese momento, apagó mi gemido de dolor con su lengua escamosa, se levantó y desapareció en la oscuridad del callejón.

Despejado el sueño, volví a la plaza, donde la fiesta iba apagándose y paseé entre las ollas vacías y los borrachos yacientes, en busca de mi señor, al que supuse próximo a los restos de Grunac. Y allí estaba, haciendo un aparte con don Gabriel, mientras algunos caballeros se sentaban en torno a una hoguera desde la que podían vigilar para que nadie se acercase más de la cuenta. Fui hacia mi señor, pero me detuve al oírlos sumidos en una discusión acalorada, aunque el volumen de las voces no era muy alto, como si los interlocutores quisieran pasar desapercibidos. Era fácil adivinar que el burgués no estaba nada conforme con la escasa cuantía de su parte del botín. No entendía bien lo que decían, y no pude saber si llegaron a algún acuerdo, pero al cabo de un rato se separaron, el burgués hacia una bocacalle que le llevaría a su posada, mi señor sentándose frente a la hoguera, y yo me uní a él. Pensándolo bien, no veía cómo don Gabriel podía oponerse a las decisiones de don Martín. Debería conformarse con sólo una cabeza de Grunac, y con el cuerpo amojamado, descontando el hígado, por supuesto.

Por fin el sol iluminó el trasdós del eterno techo de nubes, y bajo esa luz difusa nos pusimos en marcha, para llevar a cubierto nuestro botín, pero no en la ciudad sino fuera de ella. Cruzamos la triple Puerta, y seguimos un estrecho camino que nos llevó hasta un caserón de dos alas que se acometían en ángulo recto. Una de ellas era un secadero de jamón, la otra era establo, pocilga y vivienda de los porqueros. Llevaba tiempo en desuso y don Gabriel la había alquilado.

— ¿Vamos a vivir allí? — pregunté, entre el asombro y el horror.

— No es tan grave. El olor se ha disipado, o casi todo. Descansaremos donde los porqueros. Tú puedes hacerlo fuera, si lo prefieres — dijo don Martín.

En el camino le había informado de la visita de Argisán, y de sus exigencias, lo que no le sorprendió mucho.

— Cuanto antes acabemos con este desagradable asunto, mejor. Ya le he explicado a don Gabriel como están las cosas, y lo está rumiando. No muy contento, pero sabe que no hay otra.

— ¿No os preocupa que la bruja sea capaz de visitarnos mientras dormimos? Puede volar, como vimos en el juicio. Entrar por el techo y cortarnos el cuello.

— No a mí, Álvaro. En el cuello llevo una cadena bendita. No es tan poderosa como la mano de San Ágamo, pero suficiente para mantener a distancia a una hija de la Tierra. Tan pronto hagas tu entrega a las brujas buscaremos algo parecido para ti. Las reverendas de Santa Celia tienen un buen surtido. Además, por ahora sigo teniendo la mano. Cuando terminemos este negocio la devolveremos a la sacristía.

Y me explicó cómo iba a realizarse la operación, que no sería exactamente como yo había supuesto, pero cuya lógica entendí. Terminamos de precisar los detalles e hice una última pregunta.

— ¿Seguís planeando... darles muerte?

Pero don Martín no me contestó, y se limitó a llamar a algunos de los porteadores, que almorzaban en torno a una hoguera.

— Id con el paje Álvaro, y haced todo lo que os diga.

Una hora después, a lomos de Canelo, seguido por Deolinda y Roberta, emprendí el camino hacia mi cita con las Brujas Negras. Un camino más largo que el previsto, pues debía rodear la ciudad por oriente, hasta llegar a la norteña Puerta Grande, para entrar por ella directamente al otro lado, la media ciudad de los hijos de la Tierra. Ruta que me había señalado con aleteos y graznidos el cuervo que ya conocía, el familiar de Argisán, negro pájaro que seguía volando sobre mi cabeza. Supuse que las brujas habrían gestionado la autorización para usar esa ruta donde eludiría registros y preguntas incómodas sobre el contenido de las grandes alforjas llevadas por las mulas, lo que sin duda hubiera ocurrido en la Triple Puerta.

Me crucé con diversos caminantes, cristianos y geoides, pero ninguno interrumpió mi marcha, que en otras circunstancias hubiera dedicado a tomar mejor nota del paisaje, pues podía ver a mi derecha al río Taramas con el gran azud, obra de los gigantes, construido al mismo tiempo que las murallas. Me hice el propósito de volver en mejor momento para dibujar aquella gran máquina que alimentaba el canal central y también algunas otras derivaciones, pero ahora debía cumplir el encargo, y azucé a mi montura.

La Puerta Grande hacía honor a su nombre, pues ningún gigante necesitaría agachar el testuz para cruzarla. Al menos los jayanes que visitaban Ciudad Partida, algunos tan altos como cuatro hombres puestos uno encima de otro. Aunque yo había leído relatos en los que se mencionaba la existencia de gigantes inmensos como montañas, que vivían, o mejor dicho, dormían en las más abruptas estribaciones de las cordilleras que amurallaban a las Tierras Altas de Castilla. Sumidos en un sueño invencible por el Arcángel Miguel, sueño del que sólo despertarán en el último día. Hermosa historia, aunque no es materia de fe.

Llegué sin incidentes ante la Casa Negra, por cuya puerta abierta entró volando el cuervo, anunciando mi presencia. Pero yo desmonté y aguardé fuera, bajo el ojo curioso del homúnculo, y también vigilado por el cuarteto de hiporiones, armados con arcos, que me habían seguido casi desde mi partida de la vieja pocilga. Las Brujas Negras odian la luz diurna, pero ante mi obstinada actitud, una salió a mi encuentro, Argisán. Se cubría la cabeza con el gran sombrero alado, que apenas dejaba ver su negro rostro, de labios de carmín y dientes albos.

— Mis hermanas desean castigar tu insolencia. Quizás lo impida, o quizás sea yo la que te corrija. ¿Acaso pretendes que cargue yo con las cabezas?

Pero Argisán no se atrevió a acercarse a mí. En el bolsillo de mi capa ocultaba la mano incorrupta de San Ágamo, que don Martín me había entregado al partir. Sin pensar en que podría ordenar a los arqueros atravesarme con sus flechas, hablé con quizás más insolencia. Luego me pregunté los motivos de mi audacia, si acaso deseaba provocarla.

— Entre las tres podréis cargar una cabeza, y llevarla dentro. Y sólo será un viaje. He traído una cabeza, no dos. La segunda podréis reclamarla a don Martín en el secadero donde la ha colgado. Yo estaré con él, y entonces haré la donación de mi sangre a tus hermanas.

Argisán alzó la cabeza, mostrándome el rostro, donde sus ojos brillaban como rubíes, tan rojos como sus labios.

— ¡Como disfrutaré contigo! Me encargaré de que esos estúpidos monjes de Santa Brígida sepan lo que llevas encima, lo que les has robado... luego te traeré aquí... a pagar tu insolencia...

— ¡Espera, Argisán! Recuerda lo firmado. Nada contarás de lo que mi señor y yo hicimos o hacemos. En caso contrario el acuerdo será nulo.

Argisán calló, sin perder su sonrisa, seguramente imaginando lo que pensaba hacerme una vez cumplido todo lo pactado. Y salieron de la casa sus dos hermanas, que me miraron con lascivia o con gula, o tal vez con ambos apetitos. Yo señalé a la mula Deolinda.

— En su alforja está la cabeza de Grunac. La otra mula solo lleva unas piedras envueltas en espartos.

Hube de acercarme a Deolinda para tranquilizarla, pues estuvo a punto de desbocarse al sentir la proximidad de las brujas. Pero éstas deseaban acabar cuanto antes, y volver al sombrío interior de su casa, por lo que la operación terminó pronto y yo monté de nuevo a Canelo.

Esperando estar de vuelta antes del anochecer, pasaba cerca del azud, cuando oí el galope de los hiporiones que se acercaban rápidamente. Me volví con espanto, y les vi tendiendo sus arcos de doble curvatura, sin reducir su marcha veloz. Desenvainé el terciado, movimiento útil tan sólo para salvar la honra, pues ya me creía muerto, pero sus flechas, cuatro seguidas de inmediato por otras cuatro, y otras más, no me alcanzaron a mí, sino a mis inocentes cabalgaduras. Acribilladas, cayeron por los suelos, con relinchos de agonía, y así las dejaron los cuadrúpedos asesinos que, sin cesar su galope, desaparecieron de mi vista.

Sacando el puñal, acabé con el sufrimiento de las pobres bestias y, cubierto de sangre, continué a pie el camino hacia la pocilga convertida en secadero de dragones.

9

MEMORIA DE DON MARTÍN: EL MERCENARIO

La Orden de la Santa Luz carecía de conventos o castillos en la ciudad de Málaga, lo que dificultó al recién desembarcado caballero de Pas hacerse con medios para viajar al norte, donde abundaban tales casas, para reunirse con sus hermanos y proceder a la recuperación de su rango como monje guerrero. Tras unos pocos días de confusión y penuria, obtuvo una invitación al almuerzo que el marqués de Alhaurín celebraba los sábados, en su palacete cercano al río Guadalhorce. Algunos de los otros invitados le dirigieron miradas burlonas o despectivas al ver su pobre y gastada vestimenta, conseguida antes de partir de Orán, procedente de un caído en combate. Aunque devolvió la mirada con gesto desafiante, la mano en la empuñadura de la vieja espada rescatada de la armería de Hazen el Rumi. Actitud que atrajo la atención de las damas asistentes al banquete, que algo habían oído sobre las peripecias del recién llegado, y a las que imaginarle en estado de esclavitud, en manos de un jerarca moro, producía una curiosa fascinación aderezada de terror. A los postres, el marqués pidió a don Martín que relatara su aventura, lo que éste hizo, pero sin mencionar sus actividades en el serrallo, aunque citó la presencia de la esclava cristiana, Marta, de quien alguna de las comensales había oído hablar, recordando la incursión de los corsarios no muchos años antes, cuando la mujer fue capturada.

—Sus padres vendieron la villa donde perdieron a la hija y marcharon al interior. La compró el señor de Asaja, ese barbudo que se sienta al lado del marqués. Es el más rico de estas tierras, dicen que porque comercia con moros.

Doña Dulce se sentaba junto al caballero y hablaba sin cesar, aunque en voz baja, acercando la boca al oído del hombre, intentando monopolizar su atención. Era una viuda todavía joven y de buen ver, y a quien la condición de monje de su acompañante no parecía importar demasiado. Tal vez se encontraba a gusto en su viudez, que no sería estorbada por un caballero obligado al celibato.

— ¿Vas a permanecer aquí, en Málaga?

— El marqués me ha prometido algo de plata, y una montura. Partiré hacia el norte, al monasterio de la Santa Luz, a presentarme ante mis superiores.

— Conservo las ropas de mi marido, que gustaba de vestir bien. Y eres de su talla, al menos lo que puedo ver. Al acabar el almuerzo iré a mi casa, que está en la calle de Panaderos. Sobre la puerta hay una imagen de la Virgen del Rocío. No tiene pérdida. Esta noche estaré sólo con el ama de llaves. Es una mujer muy discreta.

Don Martín aprovechó la amplia generosidad de doña Dulce, y un par de días después cabalgaba hacia la Baja Castilla, adecuadamente ataviado y a lomos de un corcel viejo, que más parecía jamelgo, de andar lento pero constante, que sin más incidentes le llevó hasta el formidable edificio donde la Orden de la Santa Luz asentaba su gobierno.

* * * * *

Por entonces llevaba yo tiempo ingresado en el monasterio de la Santa Luz, dedicado al estudio y a la copia de manuscritos en su gran biblioteca, y llevando, por lo demás, la ordenada vida de un novicio, pero no tengo recuerdo de haber visto a don Martín, por lo que me extrañó oír su historia, aunque pronto entendí que había una explicación. Entre los diversos cuerpos edificados que constituían el conjunto monacal se encontraba un ala independiente que servía de alojamiento para los visitantes ajenos a la Orden, el llamado pabellón de Extraños, y fue donde habitó el caballero durante su estancia. Allí dormía y realizaba sus comidas, alejado de sus hermanos o, mejor dicho, de aquellos con los que en el pasado había compartido su condición de monje guerrero de la Orden de la Santa Luz. Pero que le habían repudiado, al menos provisionalmente.

* * * * *

El abad del monasterio era también el Maestre de la Orden, y tomó en sus manos la indagación sobre el comportamiento de don Martín en su aventura africana. Escuchó con atención, hizo algunas preguntas y ordenó al caballero retirarse a su celda de la hospedería, en espera de la decisión a tomar. Tres días después don Martín fue reclamado de nuevo, y el Maestre le ordenó recibir el sacramento de la penitencia. El confesor sería frey Baudilio, y al saber su identidad, don Martín adivinó que el resultado de la averiguación no sería benévolo.

El confesionario, de nobles maderas talladas con figuras de ángeles y santos, ocupaba una capilla lateral de la iglesia del monasterio, y allí se acercó don Martín, arrodillándose frente a la rejilla, y pronunciando la primera frase del ritual. Frey Baudilio le animó a hablar y escuchó, pero pronto le interrumpió con preguntas encaminadas a exponer todos los detalles de los pecados cometidos por el caballero, tanto antes como después de su rendición en Larache. Como don Martín temía, su complicidad en los perversos actos carnales perpetrados por Hazen el Rumi fue examinada con minucioso interés por el confesor, que le interrogó sin desmayo, como correspondía a un experimentado inquisidor del Santo Oficio.

Concluida la administración del sacramento, don Martín fue absuelto de sus muchos pecados, el primero de ellos cometido al rendirse al enemigo, rompiendo el voto de luchar hasta el final. Sin embargo, de ese fue redimido por su actuación durante el asalto a Orán, promoviendo el levantamiento de los esclavos, y así lo admitió frey Baudilio. Fue distinto el caso de las variadas transgresiones de los sexto y noveno mandamientos, actos cometidos con reiteración y complacencia, que exigían una enmienda de severidad proporcional a la gravedad de los hechos. Y la penitencia consistió en la expulsión de la Orden de la Santa Luz. No puede ser miembro de la Orden quien es incapaz de dominar sus impulsos lujuriosos, sentenció el confesor, antes de pronunciar la absolución. Y le recomendó encarecidamente seguir el ejemplo de los santos ermitaños y evitar toda proximidad con hembras de la especie humana, por no mencionar a hijas de la Tierra o, no lo quisiera Dios, jovencitos accesibles.

El Maestre, frey Paulino, era hombre de edad avanzada y de criterios más amplios que el confesor, y por ello la salida de la Orden no se hizo bajo la forma de ignominiosa expulsión sino mediante voluntaria renuncia por parte del caballero, que siguió ostentando tal rango, aunque no el de monje. Pero debía abandonar toda dependencia del monasterio y eso hizo, llevando consigo el equipo y equipaje traídos de Málaga. Llevaba también una carta de presentación para el conde de Alarcón, necesitado de hombres de armas a causa de un conflicto de tierras con el marqués de Muniesa, origen de varios encuentros violentos que no parecían amainar. Y una bolsa de monedas, no muchas, pero suficientes para evitarle la vergüenza de suplicar para comer.

La pequeña guerra entre conde y marqués se prolongó hasta el otoño, con éxitos alternos, pero tanto en la victoria como en la derrota, el caballero de Pas lució su brillante habilidad guerrera, incluso a pesar de la escasa calidad de sus armas y corceles. Sin embargo, mediante las capturas al enemigo vencido, fue renovando el equipo, y gracias a tal botín, y a las recompensas entregadas por el conde de Alarcón, al llegar el invierno y con él una tregua, don Martín de Pas cabalgaba mejor montura y, no menos importante, disponía de yelmo, adarga y mallas de excelente calidad. Conservaba la vieja espada obtenida en Orán, si bien deseaba obtener otra nueva, forjada para él, lo que esperaba adquirir en alguna de las famosas armerías de Toledo. Pero una noche, conversando con otros caballeros, oyó a uno de ellos, el ya veterano don Epitacio de Margas, hablar de Ciudad Partida y, entre otras muchas maravillas, de las labores inigualables realizadas por los herreros de la raza de los monóculos. Obtenerlas, para un cristiano, era muy difícil, pues el precio era casi inalcanzable. No se trataba solamente de oro, plata o perlas, sino de la frecuente exigencia de servicios personales, casi siempre incompatibles con la ley de Dios.

Don Martín pasó la Navidad en el castillo de Alarcón, donde el conde aguardaba el momento de reanudar las hostilidades, incluso antes de la llegada de la primavera. Sin embargo, quien llegó fue el duque de Manzanares, como enviado del rey Alfonso, dispuesto a imponer la paz. Y con la paz vino la desmovilización. El conde hubiera deseado conservar a don Martín como vasallo suyo, pero el caballero aspiraba a más altas cotas, por lo que se despidió, tras jurarle acudir en su ayuda en caso de nuevos conflictos, y provisto de una suma de plata no despreciable, emprendió camino hacia el norte, en busca de Ciudad Partida. Allí esperaba encontrar la mayor aventura, una aventura que le permitiera alcanzar la fama, y con ella reparar su triste salida de la Orden de la Santa Luz. Pues combatir al servicio del conde de Alarcón le había permitido subsistir incluso con holgura, pero de forma apenas diferente a la de los mercenarios que lucharon a su lado, o frente a él. No era un gran timbre de gloria.

Don Martín alcanzó la vía hacia Ciudad Partida por un punto distinto al que tomó dos años después, cuando yo le acompañaba. En aquella primera visita a la ciudad prohibida cabalgaba solo, por un territorio más hostil, pues aún era pleno invierno, y la nieve era casi infranqueable en muchos lugares. Pero llegó por fin al puente del Diablo, y de ahí a la Triple Puerta, donde pagó los estipendios para entrar y también para obtener la bula que le autorizaba el trato con los geoides.

Hospedado en la Posada de la Noria, dedicó sus primeros días al reconocimiento de la extraña ciudad, extraña sobre todo en el llamado otro lado, al norte del canal. Aunque también en el lado sur, la mitad de los cristianos, encontró sorpresas, como fue descubrir la existencia del Convento de Santa Brígida, embajada de la Orden de la Santa Luz. Hasta entonces ignoraba que su antigua comunidad dispusiera de una casa en aquella urbe, y por tanto desconocía su principal misión, consistente en financiar el comercio con los hijos de la Tierra. Discreta tarea que descubrió don Martín por vía indirecta, pues había decidido no presentarse ante sus antiguos cofrades, pareciéndole humillante revelar su estado de expulsado de la Orden.

Preguntando a unos y otros concluyó que la mejor armería de Ciudad Partida estaba en el otro lado, perteneciente a un monóculo llamado Suero, y allí se presentó una mañana, pocos días después de su llegada a la ciudad. El enano de un solo ojo era ya anciano, y estaba rodeado por varios congéneres de menor edad, seguramente hijos o nietos, pensó don Martín. El caballero fue invitado a examinar la mercancía expuesta en el local, un espacio lóbrego cubierto por una bóveda de cañón que arrancaba cerca del suelo, contenida por contrafuertes exteriores, una y otros aparejados en piedra.

Los productos expuestos eran de naturaleza muy variada, ni siquiera eran armas o armaduras muchos de ellos, pero tras un primer vistazo, don Martín supo que sólo deseaba poseer una cosa. Colgada por la cruz de un marco de pie situado en un lugar preeminente, se exhibía una espada de mano y media, cuya hoja de acero brillaba como ninguna otra que don Martín hubiese visto en sus años de guerras y torneos. De formas sencillas, la cruz recta y el pomo esférico eran de hierro negro, con el puño forrado de doble alambre de unos metales que eran o semejaban oro y plata, única concesión a la decoración o al adorno.

— Se forjó en las fraguas de Ávila, la gran casa de piedra donde mora la más antigua estirpe de los Artífices. Pero ya tiene comprador. Don Mario de Ojeda, vizconde de Los Álamos, que llegará en pocos días. Quizás deseéis ver algún otro producto.

Don Martín no estaba interesado en nada más, y tampoco pudo averiguar el precio que el vizconde estaba dispuesto a pagar, aunque el viejo monóculo le reveló que el comprador quería participar en la caza del dragón, fiesta para la que faltaban pocas semanas. Una pequeña trampa, si el vizconde usaba la espada hecha en Ávila, pues había sabido de las limitaciones que debían respetar los cazadores.

A falta de otra alternativa, don Martín se inscribió en la lista de aspirantes, para obtener el derecho a participar en la subasta. La única condición para la inclusión era ser caballero o noble. No eran muchos los inscritos, pero aumentaría su número al acercarse las fechas del Festival, le aseguró el árbitro que anotó su petición.

Don Martín dedicó esas semanas a conocer más a fondo la ciudad y sus habitantes, y también a estudiar todo lo referente al Festival del Dragón, llegando a la conclusión de que el éxito en la caza era sobre todo cuestión de suerte. Pero quizás la suerte pudiera manipularse. El factor que parecía más fortuito era encontrar a la bestia antes que los demás, y el caballero elucubraba continuamente sobre cómo obtener una ventaja. Una noche, en la taberna Las Armas de Miera, oyó a otro bebedor mencionar a una bruja dispensadora de agudos consejos, y decidió ir a verla al día siguiente.

La bruja Ermisenda vivía en una cabaña de madera erigida sobre el grueso tocón de un árbol petrificado. Estaba sola, salvo por la compañía de algunos familiares de diversas especies. Tenía la costumbre de poner a prueba a sus clientes haciéndoles esperar al pie del árbol hasta concederles permiso para subir por la escalera de caracol, de peldaños volados, que iba rodeando el tronco hasta entrar en la casa aérea. Don Martín aguardó dos horas, lo que hizo de pie, inmóvil, la diestra asiendo la empuñadura de la espada. Finalmente, un loro voló desde lo alto y le gritó ¡Sube!

Para entonces, el caballero ya había conocido y tratado a diversos hijos de la Tierra, pero Ermisenda era su primera bruja. No vestía ropajes negros, como solían representar a las de su estirpe en pinturas y dibujos, sino una larga túnica de azul nocturno festoneada de estrellas de plata. La cabeza descubierta, sin sombrero ni cabellera. Rasgos afilados, aunque no desagradables. Imposible determinar su edad, salvo para decir que era mediana, al menos por su aspecto, aunque parecía variar de un momento a otro.

Las brujas de Ciudad Partida prestan servicios que son remunerados de muy diferentes maneras. Ermisenda vendía información, desvelando secretos del pasado y presente, e incluso del futuro, si bien sus profecías eran de difícil interpretación. Don Martín traía sólo una consulta, ¿cómo adueñarse de la espada forjada en Ávila, Avileña? Ermisenda le hizo ver que esa pregunta abarcaba otras varias, pues debería saberse lo que se iba a abonar por el acero, ya fuese un pago material o mediante servicios personales, si el monóculo Suero aceptaría otra oferta, más alta por supuesto; en caso afirmativo cómo podría obtener don Martín el sustancioso caudal necesario, o cuáles serían los servicios exigidos y si sería capaz de prestarlos. O qué alternativas había si el vendedor considerase que la operación ya estaba cerrada. ¿Arrebatarle la espada al vizconde? ¿Cómo? ¿Mediante la astucia o la fuerza?

—Y hay una cuestión previa a todo esto. ¿Cómo me vas a pagar a mí?

— Aún no me has dicho cuáles son tus emolumentos.

— Lo sabrás a su debido momento. Pero no te preocupes, porque te exigiré algo que te sea posible entregar, como siempre hago. Antes de seguir debes jurar que cumplirás.

Don Martín juró y Ermisenda desplegó la mejor de sus sonrisas, tomó de la mano al caballero y le hizo sentarse frente a ella, separados por una mesa cubierta de diminutas figuras talladas en marfil unas, en madera de ébano otras, y que la bruja comenzó a disponer en filas paralelas unas a otras. Colocadas todas, sopló con fuerza, y varias cayeron. Ermisenda retiró las caídas, volvió a disponer las restantes, y repitió la maniobra varias veces hasta que no quedó ninguna de pie. Y la geoide reinició la operación, una y otra vez, hasta que al cabo de más de una hora, quedó satisfecha. El inmóvil caballero entendió que con sus sucesivas posiciones las piezas hablaban un lenguaje que la bruja comprendía, dando respuesta a sus indagaciones. Y ella tradujo el mensaje de las figuras.

— El vizconde de los Álamos cree que con esa espada podrá dar muerte a Grunac, el dragón. Ese arma le dará una ventaja que ningún otro cazador posee. Sin embargo, teme que alguno se le adelante. No sabe cómo evitarlo. De hecho, se plantea usar el soborno para que le cedan el paso, pero sabe que no muchos accederán. Si dispusiera de un artificio que le llevara directamente sobre la pista del dragón, tendría muchas posibilidades de ser el primero en enfrentarse a la bestia. A cambio de ese artificio podría entregar la espada, una vez muerto el dragón. Para él no sería una gran pérdida, pues con el cuerpo del dragón en su poder, dispondría de medios más que suficientes para encargar otra hoja tan extraordinaria como Avileña. Y le conviene alejarse de ese producto del arte de Suero. Alguien podría sospechar el uso prohibido de esa espada.

— ¿Acaso dispones de ese artificio rastreador?

— No yo, pero sí mis hermanas las Negras.

— Aún no te he pagado a ti… ¿Y ya debo preparar otros pagos?

— Lo que a mí me entregues será suficiente para cubrirlo todo. Yo lo acordaré con ellas.

Fue entonces cuando don Martín conoció a Uristán, Egirán y Argisán, que le proporcionaron la misma brújula digital que dos años después volverían a darle, aunque no en el mismo estado. Con el artificio en su poder visitó la Posada del Buen Yantar, donde se hospedaba el vizconde, al que encontró en el claustro trasero, ejercitándose con la recién obtenida Avileña. No le costó mucho a don Martín entablar conversación, tras manifestar su admiración por la espada que blandía don Mario, por su parte deseoso de exhibirla. Roto el hielo, el caballero de Pas sacó la brújula y explicó su poder. Aunque entendía que era difícil de creer, y por ello invitaba al vizconde a acompañarle, la mañana siguiente, a la basílica, pues en una nave lateral, bien protegida por un sólido enrejado, se exhibía la cabeza momificada de un dragón muerto hacía más de dos siglos. Allí podría mostrarse la brújula en acción.

Hecha la demostración, y convencido del poder del artilugio, don Mario se preguntó por qué no lo usaba don Martín.

— Esperaba obtener un arma como la vuestra. Sin ella, creo imposible derrotar a Grunac. Pero si aceptáis mi oferta, triunfaréis en esta ocasión, la espada será mía, y volveré para el próximo Festival — respondió el caballero.

— Creyendo eso, ¿vais a participar ahora?

— Conocer la caza desde dentro me será útil dentro de dos años. Y no temo encontrar a la bestia, porque vos lo haréis antes. Por supuesto, yo no diré a nadie que vuestra espada es obra de herreros monóculos.

Para asegurar su presencia, don Martín necesitaba fondos con los que afrontar la subasta. De nuevo aconsejado por Ermisenda, acudió a un prestamista, y así conoció a Docio, individuo proclive al riesgo financiero, dispuesto a admitir como garantía una espada que todavía no poseía el caballero. Y con el préstamo y los restos de su bolsa, don Martín superó la prueba monetaria, aunque por escaso margen, quedando casi desprovisto de efectivo. El último obstáculo era el torneo, pero el caballero de Pas demostró su amplia experiencia en el combate, abatiendo a los tres adversarios que le tocaron en suerte y siendo ovacionado con entusiasmo. Y en la tarde del día anterior al comienzo de la caza, don Martín saldó su deuda con la bruja Ermisenda.

* * * * *

— Ye me habíais contado cómo visteis a Grunac despedazar a don Mario, pero… ¿fue el primer caballero en encontrar al dragón?

— En efecto. Pero esgrimir a Avileña no fue suficiente.

— El dragón escapó, y dio muerte a varios cazadores más…

— Te preguntas, Álvaro, por qué no pude alcanzarle, disponiendo de la brújula digital, que supones abandonada por el muerto vizconde.

— No se la tragó el dragón, porque la hemos utilizado hace pocos días…

— Lo cierto es que la recogí, pero estaba rota. Inutilizada. La devolví a las Brujas Negras. La repararon. También recuperé a Avileña y proseguí la búsqueda llevando dos espadas, que quizás hubieran sido útiles de haber encontrado al dragón.

— Sabiendo lo que sabemos ahora, fuisteis afortunado… Estoy cada vez más convencido de que cuando un caballero mata al dragón, lo hace con la ayuda de la ciencia de los geoides.

— O de alguna reliquia de gran valor. Armado con la Santa Lanza, un caballero sería invencible.

— O el Cuchillo de Nerón. Lo pude ver en mi viaje a Toledo. Ahora que lo pienso… es un terciado parecido al mío.

— Hace mucho tiempo, más de cien años, lo robaron de la catedral, pero fue devuelto, en secreto, unos veinte años después. Precisamente en esos años don Lope de Azaga fue matador de dragones. En las Crónicas del Festival se le representa con una lanza que lleva una larga hoja…

— ¿El Cuchillo fijado al asta?

— Posiblemente. Y ya anciano, poco antes de morir, devolvería la reliquia.

— Incluiré esa historia en mi crónica.

— ¿Esa crónica que nadie va a leer?

No quise contestar, y pregunté por la naturaleza del pago a Ermisenda. Pero don Martín prefirió contarme otra parte de su biografía.

* * * * *

Terminado el Festival, el caballero de Pas seguía alojado en la Posada de la Noria, pero sus fondos eran ya muy escasos e intentaba alquilar sus servicios, aunque fuese como mero hombre de armas. Paseante por tabernas y baños, en todo lugar hacía mención de su disponibilidad, y teniendo cierto prestigio por ser superviviente de la caza más sangrienta habida en años, pronto fue reclamado por varios posibles clientes, hijos de Dios unos, de la Tierra otros. Eligió como primera misión la de acompañar, a modo de escolta, a un mercader sirio, de nombre Abdel al Numan. No resultaba fácil a un moro encontrar ayuda entre los cristianos, y por ello pagaba mejor que otros, además de su agrado al constatar cierto conocimiento del idioma árabe por parte de don Martín.

Abdel había llegado a Ciudad Partida bajo la protección de don Rodolfo de Amiens, caballero del Temple, una de las víctimas de Grunac, obligando al sirio a buscar otro amparo. Solucionado el problema al conocer a don Martín, pudo el comerciante dedicarse a sus negocios, entre los que estaba poner al día el local propiedad de su familia, conocido como Baños Calientes, que tanto éxito obtuvo entre los habitantes del lado sur. Concluidas estas y otras labores, Abdel debía retornar a Toledo, donde vivían algunos socios, llevando consigo una notable cantidad de los bienes preciosos adquiridos, lo que exigía una escolta para el camino, y con él marchó el caballero de Pas, además de varios gendarmes y sirvientes.

Pasados cuatro días de viaje, habían salido del ámbito de actuación de la Hermandad del Camino, marchando por tanto por territorio sin ley, cuando oyeron el galope desbocado de un caballo que se acercaba a ellos, y que pronto vieron llegar, a duras penas dominado por su jinete. Era un hombre maltrecho que logró finalmente detenerse ante don Martín, quien volvió a envainar su espada al reconocer al caballero fugitivo. Don Arnaldo de Manigua, monje de la Orden de la Santa Luz, y compañero de juventud de don Martín.

Apenas tuvieron tiempo de asistir al herido cuando un grupo numeroso de perseguidores, quizás una docena de ellos, apareció entre los árboles. Dispararon una andanada de flechas y luego, temerariamente, cargaron a pie empuñando sus armas de mano. Dos de los tres gendarmes habían sido alcanzados por las saetas, como el caballo de don Martín, quien se vio obligado a saltar al suelo, y ante ese panorama los atacantes creyeron asegurada la victoria. Grave error. Don Martín esgrimía a Avileña por primera vez, pero como una hoz segando espigas, la hoja resplandeciente atravesó cueros, hierros y carnes, y pronto los supervivientes, apenas dos o tres, huyeron. Los demás quedaron definitivamente tendidos en el campo. Recogiendo a sus heridos, la partida de don Martín reanudó su marcha, encontrando más adelante los cuerpos de los compañeros de don Arnaldo, dos monjes guerreros y un paje, acribillados a flechazos. Les enterraron y recogieron la mercancía que custodiaban, y que los saqueadores no habían tenido tiempo de apropiarse. Y, doloridos y amargados, llegaron al monasterio de la Santa Luz, donde dejaron a los heridos, siguiendo don Martín hacia Toledo, acompañando a su cliente, el moro Abdel, aún no recuperado del espanto sufrido, y que maldecía el lamentable abandono en que se hallaban las calzadas reales. Pero antes de dejar el monasterio, el Maestre pidió a don Martín que, cuando concluyese su compromiso con el moro, volviera para tratar de algo conveniente a ambas partes.

No se trataba de una oferta para reingresar en la Orden, sino la encomienda de llevar y proteger los envíos que periódicamente se realizaban entre el monasterio y su sucursal en Ciudad Partida, el convento de Santa Brígida. Un trabajo que permitía al caballero una escasamente honrosa, pero lucrativa tarea, mientras aguardaba la ocasión de volverse a enfrentar con el dragón, pretensión casi obsesiva, pero no solamente por la ambición de gloria y riqueza. También por la voluntad de redimir lo que en su fuero interno sabía que fue un acto de cobardía, aunque durase apenas unos segundos. Cuando al encontrar a don Mario despedazado por Grunac, permaneció inmóvil, sin atreverse a atacar a la bestia, que se retiró sin obstáculo. Un instante de temerosa vacilación solo redimible mediante la muerte de Grunac. O la suya propia.

Servir a la Orden durante los casi dos años que faltaban para el siguiente Festival fue la mejor manera de prepararse para la caza, desplazándose regularmente a Ciudad Partida. El viaje que don Martín hizo acompañado del paje Álvaro de Pozas fue el quinto de esos viajes, que como los anteriores transcurrió sin novedad, como ya sabemos.

* * * * *

— No recuerdo que hubiera novicios que viajasen a Ciudad Partida estos dos últimos años. Como pajes vuestros, quiero decir.

— Porque no los hubo. Me acompañaban gendarmes a sueldo. Gentes externas a la Orden, pagadas por ella.

— ¿Tampoco iban monjes?

— No. Era un trabajo poco apreciado por ellos. De hecho, los que viven en Santa Brígida lo hacen como penitencia por alguna falta cometida. El contacto con los geoides es deshonroso, a pesar de las bulas.

— ¿Por qué pedisteis un paje como yo para este último viaje? ¿O fue imposición del Prior? Quizás querían quitarme de en medio.

— Lo pedí yo. Aunque no a ti en especial.

— ¿Y por qué?

Estábamos sentados frente a una chimenea, en la antigua casa de los porqueros, y don Martín parecía más dispuesto a hablar que en otras ocasiones. Tal vez considerase que me lo merecía, tras ser el elemento decisivo en la muerte del dragón. Si bien yo no dejaba de pensar en que mi señor podría sentir algún rencor hacia mí, precisamente por eso.

Aunque fuese un secreto solamente conocido por nosotros dos. También por las Brujas Negras, por supuesto. Y por todos los que, en un futuro indeterminado, lean esta crónica, si llegan a hacerlo.

Don Martín tardó minutos en contestar, porque respondiendo a mi pregunta quedaba obligado a explicar otros detalles que seguramente le desagradaba desvelar.

— Hice una última petición a Ermisenda. Es fácil adivinar cuál.

— Le preguntasteis por la forma de dar muerte a Grunac.

— Exacto. Pero me dio una respuesta de gran vaguedad, como gustan de hacer las pitonisas.

Tampoco don Martín mostraba excesiva precisión en su relato, y esperé ulteriores aclaraciones, que llegaron por fin, aunque era evidente que le costaba hacerlas.

— Se limitó a decirme que en la siguiente caza, la que ha ocurrido estos días pasados... que en esta caza debía ir acompañado por un paje, pues esa sería la forma de derrotar al dragón.

— ¿No dijo el por qué? Supongo que os resultaría chocante.

— Naturalmente. No comprendía cómo la participación de un paje poco experto podría desequilibrar la balanza en favor mío. Y además, hasta entonces los cazadores nunca llevaban compañía. Pero decidí seguir el consejo, o vaticinio, y... en fin, aquí estás. Matador del dragón.

— Y Grunac en el secadero.

— Hoy han traído sacos de sal para comenzar la momificación.

— Y hablando de Ermisenda... ¿cuál fue el pago?

— Eres insistente, pero, en fin, ya te he contado casi todo, saber en qué consistió el pago es un hecho más... aunque podrías adivinarlo, tú también has pagado a unas brujas...

— Prefiero no especular...

— Ermisenda quería quedarse preñada. Para lo cual le hacía falta un hombre, naturalmente.

Cuando lo pienso ahora, tanto tiempo después, no entiendo mi sorpresa ante algo que era previsible, habida cuenta de las costumbres de hadas y brujas en sus tratos con los hijos de Dios. Y quise saber los detalles.

— ¿Tuvisteis un hijo con la bruja Ermisenda?

— Una hija. Las brujas solo paren hembras. Que serán brujas, como sus madres.

— Ahora será una niña, de poco más de un año, aproximadamente. Pero no sé cuándo la habéis visitado, a ella y a su madre, desde que llegamos a la ciudad. Me hubiera gustado conocerlas, ciertamente más que a las Negras.

— Yo no la conozco. Ermisenda se fue a las Tierras Altas de Castilla tan pronto confirmó el embarazo. Y no ha vuelto, ni lo hará hasta que su hija llegue a ser adulta, porque debe criarse entre los suyos. Lo cual puede llevar más años que en el caso de una hija de Dios.

— ¿No tenéis noticias suyas? ¿Ni siquiera sabéis si el parto fue bien?

— Álvaro, estás imaginando que mi relación con la bruja fue como con una mujer de nuestra raza, pero te equivocas. Un encuentro físico, carente de sentimientos de cualquier tipo. Proporcioné a la bruja el servicio necesario para su reproducción, nada más. Un pago, como el tuyo en sangre a Argisán, aunque el mío fue más placentero.

— ¿Conoce esto la autoridad de la Orden?

— Mi único encuentro con Ermisenda fue en la víspera del comienzo de la caza. Como sabes, en la mañana siguiente los cazadores recibimos la absolución general. Mi pecado fue perdonado, sin necesidad de revelarlo a un confesor. Tú eres la primera persona que lo sabe.

Me resultaba difícil admitir todo aquello, e insistí con mis preguntas, aunque cambiando el foco de las mismas.

— En Orán, en el serrallo de Hazen el Rumi... folgabais con sus esposas y concubinas para satisfacer el vicio del moro... ¿eran vuestros sentimientos diferentes en aquellas ocasiones?

— Eres puñetero, Álvaro. Como debes saber, aunque no sea por tu propia experiencia, todo hombre apetece folgar con hembra placentera sin necesidad de amarla con todo su corazón. Pero hacerlo con una bruja es distinto, una mezcla de fuego en la piel y hielo en el alma. Ten cuidado, no lo vayas a experimentar, incluso contra tu voluntad.

— Veo que un solo acto fue suficiente para fecundar a Ermisenda... ¿no os preguntáis si alguno de los hijos de las mujeres del moro es en realidad vuestro? Recuerdo que varias de ellas estaban esperando cuando pudisteis escapar. Entre ellas la cristiana Marta.

No contestó de inmediato don Martín, dejando pasar apenas dos segundos, pero durante los que me pareció ver un gesto de dolor en su rostro.

— En mis actos con aquellas mujeres evitaba en todo momento derramar mi germen en su vientre. Dicho de otro modo, las penetraciones eran inconclusas o por territorio infértil. Y Hazen siempre estaba presente, ojo avizor.

— Yo carezco de experiencia, por supuesto, pero por lo que he leído entiendo que es muy difícil controlar esos actos cuando se llega a la culminación...

— ¡Basta! ¿Te das cuenta de lo que haría Hazen si reconociera mis rasgos en alguno de los hijos de sus mujeres?

Y yo no dije más, pero me pareció entender que don Martín, a pesar de sus anteriores palabras, no descartaba por completo tal posibilidad, y odiaba admitirlo.

El caballero dio por terminada aquella reveladora conversación, y nos preparamos para pasar la noche, bien equipados con las reliquias sagradas que nos protegerían de cualquier visita no deseada por parte de las Brujas Negras o sus esbirros. Pero ni siquiera el poder de la mano incorrupta de san Ágamo pudo impedir que Argisán apareciese en mis sueños, anunciando que con el nuevo día vendría a recoger el resto de los bienes prometidos. Y con ella sus hermanas, sedientas de mi sangre.

10

EL ARREGLO

—Es un sueño engañoso. Las brujas no se atreverán a venir. Saben que tenemos la mano de San Ágamo, que es un escudo invulnerable. Pero yo sí les puedo cortar el cuello a ellas.

— La visita ha sido muy real, como las otras veces que he visto a Argisán... Quizás tengan algún encantamiento, o un arma que no imaginamos... ¿Y si acuden con refuerzos? Varios gigantes, quizás.

— ¿Y despertar sospechas sobre su intervención en la caza? ¿Cómo explicarían el tener derecho a tan grande parte del botín? ¡Dos cabezas, nada menos! No, no pueden recurrir a buscar aliados.

— Pero nosotros juramos pagar... ¿vamos a quebrantar el juramento?

— No lo estamos haciendo. Les hemos dado la mitad, y para recoger la otra mitad les basta con venir aquí. Sólo se lo impide el miedo a lo que ocurra después.

— Pueden usar su magia para adivinar cuáles son vuestras intenciones... como ya hicieron antes...

— Quizás, si yo hubiera tomado una decisión... pero aún no lo he hecho.

— ¿Qué opina don Gabriel? Ha fracasado el gran negocio que esperaba cerrar. La otra noche discutíais... ¿O era por causa de su esposa?

— ¡No, por supuesto! Desea negociar de nuevo con las brujas. Puede tener razón. Se ha mudado a una casa que ha alquilado en la ciudad. Allí está su mujer con el servicio. Vas a hacer un par de mandados, el primero ir a esa casa y decirle que le espero aquí, para hablar de su propuesta. Y aprovecha para ver a la Mencía, te lo repito una vez más. En unos minutos te dejará inútil para las Negras.

— ¿Y el otro encargo? — respondí, sin darme por enterado de sus consejos.

— Dices que eres un buen artista.

— Creo que sí… ¿qué deseáis? ¿Un retrato? Es lo más difícil.

— No un retrato mío. De Grunac… de una de sus cabezas. Pintado sobre mi adarga.

Asentí con la cabeza. Quizás debía haberlo pensado yo antes. Un blasón para el matador de dragones. Don Martín dejaría de ser el caballero sin divisa. Aunque yo sabía poco de heráldica, dudaba que adquirir un escudo de armas fuese tan sencillo. Le dije que pasaría por la calle de los Pintores para informarme. Podría adquirir el material, a no ser que las reglas del gremio lo impidiesen, y fuera necesario contratar a un maestro afiliado. Más gastos, pensé.

Recordando con tristeza a Canelo, Deolinda y Roberta, marché a pie hacia la Triple Puerta, que crucé libremente, sin necesidad de pagos, uno de los privilegios concedidos a los matadores de dragones, y llegué pronto a la casa del burgués, siguiendo las indicaciones de mi señor. Estaba cerca de la Posada del Buen Yantar, de donde le servían la comida, y también cerca de las calles de los gremios, donde doña Asunción iba a gastar la plata de su marido.

La Mencía me ofreció pan y vino, que yo me limité a comer en silencio, sentado en la mesa de la cocina, esperando que el mercader se dignara recibirme. Reprimí mi deseo de ver a doña Asunción, pues no se me ocurría ninguna excusa para hacerlo, y no quise irritar al burgués con una descortesía.

— Tiene una visita importante — me había dicho la dueña, y yo me acomodé para tener el vestíbulo bajo mi vista y descubrir quién era esa visita. Y de paso evitaba mirar a la Mencía, que supervisaba las labores de un pinche de pocos años y, por lo que la oía refunfuñar, de escasa experiencia. Al cabo de un rato vi salir a tres ciudadanos que por su aspecto parecían tenderos o menestrales, y a los que acompañaba don Gabriel a la puerta. Me sorprendió tanta atención con gente de baja alcurnia, y pregunté por ellos al onubense, cuando ya me recibió.

Me miró sorprendido, quizás por el atrevimiento de quien hasta hace poco era un mero paje, pero sostuve su mirada sin dificultad, pues él era un simple mercader, y cornudo además, mientras que yo era nieto de un conde, próximo monje de la Orden de la Santa Luz y, sobre todo, matador de dragones. Quizás lo comprendió, o simplemente me consideraba útil, pero me indicó que le acompañara y nos sentamos en el banco del portal.

— Don Martín, tu señor, es un gran guerrero, pero desconoce las reglas del comercio y los negocios. Por eso se arruina continuamente. Y nos arrastra a sus socios con él. Es necesario que yo tome las decisiones adecuadas para recuperar las riquezas perdidas. O al menos, para no perder las que nos quedan.

— ¿Quiénes eran esos…?

— Son carniceros. Se encargarán del cuerpo del dragón.

— ¿Carniceros? ¿Pretendéis vender carne de dragón? ¿Organizar banquetes?

— Desgraciadamente, no. La carne de dragón es repelente y venenosa. Pero sus huesos se venderán bien como reliquias. No alcanzarán el precio de las cabezas, pero son abundantes y me permitirán salvar esta operación, incluso cumpliendo los compromisos que tu señor ha adquirido sin consultar con su socio.

— Entiendo… Los carniceros limpiarán esos huesos… dejándolos mondos y lirondos. Aunque no son muy grandes, todos son vértebras… como esqueletos de serpientes enormes. Y sí, son muchas. Pero hay algo más valioso, una especie de conchas de tortuga que tenía pegadas a la piel en algunos sitios…

— Por supuesto. Servirán como fuentes, escudillas o aguamaniles. Estoy seguro que duques y reyes querrán tener algo así en sus vajillas. Ya he hablado con algunos representantes de casas muy notables. Los carniceros empezarán la limpieza hoy mismo… por cierto… ¿a qué has venido?

Mi gestión con los pintores resultó como había temido, y me vi obligado a acordar el trabajo con un maestro veterano, dispuesto a empezar a la mañana siguiente. Volví a la casa de don Gabriel para viajar juntos a las cuadras, a bordo de su carro, y aproveché el viaje para preguntar a mi anfitrión por su vida y negocios, explicándole mi intención de redactar una crónica sobre la caza del dragón y asuntos concomitantes. Superada una primera sorpresa, el burgués no tuvo inconveniente en hablar de sí mismo, tema favorito para la gran mayoría de las gentes.

Don Gabriel de Mora había hecho su fortuna comerciando con los metales extraídos de los yacimientos de su tierra de Onuba. Minas de propiedad real, pero concedidas al Marqués de Riotinto durante un largo periodo de tiempo, en pago de los servicios prestados a la corona. El actual marqués prefería la caza y otros ejercicios a la administración de sus bienes, y don Gabriel era quizás el más boyante de los varios hombres de negocios que prosperaron a la sombra del perezoso marqués. Doña Asunción era su segunda mujer, pues don Gabriel había enviudado tres años antes. Viudez rápidamente solucionada, pensé con admiración. La nueva esposa era hija y heredera de un armador de Cartagena, propietario de varias naves con las que traficaba por las costas de los reinos de Aragón y Francia, incluso, en tiempos de paz, con los de Fez y Tremecén. Viejo socio de don Gabriel, acostumbrados ambos a pergeñar negocios y, en esta ocasión, matrimonios. Sin duda la joven no había acogido muy favorablemente tal arreglo, y se vengaba concediendo sus favores con liberalidad. Otro tema que sería delicado incluir en mis futuros escritos, pero que no obviaría, si quería que mi obra tuviese la grandeza ambicionada.

— He hecho cálculos, y la venta de los huesos puede salvar esta operación. Aunque sin obtener las ganancias que esperaba. A no ser que tu señor liquide la deuda con las brujas por... otros procedimientos.

— Don Martín está haciendo todo lo posible. Espera salvar dos de las cabezas, al menos. Aún están en su poder.

Don Gabriel asintió pensativo y ya no habló hasta llegar a las pocilgas, donde vimos a mi señor, bien armado, paseando enérgicamente frente a la puerta del secadero. No está tan seguro de que las brujas o sus esbirros no aparezcan, me dije. Pero no era ese el único motivo de su animación.

— ¡Me ha llegado una nueva propuesta! — nos dijo, apenas descendimos del carruaje. Y señaló hacia unos personajes que aguardaban algo más lejos. El primero, un hombre de edad, barba blanca y mirada penetrante, vistiendo el tosco hábito pardo de alguna orden mendicante, aunque no llevaba ningún signo que la identificara. Anselmo de Marabán era su nombre. A su lado, vistiendo ropajes similares, un capricornio de retorcida cornamenta e hirsuta perilla, que nos fue presentado como Corsinebate. Bajo una especie de porche había una mesa, donde solíamos comer, evitando el perfumado interior de las pocilgas y cuadras, y en su torno nos sentamos junto con la pareja visitante. Una vez todos presentados, tomó la palabra el hermano Anselmo.

— Somos miembros de la Fraternidad del Sexto Día. Tú, don Martín, que has visitado esta ciudad en otras ocasiones, nos conoces, aunque sea de oídas.

— Sé que la Iglesia os considera herejes.

— Tampoco somos bien vistos en las Tierras Altas de Castilla. Solamente en esta ciudad mestiza estamos a salvo.

— Y no del todo — gruñó Corsinebate — Nuestro convento es objeto de cobardes ataques, arrojando basura a las puertas, o animales muertos... Algunos comerciantes se niegan a servirnos.

— Son pocos, claro. Nuestra plata es tan buena como la de los demás — matizó Anselmo.

Creí adivinar quiénes eran aquellos frailes de diferentes razas. Era evidente que su Fraternidad del Sexto Día admitía en su seno, como hermanos, tanto a hijos de Dios como a hijos de la Tierra. Inconcebible situación, sólo posible en Ciudad Partida. Pregunté el porqué de su nombre, aunque ya lo suponía. ¿El sexto día del Génesis, cuando el hombre fue creado?

— Así es, joven. Cuando Dios tomó polvo de la Tierra para hacer a Adán. Y si eso es de fe, ¿no resultan todos los hijos de Dios ser también hijos de la Tierra?

— Fascinante cuestión, pero supongo que no habéis venido para discutir de teología — interrumpió el impaciente don Gabriel, deseoso de conocer la nueva propuesta.

— Disponemos de un horno excelente en el convento. En él podemos calcinar el cuerpo del dragón, hasta convertirlo en cenizas.

— ¿Calcinar? ¿Nuestro dragón? ¿Qué se han creído?

— Las cenizas de ciertos dragones tienen virtudes curativas. De un poder extraordinario. Un medicamento universal — aclaró el capricornio Corsinebate al indignado burgués. Y explicó que Grunac era, por su edad y por los estragos cometidos, uno de esos monstruos selectos.

— Pero nadie sabíamos eso. Ni siquiera las brujas, o habrían intentado hacerse con todo el cuerpo — apuntó don Martín.

— Antes de su conversión, Corsinebate pertenecía a la Cofradía del Dragón y conocía sus más ocultas verdades. Cuando supimos de la muerte de Grunac, nos reveló el misterio de sus cenizas. Un secreto que hemos compartido con vosotros — explicó Anselmo.

— ¿A cambio de…?

— La mitad de las cenizas. Podríamos pedir más, pero no deseamos perdernos en regateos interminables. La mitad es una cantidad redonda.

— Debemos estudiarlo. Si calcinamos los restos perderemos los huesos que pensábamos vender a buen precio — respondió don Gabriel.

— No sobra el tiempo. Hay otros que desean conseguirlos, y sin pagar por ello.

— Te refieres a la Cofradía del Dragón, supongo. Aunque me extraña que no lo intentaran cuando los restos permanecían en el nevero.

— Esperaban ganar el pleito. El Festival se celebra desde hace más de doscientos años. Si ha durado tanto es porque se respetan sus reglas. Para arrebatar su trofeo al matador se deben tener sólidos fundamentos. Creían tenerlos, pero no lo consiguieron — adujo el capricornio.

— Si son tan respetuosos con la ley… ¿por qué la iban a quebrantar ahora? — interrumpí extrañado.

— Álvaro es un joven idealista, y por ello no contempla una alternativa. Los cofrades han acatado el fallo del tribunal, nosotros hemos obtenido el cuerpo, lo hemos exhibido al pueblo y ahora cada cual ha vuelto a sus quehaceres. Todo en orden, aparentemente. Pero terminado y olvidado el pleito, quizás haya una cuadrilla organizada por la Cofradía para recuperar lo que creen que es suyo. De modo que parezca un robo ejecutado por unos bandidos desconocidos — nos respondió mi señor.

Me preocuparon sus palabras, pues apenas contábamos con aliados. Un par de caballeros, don Tello y don Genaro, que quizás seguían con nosotros para comer gratis, y el gendarme Ginés, compañero del infortunado Ursicio. El escudero Gil permanecía junto a su señor en el hospital, sin que nadie le echara de menos. No éramos una gran fuerza, a pesar de don Martín y su espada. E hice una sugerencia que decidió la cuestión.

— Si se pueden salvar las conchas sin que ello afecte a la calidad de las cenizas…

— Y un hígado, ya comprometido — apostilló mi señor.

Y tras debatirlo en un aparte, los frailes de la Fraternidad aceptaron. Don Gabriel saltó de su silla, frotándose las manos. Incluso sin los caparazones debía ser consciente del precio que los grandes señores de toda Europa estarían dispuestos a pagar por un medicamento capaz de librarles de todo mal. Si a eso añadía las conchas, el negocio podría cerrarse con no poco beneficio.

Rematado el acuerdo, se organizaron los pasos a dar. No era prudente dividir las fuerzas, por lo que llevaríamos el cuerpo y las cabezas al convento, escoltados por todos nosotros. Abandonaríamos aquella mansión porcina tan brevemente ocupada, lo que no me produjo ningún disgusto. Y don Gabriel partió de vuelta a la ciudad, a bordo de su carricoche, para contratar carros de carga y avisar a los carniceros. Pero el Convento del Sexto Día estaba lejos, extramuros, más allá del azud, por el que se debía cruzar el río Taramas. Ya no había tiempo para efectuar en este día el traslado, pues caería la noche antes de llegar, por lo que se haría al día siguiente, partiendo al amanecer. Los frailes nos esperarían en el convento y hacia allí marcharon sin más demora, el hermano Anselmo a lomos de un borrico, el hermano Corsinebate trotando sobre sus propias pezuñas caprinas.

El edificio que ocupábamos tenía dos grandes portones y tres puertas, entradas todas que dejamos bien cerradas al recogernos al anochecer. Y tras dejar organizados nuestros equipos para la mudanza del día siguiente, cenamos y nos distribuimos para pasar la noche, pues don Martín temía una intentona por parte de esbirros de la Cofradía del Dragón, de las Brujas Negras o de cualquier otro saqueador que ambicionase hacerse con nuestro tesoro. Éramos tres caballeros, un gendarme y yo mismo, cinco para guardar cinco puertas. A mí me tocó una puerta menor, que se abría al campo exterior, y en el pasillo me acomodé como pude, disponiendo mantas y una vela. Comprobé una vez más el cerrojo, apoyé el terciado contra la pared y me tumbé. Debí quedarme dormido casi de inmediato.

— Ábreme la puerta, Álvaro... déjame pasar...

— He descorrido el cerrojo ¿por qué no entras?

— Hay algo en ti que me hace daño. No puedo acercarme.

— Mi señor me dio su cadena, que llevo al cuello. La cadena bendita de Santa Bárbara.

— Arrójala lejos de ti, y abre.

— Está hecho... ¿qué más deseas, ama?

— Llévanos donde las cabezas de Grunac.

— Está todo oscuro... no puedo ver...

— Mis luciérnagas nos alumbrarán, ya vienen... camina y ellas volarán sobre tu cabeza.

— Seremos oídos por los caballeros...

— Duermen un sueño invencible. Nadie nos molestará.

— Las cabezas están en la cueva, al final de esta escalera... debemos bajar...

— ¡Espera! ¡Ese olor! ¡Es insoportable!

— Toda esta casa es maloliente... pero aquí no más que en otras partes...

— ¡Es esa mano de momia!

— La mano de San Ágamo, pero no huele a nada... ¡perdón, mi señora, perdón!

— Baja, recoge la mano, y arrójala lejos. Luego vuelve...

— ¡Argisán! ¡Cuando coja la mano dejará de obedecernos!

— Tomemos la sangre que nos debe y marchemos.

— Ven con nosotras. Síguenos afuera.

— ¿Vais a tomar mi sangre?

— Lo haremos en nuestra casa. Te esperamos.

— Mi señora, ¿cómo llegaré, en plena noche? No puedo volar, como tú.

— Las luciérnagas te mostrarán el camino hasta la Casa Negra. Nadie te impedirá cruzar la Puerta Grande.

El cielo empezaba a clarear cuando llegué a mi destino, bien guiado por aquellos insectos luminosos enviados por mi ama Argisán, obedientes a sus mandatos, como lo era yo mismo. Al igual que en ocasiones anteriores, la puerta se abrió por si sola y pasé al oscuro interior.

— Estamos muy disgustadas. Tu antiguo amo ha quebrantado sus promesas.

— ¿Tan estúpido y arrogante es, que cree que puede hacerlo y resultar incólume? — añadió Uristán a las palabras de su hermana Argisán.

— Pero tú nos entregarás lo que nos debes, ahora mismo. Quítate las ropas — remató Egirán.

Cuando, tiempo después, intento recordar lo ocurrido, veo siempre una vaga niebla que oculta los manejos de las dos brujas sedientas, pero creo que fue la presencia de Argisán lo que impidió que me gozaran hasta acabar con mi vida. Y la memoria se hace más nítida al revivir los hechos posteriores, pues estoy encerrado en una jaula pendiente del techo mediante una cadena, como si yo fuera algún pájaro cautivo. Una jaula de seis caras, todas ellas rejas de hierro, incluso la que hacía de cara inferior de ese cubo martirizante, cuyas barras se hincan en mi carne desnuda, pues no me han devuelto las ropas. Debajo, a un lado, se encuentra el hogar cuyo calor apenas impide que muera de frío. Pasaron horas en soledad, hasta que la jaula descendió para quedar cerca del suelo, y allí me esperaba Argisán, con su sonrisa cruel. En su mano se posaba el cuervo mensajero, un billete asido con el pico, y mi dueña habló:

— Volará hasta el caballero falaz a quien servías. En el escrito le exijo que cumpla su palabra y nos entregue lo prometido. Pero algo más, como castigo a sus mentiras. Un saco de las cenizas del horno del Sexto Día. Una arroba.

Observó burlona mi cara de sorpresa al oírla hablar de las cenizas, y siguió:

— ¡Pobre tonto! ¿Acaso crees que no hemos observado vuestros manejos y escuchado el secreto revelado por los hermanos?

Lanzó al cuervo, que voló a lo alto hasta perderse de vista en la oscuridad del techo, saliendo fuera por alguna abertura del tejado, pues dejé de oír su aleteo. La bruja se volvió hacia mí, abrió una de las caras de la jaula, y me dejó caer al suelo. Obedeciendo sus órdenes la seguí escaleras abajo hasta llegar a una letrina donde pude aliviarme, sin que ella se retirara, observándome con morbosa curiosidad. Y luego volvimos arriba, yo a la jaula, ella desapareciendo en el oscuro interior de su hogar. Un tiempo más tarde, no sé si muchas o pocas horas, trajo una jarra de agua que metió entre los barrotes, y un pedazo de pan duro. Bebí parte del agua y migué el pan en lo que quedaba, para comerlo con los dedos. Y luego se repitió la excursión a la letrina. Calculaba que ya sería de noche, pero podría engañarme, pues nada había para señalar el paso del tiempo. Y el dolor de mi postura, encogido y empotrado sobre los hierros, me impedía dormir. Además de la insoportable irritación en buena parte de la piel de mi cuerpo, donde Uristán y Egirán se habían recreado a gusto con uñas, dientes y escarificadores. No era capaz de razonar con precisión, pero temía que aún en el caso de que don Martín accediera a pagar mi rescate, éste se demoraría, pues calcinar el cuerpo del dragón hasta reducirlo a cenizas no sería cuestión de pocas horas. Y no quería imaginar qué ocurriría si el caballero se negaba al oneroso intercambio. Una vida de esclavitud mucho más cruel que la padecida por aquellos que caían en manos de los moros. O me sacrificarían a algún ser demoníaco.

De tarde en tarde alguna de las brujas pasaba cerca de mi jaula, y en una ocasión, hice una pregunta a Argisán.

— Los hermanos dijeron que esas cenizas sirven para sanar todo tipo de enfermedades. Son beneficiosas, pues. Me pregunto qué utilidad tienen para vosotras…

— Las hadas del laberinto no deben acaparar el suministro de medicamentos. Si nos pagan generosamente, a mis hermanas y a mí no nos repugna hacer lo que tú llamarías el bien. Incluso podrías ser el primero en probar esos polvos. Te harán mucha falta si mis hermanas y yo misma seguimos jugando contigo.

Y siguieron. Las tres, abriendo la jaula y arrastrándome fuera. Al menos me echaron en un lecho, y durante un tiempo pude librarme de los barrotes clavándose en mi cuerpo, algo incluso más doloroso que el recorrido del escarificador cuando araba la piel de mi torso y mis muslos. Luego me volvieron a meter en la jaula, sin hacer caso a mis súplicas, llorando por una manta que interponer entre mi cuerpo y los hierros. Al cabo de un tiempo eterno, durante el cual no cesaron mis lamentos, una mano se introdujo entre las barras, portando un vaso con un amargo líquido que me hizo beber. Y perdí el conocimiento. Tal vez Argisán se apiadó de mí, o simplemente la molestaban mis incesantes gemidos. Pero si pude dormir unas horas, peor fue el despertar, pues los dolores regresaron multiplicados por diez, o así le pareció a mi cuerpo agarrotado y a mi piel rasgada.

No fue aquello el infierno, sino un purgatorio, pues tuvo final, después de un tiempo que creí eterno, pero que duró tres días con sus dos noches intermedias. En la tarde del tercer día sonó un cuerno al otro lado de la puerta de la Casa Negra, anunciando la llegada de don Martín de Pas, que no abandonaba a su paje.

La presencia del caballero alborotó a las brujas, que hablaron entre sí con un violento lenguaje de chillidos y graznidos, como de urracas disputándose la copa de un árbol. Y es más, se elevaron hacia el techo de la enorme choza, perdiéndose a mi vista. Al cabo de un rato se oyeron unas voces procedentes del exterior, al otro lado de la puerta, pero no eran de mi señor, aunque en un principio no pude reconocerlas. La puerta se abrió y entraron los hermanos Anselmo de Marabán y Corsinebate, encargados de negociar el rescate. Comprobado que don Martín y su espada se quedaban fuera, las brujas descendieron para parlamentar con los intermediarios.

Se llegó al acuerdo tras una conversación que seguramente fue corta, y me sacaron de la jaula, devolviéndome mis ropas, que me puse torpemente. La cabeza me daba vueltas y fue el fornido capricornio quien me llevo fuera casi en volandas, hasta entregarme a don Martín, quien me abrazó e intentó subirme a una mula, pero desistió al comprobar que me caería tan pronto me dejara de la mano. Luego supe que era la misma mula en cuyas alforjas habían traído la cabeza de Grunac y la arroba de cenizas. El pago de mi libertad.

Esperamos un rato hasta que recuperé alguna fuerza, confortado por el vino de la bota que traía mi señor, y luego, entre los dos frailes, me volvieron a subir a la mula, atándome como si fuera un saco, y así hicimos el largo camino hasta el Convento del Sexto Día. Antes de caer dormido en un camastro, me dieron a beber un desagradable brebaje cuya finalidad explicó Corsinebate.

—Tienes el honor de ser el primero en probar las cenizas de Grunac. Mañana tu cuerpo habrá olvidado lo padecido en la Casa Negra.

Pero, aunque a punto de perder el conocimiento, pude ver cómo, al irse, los hermanos cerraron con llave la puerta de mi celda. Al menos esa noche no volvería a correr junto a Argisán, atendiendo a su llamada.

Hubiera necesitado más horas de descanso para reponerme de los tormentos, pero a poco del amanecer entró don Martín para saber de mi estado, y comprobada la notable mejoría, consecuencia sin duda de la ingesta de polvos dragoniles, me ordenó vestir y bajar cuanto antes. Eso hice, no sin dificultad, y pasé al refectorio, donde el hermano cocinero, un monóculo calvo de albino pelaje, me dio pan tierno, leche y miel. En ese momento me pareció la mejor comida de mi vida. Don Martín no se había separado de mí y, terminado el desayuno, me ordenó recoger mi terciado y seguirle al exterior.

Algo extraño sentí al empuñar el gran cuchillo, un deseo de eludir la agotadora sesión de ejercicios con mi despótico señor, un impulso a resolver esa servidumbre de forma definitiva, y levanté mi arma, dispuesto, creo, a descargarla sobre él. Pero, como si tuviera ojos en la espalda, don Martín se giró veloz, bloqueó mi brazo asesino, y me derribó de un puñetazo. Luego me dijo que había oído el ruido del arma al desenvainarse. Pero lo decisivo fue que estaba alerta, pues esperaba algo así.

— Tu bruja Argisán te ha encantado, convirtiéndote en un sicario a su servicio.

— ¡Pero yo no deseo mataros! ¡No sé por qué lo he intentado!

— Te llevaré a tu celda, y quedarás encerrado mientras tomo las medidas oportunas.

Las medidas fueron dos. La primera se aplicó poco después del mediodía, cuando se abrió la puerta y aparecieron don Martín, los dos frailes ya conocidos, y otro más, hijo de Dios, de gran estatura y negra barba, fray Benedito, que traía los útiles necesarios para practicar un exorcismo. Pero primero me llevaron, rodeado por todos, a una estancia cercana a la cocina, donde había una bañera medio llena de agua. Me desnudé, provocando el pasmo de mis acompañantes cuando vieron el estado de mi cuerpo, pues apenas había un palmo de piel que no hubiese sido rasgado por las Negras, si bien ya estaba cicatrizada. Limpiados los restos de sangre y otras miserias, volví a vestirme y subimos a la celda. Me ordenaron arrodillarme, y comenzó el ritual. Yo me sometí pacíficamente, aunque dudaba de la validez de aquella ceremonia, pues no estaba poseído por un demonio, sino que era víctima de los encantamientos de una bruja. Pero don Martín me explicó que en esos conjuros se requería la intervención de algún espíritu infernal, para darles eficacia. El exorcismo borraba las huellas de esa presencia demoníaca.

Fray Benedito terminó el ritual ungiéndome con aceites benditos, y todos se retiraron, cerrando de nuevo la puerta, lo cual me desconsoló, pues mostraba escasa confianza en el éxito de la operación. Yo me sentía igual, aunque más cansado, y pronto quedé dormido.

Ya era media tarde cuando me despertó don Martín, anunciándome que faltaba realizar un segundo acto para librarme de Argisán y sus hermanas. Debía ir a la ciudad, pero él no me acompañaría, pues la custodia de los restos de Grunac era lo primordial. Iría conmigo el exorcista, ya que su compañía sería suficiente para alejar cualquier intentona de capturar mi voluntad por parte de las brujas.

— ¿Acaso no me ha liberado el exorcismo? Y vuelvo a llevar la cadena de Santa Bárbara... ¿qué necesidad hay de que venga fray Benedito? ¿Y a dónde debo ir?

— El fraile te dejará cerca de la Casa Amable. Cuando allí termines lo que debes hacer, podrás volver solo, porque las brujas ya nada podrán contra ti. A no ser que tú te entregues voluntariamente a ellas, pero no creo que lo hagas...

— Ese lugar... ¿no será...?

— Exactamente. Y te lo estoy ordenando. Aquí tienes una docena de blancas. Pagarán el mejor de los servicios. De vuelta puedes pasar por Santa Brígida y pedir confesión, si lo deseas.

Fray Benedito era poco hablador, y no me dirigió la palabra en todo el camino, que yo hice a lomos de la mula Obdulia, él sobre un pollino que no me fue presentado. Pero me guio por las callejuelas de Ciudad Partida hasta llegar cerca de un discreto portón, se detuvo, lo señaló con el índice y se alejó. Sin duda no le había gustado el papel representado, llevando a un casto joven a una casa de lenocinio. Me pregunté por qué habría accedido a hacerme tal servicio, quizás a cambio de monedas como las que yo llevaba en el bolsillo. O, juzgando más honorables sus motivos, el fraile sabía que el exorcismo no era del todo suficiente para mi liberación, y era necesario cometer una última tarea, por pecaminosa que fuera ésta.

Golpeé la puerta de la Casa Amable con el grueso pomo, que hubiera preferido tuviese una forma menos priápica, abrió un portero que me echó un rápido vistazo, dio su aprobado y me dejo pasar, asegurándome que la mula estaría bien segura atada al amarradero exterior, donde ya había un par de caballerías. Pasé a una estancia donde me recibió la tercera, mujer quizás hermosa en su juventud, pero a la que ya era innecesario aderezar su aspecto. Mostró una sonrisa adornada con dos dientes de oro, evidentemente orgullosa de ellos, y entró en materia, llamando a sus pupilas desocupadas. Entraron cuatro mujeres escasamente cubiertas con camisas, prendas que movieron con soltura, mostrando sus partes más íntimas. Elegí una, que dijo llamarse Ariadna, nombre dudoso, que no era ni la más vieja ni la más joven, y cuyo rostro parecía el más dulce de todos. Su ama preguntó cuánto tiempo deseaba, lo cual me sorprendió, pero pregunté los precios y tenía lo suficiente para media hora. Eligió un reloj de arena que dio a la ramera, ella recibió el pago, y tras comprobar minuciosamente la calidad de las monedas nos dio el pase.

Por un oscuro pasillo, donde se oían los sonidos emitidos por otros clientes en acción, Ariadna me llevó hasta la celda que nos había sido adjudicada, entramos y cerró la puerta. En una hornacina dejó la lámpara y el reloj, que volteó para iniciar la cuenta, se quitó la camisa y se tumbó en el colchón, único mobiliario de la pieza, aparte de un banco de madera utilizado para dejar la ropa. No había ventana y la luz de la linterna era muy tenue, lo cual quizás fuese conveniente, dado el presumible estado del colchón.

Si todo hubiese ocurrido como es habitual en estos lances yo no entraría en mayores detalles, pues todo lector conoce lo que transcurre entre un hombre y una mujer cuando fornican, y no es necesario relatar lo obvio. Pero no pude cumplir con mi obligación de varón, aquejado de una súbita debilidad que nunca había padecido antes, ni siquiera cuando Argisán o sus hermanas satisfacían su sed de sangre en mi cuerpo desnudo. He de decir que la llamada Ariadna, celosa de su oficio, hizo todo lo posible para animar mi languidez, pero fue inútil, lo que le produjo no pequeño disgusto, que en parte consolé al decirle que le transmitiría a su dueña los más vivos elogios. Y diría, por supuesto, que no una, sino dos veces me había llevado al clímax.

Así resultó mi primer intento de acabar con la doncellez que tantos problemas me había creado, fracaso que atormentaba mis pensamientos, una y otra vez, mientras vagaba por las calles de la ciudad, llevando del ronzal a Obdulia, sin atreverme a volver al convento, para darle explicaciones a don Martín. Pero, cómo dárselas si yo tampoco me explicaba los motivos de mi impotencia, pues si bien era la primera vez que pretendía folgar con mujer, y lo hacía en lugar sucio y maloliente, por otro lado, ella no era de mala apariencia y se mostró muy dispuesta.

Sin habérmelo propuesto, llegué al canal y cruce al otro lado, donde un designio fue tomando forma en mi cabeza, y ello me llevó hasta el Baño de las Hadas. Había decidido intentarlo de nuevo, pues suponía que entregar mi semilla a alguna de aquellas hijas de la Tierra supondría la pérdida de mi virginidad, de igual manera que haciéndolo con una hija de Dios. Y en el peor de los casos, disfrutaría de un cálido baño, muy conveniente después de mis últimas actividades.

El lugar seguía igual que en mi visita anterior, quizás con menos clientes, pues terminado el Festival del Dragón, muchos visitantes habían abandonado la ciudad. Para mi contento, también estaba Elina, y reclamé su presencia para explicarle mi deseo.

— Me dijiste que tu religión no te lo permitía.

— Todo cambia, y no he podido olvidarte — contesté, pues creo que se debe ser amable. Y tras un breve baño me llevó de la mano a la sala de extracciones, donde estábamos solos. Le pregunté si podía ejecutar un acto completo, vertiéndome en el interior de su vientre, pero ella, abriendo espantada sus ya enormes ojos, adujo que era imposible, pues mi producto debía ser recolectado y guardado en los pequeños frascos allí disponibles. Como la sangre por las brujas, pensé con disgusto. Pero decidí hacer lo que ella quería, pues era la única forma de pagar el baño.

Desgraciadamente, las manos y labios de Elina resultaron ser tan inútiles como los de Ariadna. Y como ella, insistió no poco tiempo, hasta que una de sus hermanas apareció con otro bañista, y salimos.

— ¿Cómo vas a pagar? — me dijo, mirándome con suma tristeza cuando explique que carecía de fondos. Me dejó mientras me vestía, pero me esperaba en la sala de los arcones, acompañada de un hada que parecía de mayor edad y gobierno. Un hada madrina, entendí.

— Si eres incapaz de donar tu fluido viril, podrás entregarnos algo de tu sangre.

Casi se me saltaron las lágrimas al oír aquello, y con voz suplicante les ofrecí la mula que había dejado atada en la puerta. Se rieron de mí. Entonces señalé a mi terciado, que había depositado en la sala antes de pasar al baño.

— Lo dejaré en prenda, hasta que vuelva con las monedas que pidáis...

— No te rías de nosotras, pálido impotente. ¿Un cuchillo?

— ¡No es un cuchillo cualquiera! ¡Con él corté la cabeza a Grunac!

El hada miró fijamente el arma, y finalmente se volvió a mí, asintiendo.

— Tienes una semana para volver con veinticinco blancas.

Afligido y desarmado abandoné el lugar, y estaba desatando la mula, cuando un caballero de extraordinaria estatura se acercó a mí. Me había parecido verlo antes en la sala de baños, pero sumido en mis preocupaciones no le había reconocido. Don Beltrán del Pino.

— Eres el escudero del caballero de Pas. He visto que has dejado tu terciado en el baño. ¿Pagando deudas?

Creo que contesté con palabras confusas, intentando alejarme, pero don Beltrán me pasó el brazo por los hombros, y señaló a su caballo, atado junto a mi mula.

— No entiendo cómo estás sin blanca, cuando tu señor se ha hecho con el cuerpo de Grunac. Aquí cerca hay una buena taberna, que llevan unos capricornios que conozco. Tomaremos unos vinos y me cuentas. Yo invito. Sígueme.

11
EL JUICIO DE DIOS

Don Beltrán no quitó su brazo de encima de mí, obligándome a marchar junto a él, llevando del ronzal a Obdulia, que nos siguió sumisa.

— Eres imprudente, dispuesto a caminar desarmado por estas calles. Pero conmigo estás seguro, no temas... hay algo que no entiendo... ¿por qué las hadas querían que pagaras? ¿No lo habías hecho ya con tu semilla?

No estaba dispuesto a confesar mi impotencia a un extraño cuya curiosidad me parecía excesiva e impertinente, pero del que me resultaba difícil separarme, y di una excusa ya gastada.

— Como cristiano debéis saber que el fornicio con hijas de la Tierra es un gravísimo pecado. Lo he evitado. Pero olvidé traer monedas.

— ¡Ja, ja! Y también sabemos que existe el santo sacramento de la confesión. ¿Qué harían tantos clérigos si los creyentes no pecásemos continuamente?

— Prefiero no verme obligado a cumplir la penitencia. He oído que es durísima.

—Muchacho, ¿es que no sabes elegir al confesor adecuado? Ve con don Manuel, en la basílica. Dile que yo te envío. Un día de abstinencia y todo resuelto, pero... ¡ya hemos llegado!

Poco se veía de la taberna por encima del suelo, apenas una construcción semejante a una pequeña ermita, sin cruces o imágenes, pero con un par de grandes chimeneas. Por la puerta entreabierta salía el ruido de gritos y cánticos, pero que parecían de origen más lejano y, en efecto, el local era casi todo subterráneo. Dejé mi montura atada en el correspondiente amarradero y entramos, enfilando a una ancha escalera que se hundía en las profundidades. Recordé la escalera similar de la Casa Negra, admirado ante el amor que los hijos de la Tierra sentían por el subsuelo. Un canoso lobisome, en funciones de portero, se limitó a saludar mostrando sus colmillos.

— Este lugar… ¿tiene nombre? — pregunté.

— Algunos lo llaman la Cueva de los Borrachos.

Un nombre simple pero no inadecuado, a juzgar por lo que encontré en el fondo de la larga escalera. Bajo unas bóvedas de torpe geometría, escasamente iluminadas por algunos faroles de aceite, se bebía, cantaba y bailaba. Otros parroquianos se amontonaban en bancos y divanes, durmiendo, comiendo o frotándose unos con otros. A pesar de la escasa luz pude ver que la clientela estaba muy mezclada, hombres, mujeres, tarascas, capricornios, brujas, o quizá hadas, en fin, representantes de todas las estirpes de Ciudad Partida. Exceptuando gigantes e hiporiones, a los que sería difícil, o imposible, cruzar la puerta y descender la escalera. En un extremo, varios músicos tocaban unos instrumentos para mí desconocidos, si bien de intensa sonoridad. Un par de hogares bien alimentados proporcionaban un calor que recibí con agrado. Servían también para asar carnes o calentar hierros que una vez al rojo se introducían en grandes jarras de cerveza. Un lugar mucho más desordenado que la Casa Amable, aunque veía a algunas damas que por su vestimenta y actos parecían de igual profesión que las pupilas de aquella morada de colipoterras. Pero tal vez éstas lo fueran por vicio y no por oficio.

Don Beltrán se hizo con dos jarras de vino y una fuente con carnes de ave, o eso me dijo que eran aquellas piezas de pequeño tamaño y origen dudoso. Nos abrimos paso entre los danzantes, que se retiraron prestos ante la mole del caballero, y nos acomodamos contra un muro mientras comíamos y bebíamos. Un vino tinto aderezado con miel, de poderosa fuerza embriagadora, como pude descubrir cuando ya fue demasiado tarde. Dominado mi espíritu por la bebida, tan perniciosa como el peor hechizo de una bruja, esa noche infausta pequé y, lo que resultó mucho peor, pues ninguna confesión pudo remediarlo, hablé sin barreras, desvelando a don Beltrán algunos secretos de la caza del dragón. Pero debo contarlo más despacio, al menos aquello que puedo recordar.

Estimulado mi valor por tan generoso vino, me atreví a reprochar al matador de dragones su manifiesta desconfianza en la limpieza de nuestro combate con Grunac. Y fui más allá.

— Me pregunto si vuestras sospechas nacen de que creéis que es imposible vencer al dragón sin recurrir a medios prohibidos. ¿Acaso los utilizasteis vos hace diez años, en vuestra famosa victoria?

Me miró con sorpresa, ocultó un gesto airado con una estrepitosa carcajada, llamó a voces a un homúnculo para que trajese más vino, y me contestó.

— No utilicé nada que hubiera tocado un ser sin alma. Hay armas sagradas, benditas de Dios, que conceden la victoria a los puros de corazón.

Y el puro de corazón sentó sobre sus rodillas a una cristiana que se había aproximado mostrando las tetas. Agradecí su presencia, pues prefería cambiar de tema, pero el caballero era capaz de compaginar la conversación con el sobeteo, y dijo estar seguro de nuestro engaño.

— Pero ya es tarde para la reclamación. El Doble Concejo ha reconocido vuestra victoria, así que ¡celebremos!

Y levantando a la mujer como si careciese de peso, la depositó sobre mí. A ella no pareció importarle ser pasada de mano en mano, y cogiendo una de las mías la llevó a sus pechos, al tiempo que don Beltrán me alcanzaba otra jarra de vino. Aturdido, bebí largos tragos, y creo que pregunté al caballero por sus armas sagradas.

— Te las mostraré más tarde, después de que hayas cumplido con esta galana moza... ¿o vas a defraudarla, como a las hadas? No tienes excusa, esta es cristiana.

Pero la moza, que no lo era tanto, comprobó con una mano exploradora el lánguido estado de mi miembro, intentó despertarlo, pero fue en vano, se alzó con una risotada y marchó en busca de un cómplice mejor dispuesto. Don Beltrán miró a uno y otra, e hizo un gesto de comprensión.

— ¿Es eso lo que te ocurre? ¿Pecados? Ja, ja... ¡si eres incapaz de cometerlos!

Humillado, me levanté tambaleante y fui a por más vino. Debió ser entonces cuando comencé a hablar en demasía.

— Estoy maldito. Por una bruja. Y el exorcismo no fue suficiente.

— ¿Qué le hiciste? Una promesa incumplida, sin duda... No es bueno eludir el pago de sus favores... dime ¿qué fue?

— Querían mi sangre...

— ¿A cambio de qué? Pero... ¿era una, o varias?

— Tres... eran insaciables, debía volver una y otra vez... por fin me libré... eso creía, pero no estoy libre del todo, como ahora veo.

— No me has dicho cuál fue tu petición. ¿Qué te concedieron?

Consciente, a pesar de mi estado, de que entraba en un terreno peligroso, negué con la cabeza, como incapaz de recordar, pero don Beltrán no estaba dispuesto a abandonar a su presa, y atacó por otro frente.

— Déjame adivinar, tres brujas dices... ¿no serán las Brujas Negras? Una de ellas, Argisán se llama, testificó a vuestro favor en el juicio... ¡maldito perjurio! ¡Ese fue vuestro pacto! Compraste su testimonio con tu sangre... ¿y ahora pretendes no pagar lo prometido?

Yo también maldije por lo bajo, pues el caballero había creído descubrir un crimen, cuya falsedad sólo podría demostrarse revelando otro peor. Pero me sentía incapaz de razonar y me alejé hasta llegar a la escalera, subí por ella y me precipite al exterior, donde el helado aire nocturno alivió un tanto mi cabeza ardiente, pero no evitó una violenta vomitona. Al menos ha sido en la calle y no dentro, pensé, entre vahído y arcada. Aunque, a juzgar por lo que recuerdo del interior de la Cueva de los Borrachos, sus suelos eran regados con frecuencia. Me acerqué a mi mula, con la intención de montar y regresar, pero el lobisome portero, que había observado impasible el vaciado de mi estómago, decidió intervenir.

— Pálido, ¿sabes qué hora es? ¿No has oído las doce campanadas?

— No... no sabía... pero estamos muy cerca del canal, en seguida pasaré a mi lado.

— Antes te encontrará la ronda nocturna. Te quitarán la mula y las ropas, y luego te correrán a vergazos.

— Exactamente. Será mejor que vuelvas abajo conmigo — dijo don Beltrán, que acababa de subir en mi busca, aunque también para orinar, lo que hizo ruidosamente contra la pared de la casa más cercana.

— ¿Y si la ronda entra dentro a buscar cristianos?

— Si los dueños están al corriente de pago, no entrarán.

Bajamos a la cueva y busqué un banco donde tumbarme, sin encontrar ninguno, así que me dejé caer en el suelo, junto a un rincón, y cerré los ojos. Pero don Beltrán no me dejó descansar.

— ¿Por qué pagaste tú a las brujas? Y con tu sangre, nada menos. ¿Acaso tu señor, el caballero de Pas, no tenía nada que ofrecer? ¿O, simplemente, te obligó? No le creía tan ruin... vender a su propio paje, aunque... ¿eres mocito? Claro, una golosina para una bruja...

Debí haber defendido el honor de mi señor, pero estaba agotado, incapaz de fijar la vista o articular frases con sentido, y permanecí inmóvil, quizás dormido. Pasó un tiempo, no sé si largo o corto, cuando unas manos curiosas me libraron de un sueño, casi una pesadilla, pues era Argisán la que me acariciaba con sus largos dedos de uñas aceradas. Pero en la realidad eran unas manos de piel suave y maniobra tierna las que tocaban mis partes más íntimas, que alguien había descubierto. Oí la voz de don Beltrán diciendo:

— Déjate hacer, muchacho.

No era la misma muchacha que se me había plantado encima al llegar a la taberna, sino una mujer vestida con hojas y zarcillos, cuyo cuerpo olía a campo de flores, que me tomó la cara entre sus manos y me besó, un beso largo y de balsámico efecto. Era un hada jardinera, de cuya boca bebí el remedio de mi impotencia, aunque nunca supe su nombre, pues tan pronto comprobó el buen resultado de su elixir bucal, alzó su frondosa falda, verde como su tez, se sentó sobre mí y tomó mi virtud, virtud entregada con suma rapidez. Terminada la faena se levantó y desapareció entre los parroquianos, todavía muy numerosos. Mareado y avergonzado, me levanté con torpeza y alcé mis calzones, tapando mis vergüenzas. Enfrente, un erecto capricornio levantó su jarra de cerveza, brindando en mi honor.

Me senté en los peldaños de la escalera y allí permanecí largo rato, intentando entender lo ocurrido, pues ¿de dónde había salido el hada jardinera, y desfloradora, tan oportunamente equipada con un restaurador de virilidades? Ni siquiera mi obnubilada cabeza creía que esa aparición sólo fuese producto de la casualidad. Daba vueltas al enigma, cuando oí, lejanas pero inconfundibles, seis campanadas, señalando la prima hora. Recé en voz baja, pidiendo perdón por mi pecado. El toque también anunciaba el fin del cierre nocturno. Ya podía salir a la calle y cruzar a mi lado sin temor a ser detenido. Pero para don Beltrán la noche aún no había terminado.

— ¿Cómo esperas saldar tu deuda conmigo? ¿O crees que el hada te devolvió la hombría por caridad cristiana? Es una vieja conocida mía, bien dispuesta a hacerme un favor si se lo pido.

— Yo no os pedí nada, y nada os debo — respondí, sin medir mis palabras. Moviéndose como un rayo, el caballero me asió por la garganta, inmovilizándome, y habló con fingida suavidad.

— Me debes algo: contarme la verdad. ¿Cómo mató tu señor al dragón?

— Le cortó las cabezas con la espada... — jadeé.

— ¿Así me agradeces el regalo? — y acompañó la respuesta con una bofetada.

Se quedó mirándome, como planeando qué hacerme, o quizás esperando que yo hablara, pero ante mi silencio me llevó a empellones a un cuartucho maloliente, de donde echó a patadas a un par de borrachos allí tumbados y me lanzó al suelo.

— ¿Has visto mi puñal? Útil para castrar. — Y lo desenvainó.

Busqué con desesperación un arma o una vía de fuga, pero ninguna había. Mi captor ocupaba la puerta, observándome con paciencia, esperando mi rendición, cuando hubo movimiento a sus espaldas. Se volvió, habló con alguien y franqueó el paso. Entraron dos capricornios, de ojos enrojecidos por la bebida y partes al descubierto, grandes aunque todavía no enhiestas. Detrás de ellos, don Beltrán guardó el puñal en su funda.

— Creo que dejaré a estos dos jugar contigo. A los de su especie les gustan los mozos como tú.

— ¡Don Martín no derrotó al dragón! ¡Fui yo!

Algo indicó el caballero a los capricornios, que no pude oír, pero ambos hijos de la Tierra se fueron para no volver. De nuevo solos, sacó otra vez el puñal, y me dijo:

— Explícate. Procura convencerme, o te los cortaré de un tajo.

— Usé una lanza envenenada. Un veneno que me dio la Bruja Negra. Don Martín lo ignoraba.

— Es tan ridículo que... será cierto. Grunac, el más terrible dragón de su época... muerto por un simple paje. Y tu señor se atreve a alardear de su falsa victoria, a disfrutar de los despojos... ¿no te ofende?

— Combatimos juntos, y él es el caballero.

— He conocido algunas vicisitudes de ese caballero que pareces admirar. Desprovisto de blasón, expulsado de la Orden de la Santa Luz... ¿por qué motivos? ¿Renegó de la fe cuando fue esclavo de los sarracenos?

— No es así. Fue un héroe en la toma de Orán por los aragoneses. Y sirve a la Orden.

— ¿En secreto? Triste comportamiento para un auténtico caballero. Pero todo se sabrá cuando declares en público lo que acabas de confesarme.

Me alcé de un salto, horrorizado ante lo que don Beltrán pretendía. Me miró burlón, e insistió:

— ¿No pensarías que todo esto quedaría en una mera confidencia de borrachos? En un rato iremos juntos, tú y yo, a la Casa del Sur, y testificarás ante un concejal. Ahora vamos a desayunar.

Mi estómago no admitía ingestión alguna, pero me agarró por el brazo y así fuimos a la estancia principal, más vacía que durante la noche. Mientras mi captor trasegaba cerveza caliente y pan, yo intentaba descubrir una escapatoria, pero nada se me ocurría. Quizás para ganar tiempo, pregunté al caballero por esas armas benditas con las que dio muerte al dragón, hacía diez años. Tal vez el puñal que tanto movía.

— ¿El puñal? Ja, ja... ¿Acaso crees que esa hoja, por bendita que fuese, haría daño a una bestia como Selión, tan fuerte como Grunac? Porque no estaba envenenada, por supuesto. No, mi arma es mi lanza, hecha con madera de gofer, como el Arca de Noé, y moharra de bronce del vaso del Templo de Jerusalén. Allí, en Tierra Santa, la gané en buena lid, combatiendo al infiel.

En ese momento, don Beltrán no sabía que hablaba demasiado.

Salimos al exterior, donde la luz gris del amanecer ya permitía moverse libremente, y nos acercamos al amarradero. Pero no habíamos desatado a nuestras monturas, cuando una idea me iluminó la cabeza.

— ¿Qué ocurrirá cuando se haga pública mi declaración? — pregunté.

— Tu señor perderá el reconocimiento de la muerte de Grunac... y con ello le obligarán a devolver el cuerpo del dragón, hasta el último colmillo. Pero lo peor será la pérdida del honor, por supuesto.

— Es de suponer que el Concejo del Norte castigará a las Brujas Negras, por su complicidad en el engaño.

— Evidentemente, pero no nos atañe lo que hagan los desalmados. Allá ellos.

— Don Beltrán, quizás no sabéis que mi vocación es ser cronista. Por ello indago en la vida y circunstancias de los que me rodean. Si no me equivoco, poseéis un señorío en las tierras de Talavera, concedido por el duque. Y allí vive vuestra esposa con cinco hijos.

— Eres insolente, paje... ¿cómo te atreves a hablar de mi familia?

— ¡Esperad, esperad, señor, dejadme terminar!

El caballero me soltó con un empujón y quedó frente a mí, una mano en la empuñadura del puñal, aunque sin desenvainarlo. Y me expliqué.

— Las Brujas Negras son capaces de ver el porvenir. O entreverlo, al menos. Me consta, por propia experiencia. No se quedarán sentadas esperando un castigo, sea el que sea.

— ¿Y?

— También son vengativas. Puedo imaginarlas marchando de esta ciudad, para escapar a las sanciones del Concejo, incluso a la ira de la Cofradía del Dragón... ¿y a dónde ir? A las Tierras Altas de Castilla, tal vez. Pero, ¿por qué no a la hermosa ciudad de Talavera? Para ellas, cambiar de aspecto sería un juego de niñas... Serían vistas como, por ejemplo, tres pías hermanas del Císter, viajando de un convento a otro, buscando hospedaje en la casa del señor del Pino. No hace falta decir nada más... ni imaginar lo que Argisán y sus hermanas podrían hacer en vuestra casa indefensa, visitando a vuestros hijos durante la noche...

Maldiciéndome, el caballero dio un par de vueltas sobre sí mismo, como conteniendo un impulso de descargar su ira sobre el profeta de calamidades, es decir, mi persona. Y también, sin duda, buscaba un procedimiento para evitar el escenario que le había dibujado, pero no lo consiguió, como denotó el gesto de desaliento que se adueñó de su rostro. Y también de temor. Descubrí entonces cómo un guerrero de valor reconocido, incluso temerario, capaz de enfrentarse a dragones y gigantes, sentía un temor invencible ante hechizos y encantamientos, armas de las brujas.

— Has vencido, paje. No declararás.

— Debo irme, pues. Quedamos en paz.

— No con don Martín. Le habéis librado del juicio de los hombres, pero no del de Dios.

—Al que todos estamos sujetos... aunque espero que no sea muy pronto.

—Yo sí me refiero a algo inmediato. Sin esperar al fin de los tiempos.

— ¿Estáis hablando de un Juicio de Dios por combate?

— Precisamente. Hoy mismo clavaré en la puerta de la basílica de Cristo Rey, donde todos puedan verlo, un papel con mi desafío. Le acusaré de haber utilizado un arma prohibida para matar a Grunac. Sin entrar en detalles.

— Si no me equivoco, las reglas serán las mismas que las del torneo...

— Exacto. A caballo, con lanza, adarga, espada y cualquier otra arma, salvo las que hieren a distancia. Hasta la muerte o rendición.

— Lucharéis con ventaja, usando esa lanza vuestra de madera y bronce sagrados.

— Esa ventaja me la concede Dios. Pero no es tanta, pues supongo que la revelarás a don Martín tan pronto le veas, así que pierdo la sorpresa. Y recuerda, él puede evitar el combate reconociendo la verdad de la acusación, admitiendo su culpabilidad.

— Eso nunca ocurrirá.

— Eso espero. Nunca he dicho que don Martín fuese un cobarde.

Montó su caballo, y despidiéndose con un despectivo gesto de la mano, trotó hacia el sur. Yo me volví hacia mi mula.

Había cruzado el canal, cuando recordé lo oído acerca del confesor benevolente que impartía el sacramento en la basílica de Cristo Rey, y hacia allí encaminé mis pasos. Tuve suerte, pues el clérigo don Manuel ocupaba el confesionario, frente al cual aguardaban su turno varios penitentes, o mejor sería decir varias, pues todas eran mujeres, bien cubiertas con velos. Iban desfilando, y quedaban ya sólo dos en espera, cuando las reconocí como a doña Asunción y doña Mencía, que me devolvieron la mirada con descaro, como jactándose de su necesidad de confesar pecados. Me dolía la cabeza y estaba agotado, pero la joven esposa del burgués me pareció más bella que nunca, y me acerqué a ella.

— Me pregunto si habéis oído que la penitencia que impone don Manuel es muy leve, y por eso venís donde él...

Doña Asunción enrojeció, sorprendida por mi descaro, pero antes de que contestara, intervino su dueña, que se interpuso entre ambos, clavándome los pechos.

— ¿Estás borracho, mozo? ¡Sí, sin duda, tu aliento apesta!

Y avanzó, tal vez para alejarme de su señora, quizás para hincarse más en mi frontal. Entonces salió la última confesante, pasando la vez a doña Asunción, que se introdujo en el lateral de las mujeres, dejándonos solos a la Mencía y a mí.

— Y tú, mozo, ¿Qué tienes que confesar? Beber no es pecado, y lo demás...

— Está noche he estado con cuatro hembras. Dos hijas de Dios y dos hijas de la Tierra. Y contigo serían cinco, pero no hay tiempo — le dije, retirándome, aunque no antes de pellizcarle ambas tetas y recibir una sonora bofetada, para escándalo de un grupo de sores que entraban en la basílica. Por lo que decidí aplazar la confesión y volver cuanto antes al Convento del Sexto Día. Y al salir vi llegar a don Beltrán, que saltó del caballo, una hoja en una mano, el puñal en la otra, marchó hasta la gran puerta de madera y de un golpe hizo público su desafío.

Tuve que aplacar la ira de don Martín, indignado por mi desaparición, pues temía que mi imprudencia hubiese provocado una nueva captura, bien a manos de brujas o de otros posibles enemigos. Pero no tuvo tiempo de desarrollar su correctivo, olvidando esa cuestión menor cuando le anuncié los planes de don Beltrán del Pino. Hecho lo cual me retiré a mi celda y caí dormido hasta muy avanzada la tarde.

Sintiendo hambre, bajé al refectorio esperando poder cenar algo, pero encontré a don Martín reunido con los otros dos caballeros y varios monjes, entre ellos los hermanos Corsinebate y Anselmo. Y me enteré que el duelo se celebraría al día siguiente, en un prado situado al sur de la ciudad, lugar habitualmente utilizado para ese tipo de actos.

— Cena y descansa esta noche. Mañana serás mi escudero. He enviado a por tu terciado y ya está aquí. Me sales caro, Álvaro — fue todo lo que me dijo don Martín.

Las suaves laderas que rodeaban el campo del honor se habían ido llenando de todo tipo de gentes, ya desde las primeras horas de luz, hijos de Dios e hijos de la Tierra, no entremezclados, aunque todos equipados de comida y bebida para mejor pasar el tiempo hasta la llegada de los duelistas. Un combate a muerte, entre los matadores de los dos últimos dragones, Selión y Grunac, era un acontecimiento extraordinario que recogerían los anales, y que nadie quería perderse. Una tropa de alguaciles se afanaba en que los espectadores mantuviesen las distancias, sin invadir el terreno donde se libraría el duelo. Y una hora después de prima, como estaba convenido, aparecimos.

Siendo un combate entre cristianos, los tres jueces también lo eran, dos de ellos concejales del Sur, el tercero el arcipreste de la basílica. Aguardaban de pie, a un lado de la arena, y hacia ellos nos dirigimos para presentar nuestros respetos y realizar los últimos ritos antes de la liza. Yo cabalgaba tras mi señor, en un caballo facilitado en el convento, pues montar una mula sería poco digno. Desde otro lado llegaron don Beltrán y su escudero, y los cuatro nos detuvimos ante el tribunal. El arcipreste preguntó si se retiraba la acusación, o si se reconocía la verdad de ésta, y ambos caballeros dieron su rotunda negativa. Iba el juez a ordenarles marchar a sus puestos de salida, cuando don Beltrán hizo una petición.

— Exijo que don Martín jure por Dios no llevar consigo armas contaminadas por hechizos, encantamientos o pócimas.

Para mi sorpresa, y alivio de los jueces, don Martín contuvo su ira, y exclamó:

— Juro por Dios, Uno y Trino, no llevar nada diferente a lo que don Beltrán viste y empuña.

Se dieron por buenas sus palabras y el arcipreste nos ordenó marchar a los puestos de partida.

Ambos caballeros habían reforzado su vestimenta, llevando petos y hombreras sobre la cota de malla, en el caso de mi señor piezas adquiridas el día anterior mediante los buenos oficios del monóculo Docio, lógicamente interesado en la victoria de don Martín, su deudor. La adarga era la misma que trajo durante nuestro viaje, pero con una notable diferencia, pues el artista había terminado su trabajo, y la defensa iba decorada con una triple imagen de la cabeza de Grunac, las fauces abiertas, mostrando hileras de colmillos.

Llegado a nuestra posición, don Martín se colocó el yelmo de campana y asió la lanza que le pasé, la primera de las tres que llevábamos, pues es habitual en estos encuentros romperlas en el choque. Pero vimos que nuestro adversario sólo traía una. Sin duda confiaba en la famosa madera de gofer. Sonó la trompeta, y me retiré para desembarazar la maniobra a mi señor. Un segundo toque, y los caballeros cargaron uno contra otro, envueltos por el griterío de la multitud.

La lanza de don Beltrán hizo honor a su fama, pues permaneció intacta a pesar de la extraordinaria violencia del choque, lo que no ocurrió con la de don Martín, que saltó en pedazos. Pero ambas adargas, y ambos caballeros, resistieron, si bien mi señor estuvo a punto de caer. Galopó hacia mí, le entregué la segunda lanza, y giró veloz para el segundo encuentro. Y se repitió el trance. La lanza rota, y don Martín todavía montado, pero a duras penas. No era solo la calidad de las lanzas, pensé, pues el corcel del señor del Pino era más joven y robusto que el voluntarioso Deimos, y también don Beltrán superaba en estatura y peso a mi señor, con no ser éste pequeño. Y en el tercer choque cayeron caballo y caballero.

Durante un segundo se acallaron los gritos, hasta que don Martín se levantó, y desenvainó a Avileña, dispuesto a seguir combatiendo. Su enemigo no dejó el caballo, sino que caracoleó unos instantes, y se preparó a cargar contra su desmontado adversario. Instantes aprovechados por mi señor para despojarse del yelmo, arrojar lejos la adarga y aguardar a pie firme la embestida de su adversario, empuñando a Avileña con ambas manos. Entendí que deseaba total libertad de movimientos y una visión completa, sin obstáculo.

Fue un encuentro de menos de un instante, donde apenas hubo tiempo para percibir lo ocurrido. La espada cortó el asta de la lanza antes de que la punta hiriese a mi señor, aunque sí lo hizo el resto de la vara, golpeándole cruelmente en el hombro izquierdo, afortunadamente protegido por la hombrera de hierro. Aun así, el golpe hizo caer al suelo a don Martín, que se levantó prestamente, pero empuñando la espada sólo con la mano derecha, pues el brazo izquierdo parecía inmovilizado. Don Beltrán se había alejado, y parecía observar incrédulo su rota lanza, pero pronto la arrojó lejos de sí, saltó del caballo y esgrimió su propia espada, de una mano, sin dejar el escudo. Y así continuó el combate.

Pie en tierra, don Martín resultó ser más ágil y veloz que su rival, que se veía obligado a cubrirse continuamente con la adarga, pero ésta pronto mostró los crecientes daños que le infligían los golpes de Avileña. Rota, se convirtió en un estorbo para el señor del Pino, al que también incomodaba su yelmo, impidiéndole ver con perspectiva los veloces movimientos de don Martín. Y al intentar parar un golpe de Avileña con su espada, ésta se partió en dos. Reaccionó rápido don Beltrán, arrojando los restos a su enemigo, seguidos por la también rota y deformada adarga, y corriendo hacia su escudero para recibir de éste un hacha de doble hoja, con la que continuar la batalla. Atacó sin descanso, pero don Martín retrocedió lentamente, eludiendo unos golpes que volaban pero no golpeaban, hasta encontrar su oportunidad, un momento en que don Beltrán quedó al descubierto. Y Avileña seccionó mallas y cuello.

Mi señor se alejó de su caído adversario, a cuyo lado corrieron el escudero y un clérigo, que socorrió su alma, pues nada pudo socorrer su cuerpo. Frente al arcipreste, don Martín hincó la rodilla, y recibió del religioso el reconocimiento de su inocencia y el perdón de su homicidio. Yo había ayudado a Deimos a levantarse, comprobé que no sufría lesiones que le impidiesen marchar, recogí a mi propio caballo, y esperé hasta que se me unió el dolorido don Martín, a quien tuve que ayudar a montar. Afortunadamente, todavía disponemos de los polvos de dragón, le dije. Y partimos hacia el Convento del Sexto Día. Atrás quedaban las aclamaciones de los espectadores, los mismos que unos días antes, en el torneo previo a la caza del dragón, vitoreaban a don Beltrán del Pino, ahora muerto y pronto olvidado.

12
LA CONFESIÓN

Frente a la puerta principal de la basílica, sentadas en los peldaños de la escalinata, las plañideras gemían, recibiendo a los fieles que, poco a poco, iban llegando para asistir al funeral por el caballero don Beltrán del Pino, matador de dragones. En el oscuro interior, frente al altar mayor, se levantaba el túmulo sobre el que reposaba el cuerpo, vestido con los mejores ropajes y armado con su espada, envainada, para así ocultar su rotura. A un lado del yaciente, los dos fragmentos de su lanza. Situados en las esquinas del túmulo, cuatro altos candeleros alumbraban débilmente al caído, arrojando luces y sombras sobre su blanco rostro. Cada tres horas, al sonar las campanas, un trío de frailes se acercaba al túmulo para cantar las correspondientes oraciones del Oficio, y el rito se prolongó durante toda la noche, hasta la hora de tercia, cuando se celebró la misa funeral.

Yo había llegado a la basílica poco antes del comienzo de la ceremonia fúnebre, tras vencer no pocas dudas sobre lo oportuno de mi presencia. Pero me comían los remordimientos, pues sabía que la causa del funesto duelo fue la revelación que hice a don Beltrán de las ocultas circunstancias de la muerte del dragón. ¿Y cómo creer en la autenticidad del Juicio de Dios, si resultó vencedor quien defendía una falsa historia, quien mentía? Ese vencedor que era mi señor, mientras el valedor de la verdad yacía muerto ante mis ojos. Intentaba disculparme a mí mismo, diciéndome que yo había confesado obligado por las brutales amenazas de don Beltrán, quien seguramente actuaba movido más por la envidia que por el afán de justicia. Pero ello, aunque fuera cierto, no bastaba para sosegar mi espíritu.

Había viajado hasta la ciudad a caballo, la misma bestia dócil que monté para asistir al duelo, un palafrén de nombre Hermón, que dejé en el Convento de Santa Brígida, para seguir a pie hasta Cristo Rey, pues no quería ser reconocido. Por el mismo motivo tapaba mi rostro con el capuchón del capote, pero una vez dentro de la iglesia debía descubrirme, y eso hice, pero retirándome hacia las zonas más oscuras de una nave lateral. Tan solo me acerqué al túmulo durante un instante, con mis manos sobre la cara, como sumido en honda oración. Contemplé conmovido el rostro yerto de quien, dos noches antes, me había inducido al pecado carnal y forzado a la cobarde delación, pero saberlo no curó mi culpa.

Al alejarme del túmulo vi a don Manuel ocupar su puesto en el confesionario, y resolví aprovechar la ocasión, antes de que se aglomerasen los confesantes. Me arrodillé en el reclinatorio y, tras las frases rituales, comencé a hablar, relatando lo que a primera vista no eran sino pecados vulgares, pues en Ciudad Partida fornicar con una desalmada era sin duda tan frecuente como cualquier otra transgresión de las leyes divinas. Y ello se notaba en la actitud del confesor, quien ni siquiera se interesaba mucho por los detalles, hasta que mencioné mi relación con las Brujas Negras. A partir de ese momento, despierta su curiosidad, preguntó inquisitivo, queriendo descubrir las condiciones del pacto vergonzoso y desesperado que cerré con Argisán y sus hermanas.

— El comercio normal con los desalmados está amparado por bulas dictadas por varios pontífices, pero venderte a una bruja, entregarle tu sangre virginal, excede con mucho lo que esos documentos permiten. Pero Dios lo perdona todo, si estás verdaderamente arrepentido.

— Lo que hice fue obligado por unas circunstancias singulares. De no haberlo hecho, mi señor don Martín y yo mismo estaríamos muertos, despedazados por Grunac. Aunque podría haber huido, es cierto, del dragón y de las brujas. Y entonces no habría cometido ninguna ofensa contra la ley divina. Pero habría dejado al caballero solo ante la muerte.

— No estás verdaderamente arrepentido porque tienes dudas... crees que el fin justifica los medios. Pero deseas la absolución. Puedo dártela, pues para ello basta la atrición, y ésta la sientes, creo.

— Sí... claro... pero hay más cosas.

Terminado el capítulo del sexto mandamiento y de la brujería, comencé a hablar del engaño y la traición. Cómo, al conocer de mi boca los secretos de la caza del dragón, don Beltrán se había sentido obligado a recurrir al Juicio de Dios, confiado en que la verdad estaba de su parte y ello le llevaría al triunfo. Pero ahora el caballero justiciero yacía muerto, a pocos pasos de donde yo le susurraba al clérigo, buscando el perdón por un pecado, confuso e indefinido, que amargaba mi alma. Y don Manuel, que parecía haber salido de su primeriza indiferencia, me preguntó:

— Hijo mío ¿cuál ha sido exactamente tu ofensa a Dios? ¿Crees que tus palabras indujeron al caballero del Pino a desafiar a tu señor, lo que condenó a muerte a uno de los dos?

Dudé unos segundos, pero respondí que debía ser ese el origen de mi dolor.

— Pero tú sólo dijiste la verdad — dijo don Manuel. Y ante mi silencio, insistió: — ¿Puede ser que te avergüenzas de servir a un caballero que recurre al engaño para conseguir sus fines? Y lo hace con tu complicidad.

— En ocasiones, don Martín se burla de mis escrúpulos de conciencia. Dice que, en cuestiones de moral, hay que tener un criterio más amplio.

— Sin duda se refiere a la moral de los hombres, pero la ley de Dios dice lo que dice, no está sujeta a interpretaciones de conveniencia. Tu pecado, repito, es ser cómplice de las mentiras de tu señor.

— Pero... ¿cómo se explica el resultado del Juicio de Dios?

— ¿Qué quieres decir?

— Es evidente. Don Beltrán sostenía la verdad y, sin embargo...

— ¡Ten cuidado, muchacho! ¿Acaso pretendes ser tú quien juzgue los actos del Altísimo?

— ¡No, no, por supuesto! Pero... querría entender...

Hubo una pausa silenciosa, durante la cual don Manuel debió buscar el modo de responder a mis dudas, porque, finalmente, carraspeó y volvió a hablar.

— Tu señor y tú quebrantasteis las leyes por las que se rige la cacería del dragón. Pero esas leyes son fruto de un pacto entre los hijos de Dios y los hijos de la Tierra. Ciertamente no obligan a Dios. Y si su voluntad era que Grunac muriese, antes de llegar a convertirse en un monstruo invencible, entonces, digo, don Martín y tú fuisteis instrumentos de la voluntad de Dios. Esa es la verdad que debía manifestarse en el juicio, y por ello don Martín derrotó a don Beltrán.

Las palabras del clérigo me produjeron no poco alivio, así como admiración por su agudo entendimiento del propósito divino. Y añadí a mis pecados la flaqueza de mi fe, el haber cedido a la duda y la desconfianza. Don Manuel escuchó sin interrumpir, preguntó si cargaba con más pecados que confesar, le dije que creía haber vaciado mi conciencia y entonces se dispuso a impartir la absolución.

— Pero antes debo imponerte una penitencia adecuada. El cuerpo del señor del Pino ya ha sido lavado y purificado. Después de la misa se le introducirá en un ataúd, que se cerrará y sellará. Su escudero, Pero del Valle, vigila la perfecta ejecución de todas estas tareas. Pero no quiere sepultar a don Beltrán en Ciudad Partida, lejos de sus hijos. Pero tampoco puede, él solo, llevarlo hasta el señorío. La carretera que conduce a las tierras cristianas es peligrosa. Necesita una escolta. Esa es tu penitencia.

— ¡Pero... yo no soy un guerrero! ¡De nada le serviría!

— Se dice que tu señor, don Martín de Pas, matador de dragones, pronto abandonará esta villa, llevando consigo los trofeos ganados, que por lo que me has confesado no serán tantos como se cree. Pero en todo caso, un botín apetecible para muchos. Supongo marchareis en una caravana bien armada. Que vayan con vosotros, el escudero y el difunto.

— No soy yo quien decide...

— Ruégale a tu señor. Si se niega, deberás acompañar al escudero tú solo. Ciertamente algo más peligroso. El cuerpo de don Beltrán viste sus mejores ropas y también sus joyas. No lo despreciarán los salteadores de caminos.

— La familia puede sentirse ofendida si el que les entrega el cuerpo de don Beltrán es el mismo que le dio muerte.

— Eso hizo Aquiles con el cuerpo de Héctor, pero tienes razón. Escoltadle a Toledo. De allí en adelante, hasta las cercanías de Talavera, los caminos son seguros.

Regresé al Convento del Sexto Día con el alma confortada, pero preocupado por el cumplimiento de la penitencia. Temía que mi señor no aceptase incluir el traslado de los restos de don Beltrán en el viaje de vuelta a la Baja Castilla. Pero no pude hablar con él de inmediato, pues en la gran mesa del refectorio se celebraba una reunión de caballeros, frailes y comerciantes, alguno de los cuales era desconocido para mí. Un hombre vestido como los cristianos, pero cuyo acento delataba su origen remoto, y que resultó ser el mercader sirio Abdel al Numan, que por fin había llegado a Ciudad Partida. Me senté discretamente en un extremo, escuchando atentamente el debate, y pronto deduje cuál era el tema en discusión. Resumiendo, se quería facilitar un suministro regular de café a la ciudad, producto destinado ante todo para los hijos de la Tierra, que podrían pagarlo con esos exquisitos bienes tan escasos y tan buscados en las tierras de los cristianos. Era una propuesta de mi señor don Martín, que manifestó a los mercaderes, tanto al sirio como al onubense, tener absoluta seguridad en la demanda de café por parte de los geoides. Aseguró ser testigo de la extraordinaria apetencia que los desalmados sentían por aquel amargo brebaje, y, en resumen, que vendérselo sería un gran negocio. Al Numan declaró que podría entregar una cantidad razonable de café en grano, en algún puerto del norte de África, traído regularmente desde su patria siria. Don Gabriel de Mora se encargaría del posterior transporte por mar hasta nuestro reino, y luego por tierra, cuya escolta sería facilitada por la Orden de la Santa Luz. Sería misión del monóculo Docio adelantar pagos y hacer frente a los gastos menudos. El Convento del Sexto Día serviría como punto de recepción y distribución de la mercancía, un lugar muy adecuado al ser visitado por cristianos y geoides indistintamente. El Convento de Santa Brígida sería sede de las transacciones financieras. Tan solo restaba determinar las aportaciones y recompensas de cada parte, y en esto se invirtió largo tiempo de discusión, a veces intensa, pero sin llegar a la ruptura, aunque en un par de ocasiones temí que eso fuera a ocurrir. Uno de los acuerdos fue dar por amortizada la hipoteca sobre la espada Avileña, aunque no supe que obtuvo Docio a cambio.

No me quedé durante toda la negociación. Habían traído comida y bebida a los participantes, pero entendí no estar incluido, tal vez por no recibir plato ni vaso, y me acerqué a la cocina a tomar algo, unas sopas me dieron. Y al volver por el claustro oí unas voces conocidas, procedentes de la puerta abierta de una pequeña cámara. Dentro, sentadas en un banco, charlando no sé de qué, estaban doña Asunción y doña Mencía. Habían acompañado a su esposo y señor a la conferencia, y aguardaban a que se terminara para volver con él a la ciudad. Parecían tan aburridas que se alegraron de verme, y me invitaron a acompañarlas en su espera. Una invitación que incluía compartir una jarra de buen tamaño en la que aún quedaba un tercio de vino, un vino muy oscuro y muy dulce.

— Es del sur, de cerca de nuestras tierras... ha sido una suerte encontrarlo aquí... en el mercado — dijo doña Asunción, con una voz delatora por lo pastosa. Me tomó de la mano para sentarme entre ambas, y me miró muy de cerca, con ojos llorosos.

— ¿Por qué don Martín me desprecia? ¿No le gustan las mujeres? ¿O no me encuentra hermosa?

— No le hagas caso, la señora ha bebido demasiado — cortó la Mencía, que tampoco se había abstenido, a juzgar por sus coloradas mejillas y su desanudada camisa, aunque esto pudiera ser a causa del fuerte calor emitido por el brasero situado en el centro de la habitación.

— Sois la mujer más bella de esta ciudad. Y os lo digo yo, que incluso he conocido a las hadas de baños y jardines.

— ¡Vaya, mirad al muchacho! Es todo un seductor, un Paris o un Apolo. Tened cuidado, señora, no os vayáis a quedar con el paje en lugar del caballero.

— Es guapo... pero un sirviente...

Aquella frase despectiva me ofendió, y quizás animado por el segundo vaso de vino que acababa de beber, dije:

— Soy matador de dragones y nieto de un conde, Asunción, y pronto seré caballero de la Santa Luz...

Y sin decir más cogí su cara entre mis manos y la besé en la boca. Ella se separó riendo, pero no de inmediato. La hubiera seguido para insistir en la jugada si la Mencía no me hubiera rodeado con sus brazos, exigiendo ser besada también. Y eso hice, pues mi educación me impedía decir no a una mujer. Lo cual, pensándolo mejor, ha sido causa de algunas cuitas ya padecidas para entonces, y de algunas otras que me esperaban en el futuro. No sé cómo hubiera terminado el encuentro, pues ambas damas estaban muy animadas, y yo tampoco despreciaba la ocasión de proseguir las experiencias de la otra noche tan cercana, pero la fortuna no me sonrió. Se oyeron voces procedentes del claustro, y apenas tuvimos tiempo de separarnos, arreglar nuestras ropas y sentarnos modosamente, cuando por la puerta asomó la cabeza el esposo de la juguetona Asunción, diciendo que ya era hora de partir de vuelta a la ciudad. Lo dijo con buen humor, satisfecho por haber cerrado un ventajoso acuerdo comercial, y sin extrañarse por verme allí con ambas mujeres. Quizás creyese que la presencia de la dueña Mencía era salvaguarda del honor conyugal, grave error, evidentemente.

Esa noche, después de la cena, pude por fin quedarme a solas con don Martín, y exponerle mi necesidad de ayudar al escudero de don Beltrán. Venciendo su sorpresa inicial, y con más facilidad de la prevista, accedió. Quizás pensó que era una forma de saldar su deuda conmigo, deuda que nunca había reconocido abiertamente, pero innegable para él y para mí.

— Encárgate tú de acordar los detalles con el escudero. Saldremos dentro de cuatro o cinco días. Y el viaje termina en Toledo.

— La corte… ¿o pasaremos antes por el Monasterio para ponerles al corriente?

— Nuestros superiores ya tienen noticias de la muerte del dragón desde el día siguiente de la caza. Hay un buen servicio de palomas mensajeras. Pero depositaremos allí alguna mercancía, en especial las cenizas de dragón que les corresponden. Aunque me llevaré conmigo una cantidad pequeña, pero suficiente, espero…

No dio mayores explicaciones sobre el uso al que pretendía dedicar las cenizas, y pregunté si también dejaríamos la cabeza de Grunac en el Monasterio. Dudó unos momentos, antes de revelarme su plan.

— El rey Alfonso regresó a Toledo un mes antes de nuestra partida hacia aquí, y allí sigue. Mi propósito es hacerle entrega de la cabeza.

— ¿Un presente? Entiendo… el rey os concederá alguna merced… un título, un señorío…

— Quizás, aunque las decisiones de los monarcas son a menudo caprichosas o inexplicables… pero confiemos… ¿Y tú, Álvaro? Es seguro que tu limpieza de sangre ya haya sido certificada. Podrás ser mi escudero por un breve tiempo, completando tu formación guerrera, y luego serás consagrado como caballero de la Orden de la Santa Luz.

Incliné la cabeza, como asintiendo, pero procurando esconder mis dudas sobre ese futuro. Hasta conocer a don Martín, y vivir con él tan extraordinarias aventuras, mi mayor deseo era entrar definitivamente en la Orden, aunque no fuese con el rango de caballero, para lo que no me creía preparado. Pero ahora, la idea de ser un monje, obligado por el voto de castidad, me resultaba difícil de contemplar. Renunciar a los gozos del cuerpo, recientemente conocidos, era una prueba que dudaba ser capaz de superar. No era tan ingenuo como para ignorar que muchos religiosos quebrantaban a menudo sus votos, sin mayores consecuencias, pero me repugnaba hacer lo mismo, y a sabiendas, por muchos confesores tolerantes, como don Manuel, que pudiera encontrar.

Al día siguiente fui hasta la ciudad, a la basílica, donde seguía el cuerpo de don Beltrán, en su ataúd sellado, aunque ya no ante el altar, sino en una pequeña capilla lateral, con la reja cerrada. Pero al cabo de un rato llegó el fiel escudero, Pero del Valle, que me reconoció y saludó con gesto precavido. Era poco mayor que yo, algo más corpulento, y llevaba un mandoble a la espalda, no un terciado como yo. Le expuse mi oferta, y tras la sorpresa inicial, y de asegurarse que nada solicitábamos a cambio, aceptó sin reservas. Le pude conocer mejor durante el viaje, y era un hombre de bondad natural, a quien algunos hubieran calificado de simple, y que juzgó nuestra oferta de protección como signo de respeto hacia su difunto señor.

Resuelto el asunto, me acerqué al Hospital de la Misericordia, pues don Martín me había encargado traerle noticias del estado del señor de Trihuega. Le habían trasladado a una celda individual, y todos se maravillaban de su pronta recuperación, atribuyéndola a la pericia de los cirujanos y a la intercesión de Santa Rita, aunque algunos sospechaban de la ayuda de la magia geoide. Una breve conversación con el desagradable escudero Gil me confirmó que, a pesar de su mejoría, don Alonso no estaba en condiciones de viajar con nuestra partida.

— Mala suerte, Gil. Deberás quedarte en esta ciudad cuidando a tu señor. Y ayudarle a caminar con las muletas. Una tarea molesta, pero debes agradecerle que no te ordenara acompañarle a cazar al dragón. Supongo que consideró a Ursicio mejor guerrero que tú. Desgraciadamente para Ursicio.

Quizás no hubiera hablado con tal claridad si Gil llevase algo más que un puñal mientras que yo portaba mi terciado, pero ni siquiera amagó con replicarme, y salí hacia la calle. Luego entendí que mi reputación de matador de dragones imponía un fuerte respeto a mis interlocutores, algo nuevo para mí.

Apenas había caminado unos pasos cuando oí que alguien corría detrás de mí y resultó ser el paje Hilario, que deseaba hablarme. Lo hizo de forma atropellada, obligándome a pedirle en más de una ocasión que callara, tomase aire y repitiera lo dicho. En resumen, me suplicaba llevarle conmigo. Había oído mi conversación con Gil y descubierto nuestra próxima partida, de vuelta a los reinos cristianos. Le horrorizaba quedarse en Ciudad Partida, sometido a la tiranía del escudero, que abusaba de él de todas las formas posibles. Y, recordando lo visto en el Baño de las Hadas, me resultó fácil creerle.

— Sube, recoge tus cosas y vuelve de inmediato. Te espero aquí mismo. Ese caballo tordo es el mío.

Y en cinco minutos marchábamos, al paso, hacia la Triple Puerta, el muchacho a la grupa, detrás de mí, llevando a su espalda el hatillo con sus pobres pertenencias. Durante el paseo decidí que Hilario bien podría convertirse en paje de don Martín, puesto que yo, a todos los efectos, ya era su escudero. Y así lo hicimos.

Dedicamos los días siguientes a los trabajos preparatorios del viaje, reuniendo carros y cocheros, material para acampar y provisiones. Yo no me desprendía de la cadena de Santa Bárbara, siempre colgada al cuello, aunque no me había protegido cuando la incursión de las tres brujas, pero tras el exorcismo, y perdida la virginidad, suponía que el poder sobre mí de Argisán y sus hermanas habría menguado considerablemente. Don Martín seguía guardando la mano incorrupta de San Ágamo, cuya sustracción no había sido detectada en el convento. Cuando le propuse devolverla discretamente a su lugar de custodia, me contestó con brusquedad, recomendándome ocuparme de mis asuntos.

Una mañana, terminados rezos y desayunos, me había acercado a un canal derivado del azud, no la gran conducción que atravesaba la ciudad partiéndola en dos, sino otro menor, que abastecía de agua a unos lavaderos, grandes, hechos de piedra bien tallada, situados no muy lejos de un pequeño postigo abierto en la muralla, llamado Postigo de las Lavanderas. En los lavaderos una multitud de mujeres se afanaba limpiando y fregando ropas y paños que luego tendían sobre los arbustos de un campo cercano. Pensé que tardarían en secarse, por la falta de sol, aunque al menos ese día no llovía, y estaba observando todo aquel trajín, cuando oí unas risas que pronto entendí eran provocadas por mi presencia. Una de las lavanderas se había puesto de pie y me miraba burlona, los brazos en jarras. Algo contaba a sus compañeras que éstas encontraban muy chistoso. Entonces la reconocí. La moza que se me había sentado encima en la Cueva de los Borrachos. Aunque entones se adornaba con pinturas en la cara y mostraba las tetas, pero ahora estaba bien cubierta, salvo las mangas arremangadas. Imaginé lo que les habría contado a sus colegas y, venciendo mi sofoco, desmonté del caballo, avanzando unos pasos hacia las féminas, las manos en el cinturón, y pregunté a la muchacha por su nombre.

— Soy Placencia, blandito.

— Muy adecuado... pero la otra noche te fuiste muy pronto. Tuve que hacerlo con una jardinera. Un hada, quiero decir.

— ¡Bah, cuentos! Ven esta noche y volveré a reírme de ti.

— ¿Para qué esperar? Si has terminado la faena te puedo acercar al postigo, no me importa cargarte a ti y a tus ropas. Podemos parar por el camino, bajo los olmos...

Placencia hizo como si fuera, en efecto, a recoger su parte de colada, pero otra mujer, de bastantes más años, la agarró por el brazo.

— ¿Eres idiota? ¿Te vas a ir sola, con un desconocido? ¡Querrá vengarse de su humillación! ¡No se le empinará y te dará una paliza!

Aquello me pareció demasiado, y volví a montar a lomos de Hermón, caracoleamos unos segundos, y desenvainé el terciado.

— Soy Álvaro de Pozas, novicio de la Orden de la Santa Luz y matador de dragones. Con esta hoja corté una cabeza a Grunac. Ya ves a quien te pierdes, Placencia.

Y marché de vuelta al convento.

Durante sus estancias en Ciudad Partida, el sirio Abdel el Numan se alojaba en la casa de los Baños Calientes, propiedad suya, pero en esta ocasión lo hacía, como nosotros, en el Convento del Sexto Día, para vigilar de cerca las mercancías. Además, era un lugar que no ponía obstáculo a albergar infieles, pues a fin de cuentas también allí vivían los seres sin alma, hijos de la Tierra. Esa tarde, después del molesto encuentro con la lavandera, paseaba por el claustro y allí vi al sirio, tomando café.

— Veo que habéis venido bien provisto — le dije — A mi señor don Martín se le acabó hace días.

— Le he dado un poco, pero sin excesos. Cuando organicemos el suministro habrá más que suficiente.

— Me pregunto qué os ha llevado a comerciar con los cristianos... porque sin duda debe ser muy peligroso. Y además viajar hasta aquí, tan lejos de la costa.

— No sabes mucho de las reglas del comercio, ¿no es así?

— En el Monasterio donde me he criado, el tráfico de mercancías era una tarea considerada poco honorable... os ruego que me perdonéis, no deseo insultaros. De hecho, en estas últimas semanas, he descubierto que en la Orden se mercadea intensamente, aunque se haga con disimulo. Pero es cierto, poco sé de esa profesión.

— Pues lo primero y principal es que cuanto más escaso es un producto, más se puede cobrar por servirlo. Si, además de escaso, es de pequeño volumen, lo que facilita su transporte... es perfecto.

— ¿Y qué traéis de los reinos del sur y de oriente?

— Especias y perlas. Y ahora también traeré café. Este último abulta algo más, pero los hijos de la Tierra lo desean con locura. Y deberán consumirlo con moderación, porque no habrá mucho. Pagarán cien veces lo que se paga en un café de Damasco.

— Es un largo viaje, desde vuestra patria en Oriente.

— En barco, fletado por mí, desde Tiro hasta Orán. Los aragoneses son dueños de esa ciudad, como sabes, pero no obstaculizan el comercio con Oriente. Allí se transfiere la mercancía a bajeles cristianos, que cruzan a Málaga. Bajeles de don Gabriel de Mora o, mejor dicho, de su suegro, el padre de doña Asunción. Bella joven.

— Y luego por tierra hasta esta ciudad. No me extraña que el precio final sea altísimo. ¿Cómo os pagan?

— También con bienes de esas características... oro, piedras preciosas, joyas, armas selectas...

— ¿Y ungüentos, pócimas, medicamentos hechos por las hadas, venenos de las brujas...?

— El Santo Oficio quemaría de inmediato a quien encontrase con esa mercancía encima. Y en llegando a las tierras de la verdadera fe, ocurriría lo mismo.

— Pero se van a llevar los restos del dragón, y las cenizas...

— No son productos de la hechicería, al contrario, testigos de la victoria de un caballero cristiano, un hijo de Dios que ha derrotado a un engendro de la Tierra.

Las palabras de Abdel me produjeron cierta inquietud, pues yo aún conservaba el bote de cobre entregado por Argisán, ya que no había gastado todo el veneno en las lanzas usadas contra el dragón. Y empecé a cavilar sobre la forma de librarme de aquella prueba de mi alianza con la brujería. Lo más fácil sería arrojarlo en los bosques que rodeaban a Ciudad Partida, pero mi conciencia no me lo permitió. Por poco probable que fuese, alguien podría encontrarlo, tocar el contenido y morir irremediablemente. Tirarlo al río… pero podría abrirse, el veneno diluirse y llevar la muerte a quien bebiera de esas aguas. No tenía dudas sobre la potencia del mejunje, que había matado a Grunac en cuestión de segundos. Tampoco estaba seguro de que se destruyera por completo echándolo a alguno de los fogones que calentaban el convento. Generaría vapores tan mortales como en su forma pastosa. Terminé pensando que la solución estaba en devolvérselo a la Bruja Negra, acostumbrada a manipular esos productos. Lo cual tenía el pequeño inconveniente de volverme a encontrar con ella. Haber conocido mujer, o mejor dicho, hada, me concedía cierta inmunidad, pero no absoluta, ni mucho menos. Y estaba convencido que Argisán deseaba venganza, a pesar de haber cobrado un generoso estipendio por sus servicios. Perpetrar maldades era su naturaleza. Pero al imaginar ese posible encuentro, sentí una velada excitación, que reprimí con energía, aferrando la figura de Santa Bárbara que colgaba de mi cuello. ¿Podría convencer a don Martín para acompañarme a la Casa Negra? Las brujas no se atreverían a hacerme nada en su presencia, al verle armado con Avileña y protegido por la mano de San Ágamo.

Buscaba a mi señor, esperando encontrarle antes del rezo de vísperas, cuando me sonó una alarma en la cabeza. Hasta entonces yo no le había dicho que tenía restos del veneno en mi poder, dejándole creer que lo había agotado en las lanzas que mataron a Grunac. Pero, conociendo el carácter de don Martín, tan proclive a violentar las reglas si ello le reportaba ganancia… ¿perdería la ocasión de hacerse con el ungüento maravilloso, que haría letal al más leve corte hecho con el filo irresistible de su espada?

Podría entregarle el recipiente y dejar el problema en sus manos, pero de nuevo mi conciencia planteó objeciones. Usar un producto de la brujería para acabar con un dragón era una cosa, que pudiera ser utilizado contra, quizás un cristiano, no me parecía tolerable, y yo sería cómplice si eso ocurriera. Y, no sé si por estas cavilaciones, o por ceder a la tentación de encontrar a Argisán de nuevo, decidí solucionar el problema yo solo.

A la mañana volví a la ciudad, montado en Hermón, entrando por la Triple Puerta, pero no dejé el caballo en el convento, sino que continué a buen paso, crucé el canal y callejeé por el otro lado, hasta llegar a la plazuela, llamémosla así, donde crecía el árbol del homúnculo, enfrente de la Casa Negra. Sin desmontar, me detuve bajo las ramas y grité exigiendo la presencia del coloso, pues así le llamé. Sería ridículo que hoy no estuviera, me dije, mirando inquieto la puerta de la mansión de las brujas, tan cercana. Por fin apareció, caminando por el suelo, su gorro a la altura de mi pie en el estribo.

— Vengo del mercado — dijo, mostrando una bolsa.

— Tengo un trabajo para ti. Te pago con este cuchillo — y le alcancé una corta pero bien afilada herramienta que había traído de la armería del convento. Desconfiado, el homúnculo preguntó de qué se trataba, sin estirar la mano para coger el pago. Yo le enseñé un papel doblado, parecido al que en anterior ocasión nos entregó de parte de las brujas.

— Un mensaje para Argisán. Sólo tienes que entregárselo, en cuanto yo me vaya.

— ¿Qué pone?

— ¿Qué importa?

— Puede decirle a la bruja que eche al caldero al portador del mensaje.

— ¡Por los clavos de Cristo, léelo! — y lo dejé caer en su mano. Con parsimonia, lo abrió y lo leyó.

— La esperas esta tarde, después de vísperas, en la taberna que llaman Cueva de los Borrachos. Tienes algo que darle, dices. Dame el cuchillo.

Le hice el pago, el diminuto se acercó al árbol que le servía de morada, y comenzó a trepar, usando unas zarpas de hierro que sobresalían de las punteras de sus botas, y agarrándose con sus manazas a las rugosidades del tronco.

— ¿Por qué no esperas aquí abajo a que yo me vaya, y se lo llevas? — grité, sospechando ser objeto de una rapacería. Pero el arborícola ascendió veloz a una rama, se sentó en ella, y me dijo:

— Las Brujas Negras se levantan tarde. Tienen un mal despertar. Se lo daré después del mediodía.

De vuelta al convento a tiempo del almuerzo, encontré a un excitado Hilario que acababa de saber que, al día siguiente, viernes, partiría la expedición de vuelta a las tierras del rey Alfonso, señor de la Baja Castilla, de la Plana de Iberia, de Granada, de Galicia, de Asturias y la Montaña, de Murcia y de la Gran Vizcaya. Y también me dijo que me reclamaba mi señor, al que me presenté raudo y le dije que había ido a orar a la basílica, pues sospechaba que hacerlo en la iglesia del convento, rodeado de desalmados, podría ser un acto de blasfemia. Me miró, meneó la cabeza, como considerándome un caso perdido, y me envió a preparar equipos y equipajes, lo que hice con el mayor esmero, bien ayudado por nuestro nuevo paje. Así que pude dejar todo terminado antes de vísperas, y pedí permiso a don Martín para bajar de nuevo a la ciudad.

— Si no quieres compartir tus oraciones con estos frailes, puedes pasear por el huerto de afuera y rezar a solas…

— No, no pretendo volver a la basílica… sino pasar por esa taberna de que os hablé. La otra noche conocí allí a una moza, que luego he vuelto a encontrar, en la Fuente Grande. Es lavandera — respondí, mintiendo con la verdad.

— ¿Y pretendes pecar, antes de abandonar Ciudad Partida?

— No, no lo sé… es que nunca he hablado con una mujer… y fuera de aquí será difícil, de vuelta al monasterio…

— ¡Calla! Vete, pero vuelve antes del toque de cierre. Y jura no emborracharte.

Eso hice, con absoluta sinceridad, pues aún sentía en mi estómago las consecuencias de los excesos de la otra noche. Estaba saliendo del convento cuando me crucé con un negro carruaje, tirado por dos mulas también negras, junto al que cabalgaba Pero del Valle, escoltando el cuerpo de su señor, en marcha para unirse a la caravana allí concentrada. Le saludé cortésmente, y sin perder más tiempo, galopé hacia mi encuentro con la Bruja Negra, el bote con el veneno universal bien guardado en un bolsillo de mi sayo.

13
LA PARTIDA

Había llegado a la Cueva de los Borrachos con amplio margen de tiempo, pues no quería ofender a Argisán, pero sobradamente pasada la hora de la cita, ella no aparecía. Decidí bajar al sótano, donde no encontré tanta clientela como en mi noche de pecado, y fui recorriendo pasillos y estancias, curioseando por cámaras y rincones, pero, como era de esperar, no vi a la Bruja Negra. Ni al Hada Verde que había tomado mi virtud. De hecho, había pocas mujeres, ni hijas de Dios ni geoides, y tampoco estaba la lavandera descarada, lo que me produjo una absurda decepción. Absurda porque nada iba a hacer con Placencia cuando estaba esperando la aparición de Argisán.

Rechacé la invitación a beber de un capricornio joven quien, viéndome solo, insistió de nuevo al cabo de un rato, seguramente como paso previo a otras solicitudes, y decidí retirarme, escaleras arriba. Pregunté al lobisome portero si había asomado por la puerta una Bruja Negra, lo que no había ocurrido, ni ocurriría, gruñó.

— Esta es una casa de placer. Las brujas no son bienvenidas.

Sospechando haber cometido un error al citar a Argisán en aquel lugar, salí a la calle. Ya había oscurecido, y la única luz provenía del par de hachones que flanqueaban la puerta. Yo había traído mi propia tea, la encendí en uno de aquellos, y caminé lentamente alrededor de la pequeña construcción, por un contorno donde desembocaban varios callejones y callejuelas, bocas de profunda negrura a las que me acerqué con precaución, adelantando el extremo luminoso de mi antorcha, pero sin ver a nadie. Dando por fallido el encuentro, retrocedí hacia la Cueva, con la intención de recuperar mi caballo y regresar al convento, cuando una ondulante línea blanca apareció en la oscuridad, iluminada por un enjambre de minúsculas luces voladoras, que reconocí como las luciérnagas ya usadas anteriormente por las Brujas Negras. Bajo la serpiente blanca se materializó Argisán, mostrando sus dientes, pero no era una sonrisa lo que dibujaban, sino ansias de morder.

— ¿Pretendes insultarme, convocándome en un garito de rameras y borrachos? Quieres entregarme algo, has escrito en el billete, pero ¿qué me vas a entregar? ¿No sabes que tu cuerpo ya no vale nada?

— No es mi cuerpo… ni mi sangre, es otra cosa… el veneno. El bote aún está medio lleno. No lo quiero. Te lo devuelvo.

Saqué del bolsillo el verdoso recipiente e hice gesto de dárselo, pero Argisán no movió las manos, que mantenía cruzadas sobre el pecho, inmóviles como toda ella, salvo la larga cabellera, atada para formar una larga y gruesa trenza que se movía con vida propia, como una serpiente albina a la caza de presas. Una forma sinuosa naciendo de su cabeza que me recordó a los ágiles cuellos de Grunac, y me pregunté si la Negra lo hacía con ese propósito.

— ¡Desagradecido y desconfiado! ¿Por qué ciñes tu cuello con esa cadena pestilente? ¿Temes la cercanía de mi cuerpo? ¿Vuelves a desearlo?

— Te entregué todo lo que pediste… las dos cabezas de Grunac, la arroba de ceniza, mi sangre… y me castigaste con un hechizo castrador, que pude vencer gracias a un golpe de fortuna, una fortuna cruel que condujo a la muerte de un noble caballero.

— ¡Has despreciado mi don! Te regalé el cumplimiento eterno de tu voto de castidad, pero lo has quebrantado antes de concluir una semana. Y vuelves al lugar donde tan fácilmente te rendiste. Ahí abajo te tomó la puta verde. ¿Querías repetir la proeza? ¿Tu señor te ha dado más plata? Varena no fornica gratis, ¿sabes?

— Ni siquiera conocía su nombre… — murmuré, atemorizado ante la irritación exhibida por Argisán, de quien podía esperarme cualquier crueldad, apenas confiando en el poder de la cadena de Santa Bárbara colgada de mi cuello. Pero no quise aceptar lo que se desprendía de sus palabras y me atreví a replicarla.

— Mi voto de castidad debe cumplirse gracias al ejercicio de la voluntad, con la ayuda de la oración. Nunca mediante un hechizo causante de impotencia. ¿Qué mérito tiene no yacer con mujer alguna, si eres un eunuco? Además... quizás no llegue a pronunciar los votos definitivos... debo meditarlo.

Y volví a extender el brazo, para entregarle el bote de veneno, pero ella dio un brusco paso atrás. Era la primera vez que observaba en Argisán un gesto de temor hacia mí, que luego he pensado no sería únicamente por la virtud de mi cadena bendita. Sin duda, el exorcismo y haber conocido mujer eran hechos que habían roto el poder que había ejercido sobre mi persona. Y más seguro, insistí.

— ¿Por qué no lo recoges? A mí ya me ha servido, ya no me hace falta. Puedes vendérselo a otro suplicante. Deberías darme las gracias.

Ahora sonrió por fin, una sonrisa cruel, burlándose de mis palabras, y luego habló con una voz tenue, como dirigiéndose a un niño.

— ¿Por qué crees que ya no te hará falta? Eres joven, quizás vivas muchos años más... o eso deseas... ¿no es así?

— Por muchos años que viva, dudo mucho que vuelva a enfrentarme con un dragón.

— ¿Y si fuese, no un dragón, sino un bandolero que te esperase en el camino de vuelta a tu convento? ¿Acaso eres ya un avezado guerrero, tú con tu pobre terciado?

— Haré frente a esos peligros como buen cristiano, sin recurrir a la ayuda de la hechicería.

— ¿Y si no fuese un mero salteador de caminos, sino varios gigantes, que os emboscasen a ti y a tus camaradas, en vuestro viaje de vuelta a la Baja Castilla?

Ese escenario me alarmó, porque entendí que Argisán no lo exponía como una mera posibilidad teórica, sino como una realidad probable. Ella podía estar al tanto de las intrigas urdidas por aquellos que deseaban apoderarse de los restos del dragón, bien por conocer a tales individuos o bien mediante el uso de sus artes adivinatorias.

— ¿Qué te mueve a advertirme de esos peligros?

Sonrió la bruja, incluso amagó una aproximación, pero se detuvo en seco, frenada por el poder de Santa Bárbara, y dijo:

— Tengo planes para ti. No me interesa verte aplastado por la maza de un gigante.

— ¿Planes? ¡Ya no me puedes obligar a nada! Ni siquiera puedes tocarme.

— Pareces olvidar que siempre has sido tú quien ha venido a suplicar mis favores. Como tu señor. ¿Acaso te obligué a pedir un arma mágica para destruir a Grunac?

Esas palabras me hicieron callar por unos momentos, pues eran ciertas… en parte.

— Fuiste tú la que nos obligó a entregaros las cabezas, a cambio de tu declaración… y me torturaste… pero es inútil discutir… ¿qué pretendes de mí? Espera… ¡no querrás que te haga una hija! — exclamé, recordando la historia de don Martín y Ermisenda.

Fue la primera vez que oí la carcajada de la Bruja Negra, de imposible descripción, y respondida por el pesado aleteo de su cuervo familiar, invisible en la oscuridad.

— No te esfuerces, pálido. No podrás satisfacer el deseo que en ti despierto. No te necesito para eso. Ya he tenido una hija, Egirán. Y ella es la madre de Uristán. La plebe cree que somos hermanas, y a nosotras no nos importa dejar que lo crean.

La miré pasmado. Era imposible adivinar su edad por su aspecto, pero nunca hubiera imaginado que fuese una abuela.

— Ahora que me ves como una anciana, se te apaga el deseo ¿no es así?

Preferí no contestar. Cualquier respuesta podría provocar su burla o su ira, y volví a preguntarle por esos planes inquietantes.

— Te lo diré a su debido tiempo. Por ahora, lo único que debes saber es que en la tercera jornada de vuestro viaje de vuelta a las tierras cristianas, en ese tercer día, seréis atacados. Y tus lanzas envenenadas serán indispensables.

— ¿Derrotaremos a esos atacantes? ¿Quiénes son?

— El futuro no está escrito. Pero Avileña no será suficiente sin tu ayuda, como no lo era contra Grunac. Si vuelves a emplear mi regalo, la balanza podrá inclinarse de vuestro lado.

— Sigo sin saber quiénes nos atacarán.

— Cuando los encuentres no tendrás dudas sobre a quién herir con tu lanza.

— Y ahora vuelvo a estar en deuda contigo.

— Si llegas a la capital de los cristianos, cumplida la misión, deberás despedirte de tu señor y volver aquí, a Ciudad Partida, para presentarte ante mí y saldar esa deuda.

Sentí el súbito impulso de desenvainar mi terciado y atravesar con su curva hoja a la tirana que me usaba como un perro a su servicio. Pero el arrebato se extinguió tan pronto como había surgido, y creo que Argisán lo adivinó, pues me miraba inmóvil, con media sonrisa en su faz, y levantada una mano de largos dedos y afiladas uñas.

— Quítate la cadena y podrás besarme — susurró la hija de la Tierra.

Y fui yo el que retrocedió, temiendo acceder a sus invitaciones, pero sin evitar que su trenza voladora me cruzase la cara como un latigazo. Doloroso, pero también para ella, a quien el contacto con el protegido de Santa Bárbara resultó no menos nocivo. Y emitiendo un gruñido no humano, saltó hacia atrás, abrió los brazos y ascendió por los aires, perdiéndose de mi vista. Pero aún pude oír sus últimas palabras.

— ¡Recuerda, bastardo! ¡En el tercer día de vuestra marcha!

Con la cara escocida, recogí mi antorcha, caída al suelo, y fui al amarradero a por el caballo, que me esperaba pacientemente. Y partí de vuelta al Convento del Sexto Día.

Don Martín me esperaba en el refectorio, ya vacío de monjes y huéspedes, retirados a sus celdas. Durante el camino, yo había reflexionado una y otra vez sobre lo que decirle a mi señor, pues temía despertar su indignación al hacerle saber la existencia de restos de veneno o mi nuevo encuentro con la Bruja Negra. Pero no podía ocultarle el aviso del ataque que sufriríamos tres días después, y ello implicaba revelarlo todo. Así que me senté ante él e hice el relato completo de lo acaecido esa tarde.

— No es valentía, sino la más absurda imprudencia la que parece guiar tus pasos, Álvaro — exclamó al final, con un resoplido, levantándose tras un puñetazo sobre la mesa. Y pareció meditar sobre lo ocurrido, hasta volverme a hablar.

— La bruja Argisán te ha prestado unos favores que, al menos hasta ahora, han sido más valiosos que los pagos que te ha exigido a cambio.

Me pareció una afirmación discutible, recordando los días pasados en la jaula, a disposición de Argisán y sus descendientes, tan aficionadas como su madre y abuela a la sangre y dolor humanos. Pero no contesté, escuchando lo que don Martín tenía que decir.

— Algo ve en ti que desea sobremanera, llevándola incluso a ser tu aliada en contra de otros hijos de la Tierra. Pero no es un interés carnal, eso lo podría conseguir fácilmente sin necesidad de comprarte con sus dones.

— Los geoides están tan enfrentados entre ellos como lo estamos nosotros. Y las brujas son las menos amadas de entre ellos, aunque sí son las más temidas.

Don Martín me pidió el bote de veneno, lo abrió con sumo cuidado y midió a ojo la cantidad que quedaba.

— Las flechas. Cada acierto será un enemigo muerto.

— Pero debo impregnar mis lanzas. Como contra Grunac. Además, Argisán las mencionó expresamente. Adivina el porvenir, y dijo que de mis lanzas dependía el resultado de la batalla.

No le hizo mucha gracia al caballero verme discutir sus decisiones, pero volvió a mirar atentamente el bote, y afirmó con la cabeza.

— Creo que hay para tus dos lanzas y cuatro o cinco flechas. Guárdalo bien. Durmamos. Mañana partiremos al alba.

La columna era más numerosa de lo que yo había calculado, pues al saber que iba dirigida por don Martín de Pas, matador de dragones, se habían agregado algunos viajeros deseosos de contar con su protección. Quizás no habían calculado que llevábamos con nosotros una mercancía muy apetecible que atraería a salteadores de caminos de toda índole, pero a primera vista nuestra hueste imponía un respeto indiscutible. A don Martín se sumaban don Tello y don Genaro, así como los recién incorporados don Javier y don Romualdo, junto con frey Bernabé, hasta un total de seis caballeros. A lomos de fornidos corceles, recubiertos de tejidos de acero, embrazando pesadas adargas, empuñando lanzas y ciñendo espadas, viéndolos me pareció imposible que ningún enemigo pudiese amenazar nuestra expedición. El monje guerrero no llevaba escudero, pero allí estaba el de don Beltrán, Pero del Valle, escoltando el cuerpo de su señor, con lo que sumábamos seis escuderos, incluyéndome a mí, pues como tal me tenía. Hombres de armas, al servicio de don Gabriel, de Abdel al Numan o de algún otro viajero, sumaban un total de once gendarmes. Es decir, éramos veintitrés combatientes, un número muy respetable, pues, a fin de cuentas, no íbamos a la guerra sino a protegernos de malandrines. No incluyo en este número a cocheros, lacayos, pajes y otros sirvientes, ni a los comerciantes y peregrinos, pues se podía ver a simple vista que eran gente poco avezada en las cuestiones de la lucha armada. Como lo era yo, antes de emprender esta aventura, me dije. Mujeres sólo había dos, doña Asunción y doña Mencía.

Y no exactamente al alba, pero no mucho después, partió la caravana, don Martín a la cabeza, el coche fúnebre de don Beltrán cerrando la marcha.

Las dos primeras jornadas transcurrieron sin novedad, aunque en estado de alerta, pues sospechábamos, don Martín y yo mismo, que el vaticinio de Argisán, situando el ataque en el tercer día, pudiera ser un engaño para provocar nuestro descuido en los días anteriores. Pero nada ocurrió, y al finalizar la segunda jornada acampamos en un claro de considerable amplitud, de modo que los árboles quedaban a cierta distancia de nuestras tiendas y carros. Montado el campamento, don Martín convocó a los caballeros, así como a don Gabriel y Abdel al Numan. Y yo me quedé junto a ellos, oyente sin voz ni voto.

— He tenido una revelación. Anoche soñé que combatíamos contra los desalmados en un espacio libre de árboles, como éste en que nos encontramos. Y obteníamos una gran victoria. Así que mañana permaneceremos aquí, sin movernos, a la espera de los hijos de la Tierra.

Las palabras de don Martín produjeron un notable estupor entre los oyentes, pero sólo frey Bernabé expuso alguna objeción.

— ¿Estáis seguro de que ese sueño ha sido inspirado por Dios o algún ángel, y no es de origen diabólico? Quizás al permanecer inmóviles damos al enemigo la oportunidad de alcanzarnos.

— Mejor que nos alcancen aquí, en terreno despejado, a que lo hagan en la profundidad del bosque, donde no los veremos venir.

Este razonamiento resultó convincente para aquellos guerreros, partidarios de cargar a caballo, lanza en ristre, y el debate se centró en la organización de la defensa del campo. A su debido tiempo el monje dirigió la oración y luego se repartió la cena, unas sopas cocinadas en un gran caldero que el siempre eficaz onubense había hecho traer a bordo de un carro despensa. La sobremesa fue corta y, salvo los encargados de la primera guardia, los viajeros se retiraron pronto, aunque sospecho que pocos dormirían tranquilos. Yo quería hablar a solas con mi señor, y cuando le vi pasear en torno al campamento, pendiente de la vigilancia, me acerqué a él.

— Os debo agradecer que no hayáis revelado cómo hemos sabido del ataque de mañana…

— Nada me tienes que agradecer, ¿imaginas lo que ocurriría si supiesen que la Bruja Negra es nuestra fuente?

— Todos pensarían que estamos cayendo en su trampa…

— Esperemos que no tengan razón… pero me parece que querías algo…

— Mañana será mi primera batalla, no tan grande como aquellas en las que habéis tomado parte, pero, por otro lado, no sabemos exactamente a quienes nos enfrentamos… Si son gigantes ¿cómo derrotarlos? Es seguro que alguno habrá, Argisán lo mencionó…

— El veneno que acabó con Grunac será suficiente. Y mañana no estarás sólo con tus lanzas. Desde muy lejos, mis flechas alcanzarán a esos gigantes, si es que aparecen.

— En realidad, quería hablaros de otra cosa. Es sobre mi crónica. Ignoro los detalles de vuestra vida anterior a la entrada en la Orden. Debo escribirlos, a modo de proemio.

— ¿Esa crónica que nadie va a leer?

— La leerán las generaciones venideras. Vuestra fama será imperecedera.

— Serás tú el que alcance la gloria. Matador de dragones, seductor de brujas. Pero de mí ¿qué descubrirán? Que me atribuí un triunfo que era de otro, o que fui el siervo de un moro depravado.

— He reflexionado sobre ello, máxime tras confesarme con don Manuel. Me hizo ver que vuestra victoria en el Juicio de Dios, limpia e indiscutible, testifica que fuisteis herramienta del Altísimo para acabar con Grunac. Y, por ello, los medios empleados quedan más que justificados. Fuisteis vos quien emprendió y concibió la operación de caza del dragón. Mis lanzas, la brújula de Argisán, Avileña, yo mismo… meros instrumentos a vuestro servicio. Así quedará expuesto y explicado en mi libro.

— Un hombre muy sutil, el clérigo Manuel. No me extraña que tantos penitentes acudan a él. Tampoco son toscos tus argumentos.

— Siempre pretendí hacer una crónica de una redención. Para que haya redención debe haber pecado. Sería tedioso un relato sobre alguien que jamás se desviase del camino recto.

— Ya te he dicho anteriormente que también yo estoy en deuda contigo. Hace tiempo, cuando me revelaste tu intención de escribir sobre mi vida, juraste no revelar nada que pudiera atentar a mi honor. Pero, como dices, sería un relato poco apasionante. Te libero de tu compromiso. Escríbelo todo, aunque también deberás incluir tus pecados, pues de lo contrario no se entenderían los acontecimientos. Pero dudo que la Orden lo viera con buenos ojos. Yo estoy fuera, pero tú quieres entrar.

— No estoy seguro, señor. Dudo tener la vocación requerida. Pero sí desearía ser caballero. Si me aceptáis como escudero, os serviré el tiempo que juzguéis necesario, hasta poderme investir. Pero eso debería ser cuando vuelva de Ciudad Partida, de saldar mi deuda con Argisán.

Mis planes le debieron parecer confusos a don Martín, extrañado al saber de mi renuncia a ser monje de la Santa Luz.

— Pensaba que tu afán era ser cronista del presente y del pasado. Algo muy adecuado para hacer en el Monasterio, pero no si cabalgas de un lado a otro, al servicio de magnates y reyes. Y veo que admites volver donde la bruja.

— Viajar a Ciudad Partida, y las aventuras vividas a vuestro lado, me han hecho pensar que antes de atreverme a escribir cualquier historia, debería conocer muchas más cosas que las experimentadas hasta poco, siempre encerrado en el Monasterio. Después de unos cuantos años de vida libre, en el mundo, podré retirarme a escribir con solvencia.

— No negaré tus razones. Pero ahora donde deberías retirarte es a descansar.

— Será imposible dormir, esperando la llegada de los hijos de la Tierra.

— Puedes sentarte junto al fuego, quizás escribir unas páginas antes de la batalla.

— Lo haré, si antes me contáis cuál fue vuestra vida, hasta llegar a esa malhadada batalla en Larache.

— Acompáñame donde el sirio. Aún le queda café.

* * * * *

Don Martín era el quinto, y último, hijo del caballero don Bonifacio de Pas, vasallo del barón de Miera. El caballero disfrutaba de las rentas de unas tierras, situadas en el valle del río Pas, cedidas por el barón, pero no eran ni muy extensas ni muy ricas, empinadas e inaccesibles en buena parte, por lo que la vida de la familia de Pas era extremadamente austera. Don Bonifacio formó adecuadamente a sus tres hijos varones, pero sabía que como caballeros al servicio del barón su futuro no sería muy diferente al de cualquier gendarme a sueldo, un sueldo además escaso. Por ello, exhortó al segundo y tercer hijos, tan pronto fueran armados caballeros, a viajar lejos de aquella región en la que el oficio de la guerra sólo servía para la defensa contra franceses, ingleses y normandos, venidos por mar para saquear las costas de la Montaña. Labor ingrata, carente de las ventajas de guerrear en tierras extrañas, donde adueñarse de botines y presas. Así que, ya desde joven, don Martín aspiraba a viajar lejos de su patria, de ese país condenado, aprisionado entre aquel mar hostil en el norte y, al sur, por los inmensos farallones que constituían la muralla septentrional de las Tierras Altas de Castilla, crestas desde las que, de tarde en tarde, descendían bandas de lobisomes salvajes o donde merodeaban ursones solitarios.

Para don Martín la ocasión surgió cuando una armada enviada por el rey fondeó en la ría de San Andrés. Eran media docena de cocas, que pasaron todo el verano navegando por las costas del norte de España, en prevención de los ataques de piratas extranjeros, lo que consiguieron, aunque no del todo. Era agosto cuando varias de las naves desembarcaron a parte de sus hombres a causa de una epidemia declarada a bordo. Y don Martín, que acababa de ser armado caballero por el barón de Miera, se presentó al maestre de la coca *Santa Irene*, ofreciéndose a unirse a la tripulación de guerra. No tuvo dudas el maestre, al ver a un joven fornido y dispuesto, y así partió don Martín de su tierra natal. Un alejamiento definitivo, como sabía el nuevo caballero, porque al acercarse el otoño se dio por concluida la campaña, y la armada emprendió viaje hacia el sur, costeando por las aguas de Galicia y Portugal, hasta fondear en la boca del Guadalquivir para invernar. No había elegido don Martín a la *Santa Irene* por casualidad, sino porque era fletada por la Orden de la Santa Luz, y hombres de esa Orden componían su tripulación de guerra. En dos encuentros con el enemigo en los que don Martín había participado quedaron demostrados tanto su habilidad con las armas como su valor y, por ello, fue favorablemente acogido su ruego de ser admitido como caballero novicio, para llegar a ser monje guerrero de la Orden. Desde el puerto viajó por tierra, a través de la Plana de Iberia hasta llegar a la Baja Castilla, pasando por las ciudades de Sevilla, Córdoba, Ciudad Real y Toledo, sede de la corte. Y de allí hasta el Monasterio, donde, dos años después, superadas algunas carencias de su formación, fue admitido en la Orden con el título de frey Martín de Pas.

Los siguientes años de don Martín fueron agitados, pero no ocurrió en ellos ningún evento que no fuese lo propio en un caballero de su condición. En un par de ocasiones regresó fugazmente a su tierra natal, a bordo de las armadas que el rey se veía obligado a enviar a aquellas tierras tan mal comunicadas con el resto del reino. Pero no era ese el único frente de guerra, ni siquiera el principal, pues éste lo constituía el africano, donde la pugna con los sarracenos era secular y sin visos de finalizar. Y allí, en Larache, cuando frey Martín llevaba ocho años luchando bajo la cruz dorada de la Orden de la Santa Luz, fue hecho prisionero y dieron comienzo los acontecimientos que el lector ya conoce.

* * * * *

Pocos durmieron aquella noche, y yo no fui uno de ellos. Apenas comenzó a clarear hubo un movimiento general, los guerreros aprestando sus armas, los sirvientes preparando comida, y don Martín y yo emponzoñando nuestras hojas, hasta agotar el veneno restante. Cuatro flechas y las dos lanzas. No confiaba yo en que esas armas irresistibles fueran suficientes para darnos la victoria. En el mejor de los casos, de no fallar ninguna, serían solamente seis los enemigos abatidos.

— Hay que elegir bien a quien se ataca — dijo mi señor, adivinando mis pensamientos. Pasó el tiempo, una, dos horas, sin que nada turbase la tranquilidad del bosque circundante, de donde a veces surgía el graznido de algún pájaro, volando invisible entre las ramas. El día es largo, decía don Martín a los más impacientes caballeros, alguno de los cuales propuso realizar una batida de reconocimiento, idea que no fue unánimemente aceptada. Y estaban debatiendo el asunto, cuando Timo emitió un largo aullido, el pelo erizado, apuntando con el hocico hacia los árboles situados al norte, es decir, por donde llegaba el camino desde la ciudad.

Siguiendo el plan previsto, caballeros, escuderos y gendarmes nos agrupamos frente a la línea de aproximación de los desalmados, pero dejando atrás, en el campamento, a don Javier y don Romualdo, con sus escuderos y cuatro gendarmes, formando una reserva en previsión de ser atacados desde diferentes direcciones. Los no combatientes quedaron entre los carros, también equipados con armas, aunque de dudosa eficacia contra los que suponíamos serían guerreros avezados. Pero el ataque de los hijos de la Tierra fue poco refinado. Confiando ciegamente en la fuerza de su vanguardia, cargaron directamente desde el arbolado, del que surgieron precedidos de una explosión de ramas y hojarasca.

Eran tres gigantes los que marchaban al frente, a la carrera, bien separados uno de otro, dejando así hueco para barrer el espacio con sus armas, mazas enormes compuestas por gruesos troncos coronados con cabezas de piedra. Lanza en ristre, los caballeros galoparon contra aquellas montañas animadas, pero no todos, pues don Martín, pie en tierra, alzó el arco y, con calma, disparó las flechas manchadas con el veneno de Argisán. Tenía cuatro dardos, y tiró dos al gigante más a nuestra izquierda y otros dos al que ocupaba el centro del trío. Al mismo tiempo chocaron los geoides con nuestros paladines, y durante unos segundos pareció que nada podía resistir la marcha de los colosos. Caballos y caballeros cayeron por los suelos, barridos por los golpes de las mazas gigantescas, mientras yo intentaba decidir a cuál de mis enemigos podría herir con mis lanzas y, más lejos, veía a don Martín, todavía a pie, empuñar a Avileña. Los dos gigantes asaeteados parecían debilitarse, especialmente el central, a quien se veía también atravesado por una lanza. Pero el tercer gigante, indemne tras derribar a frey Bernabé, reanudó su marcha, dispersando a dos o tres gendarmes que habían pretendido hacerle frente. Hubiera sido, con mucho, el más alto del trío, de no andar encorvado, tanto que sus manos enormes rozaban el suelo y una joroba prominente sobresalía por encima de su cabeza. Y más lejos, el resto de la partida de hijos de la Tierra, principalmente monóculos y lobisomes, corría hacia nosotros, seguramente convencidos que tan sólo sería necesario rematarnos, una vez arrollados por los gigantes. Disponía de un momento para herirle, y corrí hacia él, tomando impulso y arrojando la lanza, que se clavó en su pierna. Pero al verle más cerca, me di cuenta de que llevaba unos largos calzones que llegaban hasta sus pies, también calzados con botas, todo ello de grueso cuero, suficiente para evitar que la punta envenenada llegase a la carne, pues no se produjo la inmediata reacción paralizante que sufrió Grunac, y el ileso gigante barrió el espacio con su maza. No leerías estas palabras, atento lector, de haberme alcanzado de lleno, pero pude retroceder lo justo para que el impacto fuese de refilón, en la rodela. Un golpe no mortal, pero suficiente para arrojarme unos pasos más allá, dejándome tendido y apenas consciente. Alguien pasó a mi lado y creí ver que recogía algo del suelo, junto a mí, y luego se alejaba veloz, dando un fuerte grito. Era don Martín, que había rescatado mi segunda lanza y con ella atacó al jorobado.

Recobré al conocimiento cuando unas manos delicadas me quitaban la cota de mallas y luego palpaban hombro y brazo, hasta confirmar una rotura, más arriba del codo, aunque no sé por qué estaba tan segura la que eso afirmaba, que resultó ser la Mencía. Luego supe que había tenido un marido que era barbero cirujano, a quien ayudaba en sus intervenciones, y de quien aprendió el oficio. Me entablillaron y vendaron, dejándome tumbado en un camastro a bordo de un carro, uno de los traídos por el burgués de Onuba. Pero antes me hicieron beber una jarra de vino endulzado con miel, y que también llevaba, como me dijeron después, una dosis de las cenizas curativas del dragón. Me dormí casi de inmediato, entendiendo que debíamos haber ganado la contienda, a pesar de la muy comprometida situación que yo recordaba antes de caer herido. Al día siguiente, preguntando a unos y otros, y contemplando el paisaje donde se libró la batalla, pude reconstruir el desarrollo de la misma. Pero la noche no fue una noche plácida.

— Tus lanzas fueron decisivas, Álvaro. Aunque no fueses tú quien arrojara la que mató a Tirón el Encorvado. ¡Qué ingenuo, creer que podrías combatir como un caballero, con tan pocas semanas de adiestramiento!

— ¡No estás aquí, Argisán, solo eres un sueño!

— ¿Acaso hay alguna diferencia?

Y algunas luciérnagas alumbraron el interior del carro, mostrando el cuerpo de carbón de la Bruja Negra, tumbada a mi lado, totalmente desnuda y sonriendo plácidamente.

— ¿Es así como te gusta imaginarme? — dijo, mientras pasaba una mano por mi brazo entablillado — ¿Te duele? Podría curarte de inmediato, pero para ello debes arrojar lejos la cadena de tu cuello… — añadió.

— No… no voy a hacer eso. Sanaré de forma natural.

— ¿Con las cenizas del dragón? No todos lo llamarían natural.

— Márchate. Déjame dormir.

— Eso haré… pero antes jugaremos un poco…

Y el juego culminó en una polución nocturna, aunque mucho más intensa y real que aquellas que me acompañaban desde hacía años y que relataba cuando acudía al sacramento de la penitencia. Aunque sospeché que, al confesar este trance, recibiría una admonición menos rutinaria que la habitual.

— No olvides que te espero a la vuelta de tu viaje — y con esas palabras se despidió la bruja, o su fantasma.

Debí caer dormido tras la pesadilla, si puedo llamarla así, hasta ser despertado por un estrépito de golpes y gritos. El reposo y las cenizas de Grunac habían hecho efecto, porque pude saltar del carro con agilidad, empuñando mi terciado, que alguien había dejado junto a mí. Pero no era una reanudada batalla el origen del fragor, sino los trabajos de dar sepultura a los muertos, aunque no a todos. Los hijos de la Tierra serían incinerados, y para obtener la necesaria, y abundante, madera, varios de los nuestros acometían con fiereza a los árboles circundantes, usando algunos de ellos las hachas capturadas al enemigo. Otros habían apilado los cadáveres, tarea realizada la tarde anterior, y yo me acerqué a la pirámide fúnebre para tomar nota de los caídos. Sobresalían los tres gigantes, cuyos cuerpos estaban muy poco dañados en comparación al estado en que yacían sus camaradas de distintas estirpes. Y no menos de otros quince cadáveres, de monóculos, lobisomes, un par de ursones, raza esta de geoides semejantes a osos, que hasta entonces no había visto. Sorprendentemente, también había un homúnculo, y solamente un hiporión, aunque recuerdo haber visto a cuatro o cinco. Sin duda aprovecharon su capacidad de galopar para huir tan pronto vieron la pugna torcerse.

— Son más débiles de lo que pudiera imaginarse al verlos tan enormes — dijo el escudero de don Beltrán, Pero del Valle, que se acercó junto a mí, observando a los muertos gigantes con mirada perpleja. Yo recordé haberle visto el día anterior, marchando contra el enemigo, blandiendo un mandoble de respetable dimensión.

— Seguramente fueron alcanzados en puntos vitales. Don Martín es un extraordinario arquero — respondí, intentando evitar especulaciones, aunque sospecho que el muchacho no sería el único en abrigarlas. Y le pregunté si había derribado a algún desalmado.

— Uno de los que tienen un solo ojo... monóculos los llaman. Le hendí la cabeza. Llevaba un casco, pero no resistió mi golpe — dijo en un tono ambiguo, como si el orgullo por la victoria quedase enturbiado por el pesar de haber causado una muerte, seguramente la primera de su vida.

— Cuando me derribó el gigante chepudo la suerte nos parecía adversa... habían caído varios caballeros en el primer choque — dije.

— Pero también cayeron los tres gigantes, y la lucha quedó más igualada... salvo por tu señor, don Martín. Viéndole combatir entiendo que derrotara a don Beltrán. Creo que la mitad de los enemigos muertos lo fueron por su espada.

Quedamos en silencio y examiné cuidadosamente la pila de cuerpos. Haría falta mucha madera para reducirlos a cenizas. Y Pero respondió a una pregunta no formulada.

— Hubo quien propuso dejarlos así, para ser pasto de los carroñeros. Pero don Martín se opuso en redondo, y nadie se atrevió a contradecirle.

Asentí, y nos acercamos al lugar donde yacían los cristianos caídos. Los cuerpos estaban alineados, uno junto a otro, boca arriba y recompuestos, en algún caso con un yelmo ocultando el cráneo deshecho. Don Tello y don Genaro aplastados por los gigantes, don Romualdo atravesado en el cuello por una flecha. Con ellos, tres gendarmes y el escudero de don Tello. Más lejos, al pie del arranque de los árboles, varios hombres trabajaban en dos de los carros, para adecuarlos al transporte de los cuerpos. Pues, tras un vivo debate, se había decidido llevarlos con nosotros hasta el Monasterio de la Santa Luz, para sepultarlos en tierra sagrada, descartando la opción de regresar a Ciudad Partida o, como propuso alguien de corazón duro, enterrarlos allí mismo.

Conmigo, éramos cinco los heridos supervivientes, pero gracias a las cenizas curativas fuimos capaces de valernos por nosotros mismos, aunque libres de trabajar en las tareas de honras fúnebres. A la mañana siguiente, después de una noche tranquila, sin visitas intempestivas, los caudillos, don Martín, el herido frey Bernabé, don Javier, y el burgués don Gabriel, decidieron reanudar la marcha, formándose la columna de carros, mulas, jinetes e infantes. Yo a lomos del plácido Hermón, junto al que correteaba Timo, que tan bien había cumplido su misión de perro guardián. Y aguardamos inmóviles hasta ver a las llamas envolver los cuerpos muertos de los hijos de la Tierra. Entonces partimos.

14
EN LA CORTE

Marchamos durante cuatro días hasta llegar al Monasterio de la Santa Luz. Unas jornadas cansadas y tristes, pero tranquilas, sin ser atacados por bandoleros ni por hijos de la Tierra. Y el clima fue soportable, sobre todo desde que nos libramos de la eterna capa de nubes que cubre las tierras de Ciudad Partida. Ver y sentir el sol, después de semanas de ausencia, elevó notablemente mi espíritu y me permitió olvidar, al menos en parte, a los carros que cerraban la columna llevando a bordo los cuerpos de los guerreros caídos, ocho de ellos, incluyendo a don Beltrán.

Si la marcha diurna fue tranquila, no ocurrió lo mismo en las noches de acampada. Y ello a pesar de que, por estar convaleciente, me dejaron dormir a bordo del mismo carro al que había sido llevado al caer herido. Algo más cómodo que hacerlo en el suelo, en la tienda compartida con don Martín, como en el viaje de ida. Mi lugar junto al caballero fue ocupado por el paje Hilario, y yo gocé de la soledad nocturna, o eso esperaba. La primera noche tras la reanudación del viaje subí al carro a poco de cenar, eximido de prestar servicio de guardia a causa de mi lesión. Tumbado, pude notar como se iban apagando voces y ruidos, señal de que todos los viajeros se retiraban a descansar. Creo que cerré los ojos casi de inmediato, pero no fui capaz de caer dormido, al menos profundamente, impedido de hacerlo por una inquietud que pronto dio paso al insomnio, largo y monótono. Intentando vencer el tedio, salí al exterior, añadiendo a mis ropas las mantas del camastro, acercándome a una de las hogueras que permanecían encendidas toda la noche. Y allí, pegado al fuego, combatiendo el frío nocturno, permanecí largo rato, de pie en silencio junto a los dos gendarmes de guardia. No sé cuánto tiempo estuve en el exterior, hasta que, aún en la oscuridad, regresé a mi carro, con la esperanza de dormir un par de horas. Subí, cerré la lona, y allí estaba ella.

Las visitas de Argisán se repitieron las noches siguientes, aunque, con la lucidez del día, yo me convencía de que su presencia no era sino un sueño, y de que nunca estuvo la bruja allí, en carne y hueso. Pero también sospechaba que sus palabras y hechos no eran puro producto de mi imaginación, sino inducidos en ella por la voluntad de la Negra, a la que imaginaba sentada en su sitial, frente a la pila de agua maldita mediante la que me vigilaba desde hacía tiempo. Pero hubo una noche en la que Argisán no fue mi única visitante.

Estaba adormilado cuando, desde fuera del carro, alguien corrió la lona que cerraba la capota, y trepó al interior. Sumido en la negrura total, pude identificar a la intrusa antes de que pronunciara palabra alguna, al reconocer su olor, mezcla de efluvios naturales y un perfume característico, compartido con su ama.

— ¡Mencía! ¿Qué haces aquí?

— ¡Calla! ¡He venido a hacerte compañía! ¡Levanta las mantas, que hace frío!

Hice como pedía, y en un segundo me vi rodeado por los brazos de la mujer y aprisionado contra sus pechos.

— ¡Por fin podrás hacerme lo que deseas! — me dijo entre lametones, con mucha más seguridad que yo sobre la naturaleza de mis deseos. Pero, como en ocasiones anteriores, mi cuerpo se adelantó a mi voluntad, y respondió con entusiasmo a las maniobras de la oronda dueña, acometiendo aquellas redondeces que tanto me habían atraído desde nuestro primer encuentro, al acampar junto a los carros de los romaníes, en el viaje a Ciudad Partida. Y superando el obstáculo de nuestros abundantes ropajes, pronto completamos el fornicio, mi primero con una hija de Dios.

— ¡Vaya! ¡Qué rapidez! ¡Se nota que estabas muy necesitado! — dijo la Mencía entre resoplidos, aunque no supe si era un elogio a mi energía viril o un reproche por la brevedad del encuentro. Podría haberle dicho que mi necesidad no era tanta, habida cuenta de los efectos producidos por las visitas nocturnas de Argisán, pero creí más prudente no revelar mis relaciones con la Bruja Negra. No hizo la Mencía gesto de irse, y al cabo de no mucho tiempo reanudamos nuestras mutuas exploraciones, que nos llevaron a un segundo final, seguido algo después por un tercero.

— ¡Bendita juventud! — fue el comentario de la dueña, sin duda más satisfecha, arrebujándose contra mí, como disponiéndose a pasar toda la noche en mi lecho. Yo no quería ser descortés, pero prefería descansar solo, y al cabo de un rato, pregunté:

— ¿Y si tu señora te reclama? — pues yo sabía que don Gabriel y doña Asunción dormían juntos en una tienda bastante más grande y cómoda que la conocida por mí, ahora usada por mi señor y el paje Hilario, mientras que la Mencía pasaba la noche a bordo de uno de los carros del onubense, aparcado junto a la tienda de sus señores.

— Doña Asunción está demasiado ocupada esta noche. En mi carro con tu señor don Martín. Se podría decir que les he prestado mis sábanas.

— ¡Pero... estáis locas! ¿Se ha escapado la Asunción de la cama de su marido? ¡Tu carro está al lado! Si se despierta don Gabriel... los oirá. Claro que... ¿qué va a hacerle a don Martín? ¡Qué humillación tan cruel!

— ¡Qué esperaba, casándose un vejestorio como él con una muchacha tan joven y hermosa! Pero no sabrá nada. Dormirá como un bendito, toda la noche. Le hemos dado un bebedizo que compramos en la ciudad. Donde unas hadas verdes. No te preocupes, nadie nos molestará. ¿Tienes vino?

No tenía bebida reconfortante, pero ello no impidió que rematásemos la noche con otros dos asaltos, ejecutados poco antes del amanecer. Y en el último, yo tumbado boca arriba, la mujer a caballo sobre mí, pude ver, detrás de ella, asomando sobre su hombro, la negra faz de Argisán, observándonos con la intensa atención propia del juez de un duelo, como si quisiera tomar nota de mis capacidades amatorias. Aunque, pensándolo bien, ella ya las conocía, no directamente pero sí a través de nuestros sueños compartidos. Pero quizás no lo suficiente.

Culminado el último encuentro, la Mencía decidió retirarse de vuelta a su cubil, y eso hizo, no sin dificultad, pues recuperar sus ropajes en medio del oscuro desorden de mi carro, resultó maniobra complicada.

— Mañana seguimos — susurró, a modo de despedida. Pero no fue así.

Fue un día más de marcha, para mí una jornada cansada, que supuse también lo sería para los demás protagonistas de los juegos nocturnos. Ya al anochecer, sentados en torno a los fuegos, los tazones con sopas en nuestras manos, pude ver más de un intercambio de miradas furtivas y sonrisas cómplices entre don Martín y doña Asunción, que nadie más percibió, salvo la Mencía y yo mismo. Y menos que nadie, don Gabriel, que entre cucharada y cucharada hablaba del negocio del café con el mercader sirio que, por cierto, no hacía muchos ascos a los torreznos que flotaban en su plato. Terminada la cena, me levanté para ir entre los árboles, a hacer aguas menores, y en ello estaba cuando a mi lado se materializó la Bruja Negra, o quizás sólo fuese su simulacro, aunque perfecto en todos sus rasgos, y provisto de voz, como en sus visitas a mis sueños.

— Me obligas a esforzarme mucho, joven mortal. No creas que vas a disfrutar de otra noche de fornicio y adulterio, ni tú ni tus cómplices. A ti te reservo para más altos fines. Termina, vuelve a tu carro y duerme.

¿Serían celos, lo que movió a Argisán? Fuese lo que fuese, cuando volví junto a mis compañeros de viaje, me encontré a las dos mujeres, separadas de los demás, junto al carro donde la noche anterior habían pecado el caballero y la esposa infiel. Y no parecían muy contentas, doña Asunción reprochándole algo a su dueña, con un colorido lenguaje impropio de una dama. Al verme se callaron y yo pregunté qué ocurría.

— ¡Esta gorda torpe ha roto el frasco del somnífero! ¡Se ha perdido todo!

En vano la Mencía juraba que lo había encontrado ya en pedazos, dispersos sobre el suelo, que había absorbido todo el precioso líquido elaborado por las Hadas Verdes. Y me pareció oír el aleteo del negro cuervo, al que imaginé robando el frasco y dejándolo caer desde las alturas.

— Tal vez don Gabriel duerma profundamente sin necesidad de ayudas. Le he visto beber vino en abundancia durante la cena — dije, sin mucho convencimiento. Yo estaba seguro de que la pérdida del elixir era producto de una manipulación de Argisán, que seguía empeñada en salvaguardar mi continencia. Y no iba a dejar el trabajo a medio hacer. Íbamos hacia los demás cuando nos cruzamos con don Gabriel, que corría hacia los árboles, preso de una evidente urgencia. Nos sentamos junto al fuego, y doña Asunción lo hizo al lado de don Martín, al que puso al corriente de las novedades. Quizás pensaron en lo mismo que yo, esperando que el marido cornudo se durmiera pronto. Pero la bruja había hecho un trabajo concienzudo. El burgués de Onuba no pegaría ojo esa noche, víctima de una diarrea pertinaz que le obligó a correr en busca de alivio una y otra vez, y ordenando a su esposa y sirvientes atenderle con abundante agua y repetidas mudas. Algunos pensarán que la adúltera obtuvo un apropiado castigo. A mí me dejó en paz la bruja, y pude dormir algo, aunque por unos segundos la vi sentada a mi cabecera, dedicándome la más burlona de sus sonrisas, antes de desaparecer.

No habían transcurrido dos meses desde mi partida del Monasterio de la Santa Luz como paje del caballero de Pas y, sin embargo, al volver a cruzar sus puertas, me parecía haber vivido más en ese corto tiempo que en los diez años anteriores, encerrado entre sus muros, como párvulo y luego novicio. Pero al caminar hacia mi celda sentí una liberación, como si la permanente compañía de la hija de la Tierra se hubiera disipado, o hubiera quedado lejos, incapaz de acompañarme en el interior de aquellos sagrados edificios. Edificios no accesibles para todos los recién llegados viajeros, ni siquiera para don Martín, que debió alojarse en el pabellón externo, reservado a los extraños a la Orden. Allí fueron enviados, después de ser recibidos en un claustro intermedio, donde se informó detalladamente a las jerarquías de la Santa Luz de los acuerdos comerciales negociados en Ciudad Partida. Conversación celebrada entre las altas instancias y a la que yo no asistí, habiéndome retirado a mi aposento, donde caí sobre la cama y quedé dormido, realmente dormido, por primera vez en muchos días.

Tenía la intención, después de la oración matutina y el desayuno, de volver con mi señor, en el pabellón de Extraños, pero el Prior, frey Mauricio, me hizo una señal para que le siguiera, y fuimos hasta una pequeña capilla dedicada a san Pedro. De pie ante su imagen, el Prior me recordó cómo el santo fue perdonado a pesar de haber negado a Jesús. Y continuó diciendo que la experiencia enseñaba que era imposible viajar a Ciudad Partida y residir junto a los hijos de la Tierra, aunque fuese por poco tiempo, sin caer en el pecado. Yo pensé en los monjes del convento de Santa Brígida, y me atreví a responder al Prior, aduciendo que aquellos hombres resistían a la tentación, por lo que yo pude ver.

— Todos ellos pecaron, pero una vez arrepentidos, son útiles a la Orden, pues han aprendido a eludir las insidias de los geoides. Aun así, procuramos que no permanezcan mucho tiempo en esa ciudad. Como frey Bernabé, que ha regresado con vosotros. Pero hay otra cosa que debo decirte. Hemos recibido un escrito del Santo Oficio, certificando tu limpieza de sangre, que está libre de contaminación de moros o judíos. Así que pronto harás tus segundos votos, aunque te hará falta más tiempo para llegar a caballero de nuestra Orden. Serás escudero de frey Bernabé, que completará tu formación en las artes de la guerra. Sin duda tienes una disposición que hasta ahora no habíamos percibido. Pero has combatido con éxito contra dragones y gigantes. Muy pocos pueden decir lo mismo. Espero que en menos de dos años se te pueda armar caballero.

— Yo... esperaba seguir junto a don Martín.

— El caballero de Pas ya no pertenece a nuestra hermandad, y sus planes le alejarán cada vez más de nosotros.

No sabía yo cuáles eran esos planes, además de presentarle al rey la cabeza de Grunac. Pero me limité a inclinar la cabeza, esperando que el Prior terminase de explicarme mi futuro.

— Como primera medida, esta tarde harás confesión general. Confesarás todo, desde tu partida del monasterio, hasta hoy.

— En Ciudad Partida recibí el sacramento en más de una ocasión...

— Siempre he sostenido que esas absoluciones generales adolecen de graves defectos de forma. Mucho mejor que te arrodilles frente a frey Baudilio, que es un confesor de gran experiencia, como sin duda sabes. Aquí, en esta capilla, bajo la mirada benevolente de San Pedro, procurarás la paz a tu alma.

Orden del Prior que no dejó de atormentarme toda esa mañana, en la que dimos sepultura a los caídos en la batalla y se celebró la correspondiente misa funeral, tras la cual el escudero de don Beltrán, Pero del Valle, partió con el cuerpo de su señor.

— No puedo confesarme, padre. No sé si estoy arrepentido y tampoco tengo propósito de la enmienda.

Había acudido, después del almuerzo, a la capilla de San Pedro, porque no quería desobedecer abiertamente una orden del Prior. Pero no podía revelar a frey Baudilio mis relaciones con una hija de la Tierra, una hembra sin alma como Argisán, puesto que era mi intención volver a Ciudad Partida para saldar mis deudas con ella. No sabría decir si lo haría como consecuencia de un acto libre de mi voluntad o por el temor a la venganza que la Negra descargaría sobre mí por quebrantar nuestro acuerdo. Pero quise creer que no era por miedo, pues un cristiano, fiel cumplidor de los mandamientos de nuestro Señor y de la Iglesia, nada debía temer de las intrigas de una simple bruja. Pero, si mi deseo era volver junto a Argisán, mayor motivo para no profanar el sacramento con una confesión viciada.

Frey Baudilio no era hombre de gran paciencia.

— ¿Sabes lo que dices, simple? ¿O crees que ignoro los pecados que se cometen en esa ciudad del vicio, la Sodoma de nuestros tiempos? Habrás fornicado con rameras y adúlteras, incluso, Dios no lo quiera, ¡con hadas y brujas! O, aún peor, ¿te has entregado a un depravado capricornio, cuyo cuerpo es la viva imagen de Satán? Y no has quedado satisfecho y pretendes volver allí para seguir revocándote en el fango. Al menos no has pretendido engañarme simulando arrepentimiento, pero te advierto, tus pasos te llevan a la condenación si no te arrojas ante el Señor y suplicas perdón. Y te alejas del caballero de Pas, ese renegado.

— Don Martín dio muerte al dragón y triunfó en el Juicio de Dios.

— Eso parece, pero los designios de Dios son inescrutables. Veo que persistes en tu equivocada fidelidad a ese individuo, de viciosas costumbres, tan justamente expulsado de nuestra fraternidad. Ahora querrá ganarse el favor del rey con un regalo extraordinario, y quizás lo consiga, pues en este mundo mortal no siempre triunfa el bien, que solo lo hará cuando se produzca la segunda venida. Y ahora, ¡vete con tu amo! Rogaré a nuestro Señor para que te ilumine antes de que sea demasiado tarde.

Fui a cenar al pabellón de Extraños, pues temía hacerlo en el refectorio del Monasterio, donde me sería difícil comer tranquilo bajo la mirada censora del Prior y del Inquisidor. En el comedor del pabellón estaba don Gabriel, apenas repuesto de su descomposición, frente a un plato de arroz hervido, junto a una cariacontecida Asunción, que no comía, jugueteando con los anillos de sus dedos. Fue una cena poco animada y, al finalizar, don Martín se levantó para anunciar que al día siguiente seguiríamos viaje hacia Toledo, a una jornada de distancia. Y mientras los demás se retiraban, yo me acerqué a mi señor para preguntarle cuáles eran sus planes, una vez celebrada la audiencia con el rey.

— Todo depende de la respuesta de su Majestad. Agradecerá mi presente otorgándome un honor, que implicará adquirir una obligación de cumplimiento ineludible. Muy posiblemente en tierras lejanas. Pero tú podrás regresar aquí, al Monasterio, para completar tu formación, como deseabas. Frey Bernabé es un caballero de valor, y su tutela te será muy beneficiosa.

— No sé si deseo volver al Monasterio. En todo caso, más adelante, si me aceptan. Antes viajaré a Ciudad Partida.

— Ya no estás sometido al encantamiento de las Brujas Negras. Pero veo que Argisán tiene poder sobre ti, sin necesidad de grandes hechizos, simplemente como mujer. Eres joven y con poca experiencia, presa fácil para una bruja tan veterana como ella. Deberías poner tierra por medio, o bien quedarte aquí, protegido por estos muros sagrados. Trabajo y oración, el mejor tratamiento para olvidar esas fantasías.

— ¡No soy un niño! Y quiero conocer mejor a ese lugar, único en el mundo. Para escribir la descripción de la ciudad y dar noticia de su historia. He pensado que el Doble Concejo me podría nombrar cronista de la villa.

— ¿Crees que te recibirán con los brazos abiertos en el Otro Lado? ¿Después de tu participación en la contienda en la que murieron tantos hijos de la Tierra?

— Eran bandoleros, fuera de la ley. Y, aun así, les tratamos con honor. Presentaré una crónica de esa batalla a los concejales, como carta de presentación. Aunque deberé ocultar ciertos detalles. El aviso de Argisán, el uso de veneno...

— ¿Comenzarás tu labor como cronista con una sarta de falsedades?

— Tenéis razón... no lo he pensado bien... Quizás pueda decir que es un producto de la imaginación levemente basado en hechos reales.

— Tenemos pendiente la audiencia con el rey, que no es pequeña cosa. Así que dispones de unos días para meditar sobre todo esto.

Y me despachó, recordándome que partiríamos muy temprano.

Antes de cruzar la puerta de Bisagra, nuestra columna se dispersó. El burgués de Onuba y su esposa eran propietarios de una hermosa casa en la ciudad, cerca de la catedral, aunque oí decir a la Mencía que el ruido de las obras del templo era a veces poco soportable. En todo caso, allí marcharon con su comitiva, y el grupo de don Martín circunvalamos la muralla, hasta llegar al puente de Alcántara que cruzamos en busca de una grande posada, La Bienhallada, situada al otro lado del río. La Orden de la Santa Luz disponía de un convento en el casco urbano, pero con toda seguridad no hubieran permitido la presencia de Abdel al Numan y su pequeño séquito, y don Martín prefería no dispersar a su gente. Además, no mucho más lejos se veía el palacio de la Huerta del Rey, donde sabíamos que gustaba morar el monarca, y también celebrar audiencias.

Reservamos un establo completo para bestias y equipajes, pero subimos a nuestras celdas la cabeza de Grunac y los frascos de cenizas que correspondían a don Martín. Y nos fuimos turnando, para que en ningún momento quedase desamparado nuestro tesoro, la única riqueza restante tras tantos días de esfuerzo y luchas a muerte.

Aunque no estaba rodeado por lo muros benditos del Monasterio, sino por los muy poco santos paredones de la posada, no percibí la presencia de Argisán, ni siquiera en mi más profundo sueño, que fue reposado y carente de visiones de ningún tipo. Me preguntaba si la Negra se había cansado de mí o, tal vez, su poder se debilitaba con la distancia. O por la proximidad de la posada a la ermita de San Julián, donde se custodian algunas reliquias del santo. Pero transcurrió la segunda noche, igualmente serena, y mi extrañeza fue en aumento, y con ella mi deseo de ver de nuevo a la bruja, o a su imagen al menos. Deseo que me avergonzaba, y del que no dije nada a don Martín cuando me preguntó si había tenido alguna experiencia fuera de lo normal.

A través de un emisario de la Orden, don Martín había hecho llegar a la corte su petición de ser recibido por el rey, y la respuesta llegó antes de lo esperado, la segunda tarde de nuestra estancia en La Bienhallada, convocándole para la mañana siguiente. La audiencia tendría lugar en el Palacio de la Huerta, y no en el Alcázar, lo que la hacía algo más informal, y ello me hizo temer que el rey Alfonso no le daba mucha importancia a la hazaña de don Martín ni a su ofrenda. Pero me equivoqué, pues el motivo de convocarnos en la Huerta era simplemente que el rey prefería con mucho residir en aquel palacio, pequeño pero rodeado de bellos y bien regados jardines, a ocupar las estancias frías y lóbregas de la fortaleza que coronaba la ciudad. Dedicamos el resto del día a adecentar nuestros ropajes, y a preparar unas angarillas para presentar la cabeza del dragón. Iba a ser una escueta comitiva, don Martín, su paje y su escudero, o sea Hilario y yo mismo, y los caballeros don Javier y frey Bernabé, a quien habíamos enviado recado.

Bajo un sol radiante entramos en los jardines de la casa real, desmontamos e iniciamos nuestro desfile hasta la gran sala donde el monarca presidía los actos públicos, aunque no pudiera llamarse salón del trono, como el que había en el Alcázar. Después de recibirnos, guiaba la marcha el alférez mayor, señal de que el rey quería honrar a don Martín, y nos seguían dos caballeros bien armados, señal de que la confianza no era total. Detrás de don Martín, el paje Hilario y yo acarreábamos la angarilla sobre la cual yacía, tapada por una sábana de lino, la cabeza de Grunac. Entramos en la sala, donde había abundancia de gente, más de lo que yo esperaba, lo cual indicaba que la noticia había corrido y eran muchos los cortesanos y nobles que, curiosos, habían venido a ver el despojo del dragón. Nos abrieron paso y pudimos ver, sentado en un trono al fondo del recinto, al rey Alfonso, de canosa barba. Nosotros dejamos nuestra carga sobre el suelo e hincamos la rodilla.

El monarca nos observó en silencio, durante quizás un minuto, hasta que hizo un gesto con la mano y don Martín se levantó, como hicimos los demás.

— Mi señor don Alfonso, rey de la Baja Castilla, y de los reinos del norte y del sur de España. Soy Martín de Pas, hijo de Bonifacio de Pas, vasallo del barón de Miera, quien me consagró como caballero hace ya once años. Durante esos años he combatido contra los enemigos de su majestad, en las aguas del Mar Océano y en las tierras de África, hasta caer prisionero en Larache. Pero cuando la armada aragonesa atacó Orán, fui yo quien alzó en armas a los cautivos cristianos, abriendo paso a los aragoneses. Después serví al conde de Alarcón y a la Orden de la Santa Luz, lo que me obligó a viajar a Ciudad Partida. Hace dos años participé en la caza del dragón, sin alcanzarle. Pero en el reciente festival, hace pocas semanas, encontré a Grunac, vencedor de cuatro festivales, y le di muerte. En el combate fui auxiliado por el escudero Álvaro de Pozas, aquí presente. Hace pocos días viajamos a esta capital del reino, para traer a vuestra majestad un trofeo sin igual. Viaje en el que luchamos contra una banda de hijos de la Tierra, que pretendían robarnos ese valiosísimo presente. Fueron derrotados, y entre otros desalmados, cayeron tres gigantes. Y vencidas tantas dificultades, tengo el inmenso honor de presentaros la cabeza del más terrible dragón que se recuerda.

El rey había escuchado con paciencia, y una leve sonrisa, el quizás excesivamente largo parlamento de mi señor, y al terminar éste, se levantó diciendo que era hora de ver la cabeza famosa, por lo que yo retiré la sábana cobertera. Otros cortesanos se habían aproximado formando un corro, y fueron muchas las exclamaciones de espanto o asombro que de inmediato se oyeron. Don Alfonso se acercó hasta llegar junto a la cabeza, que tenía un aspecto más terrible que cuando estaba viva, tal vez porque, al secarse carne y piel, las hileras de dientes habían quedado totalmente desnudas.

Fue un caballero del Temple quien interrumpió ese momento de admiración.

— Tengo entendido que el dragón Grunac tenía tres cabezas.

— Estáis en lo cierto. Pero me resultó imposible preservar las tres. No disponía de suficiente cantidad de las sales necesarias. Por ello calcinamos el cuerpo del dragón, hasta reducirlo a cenizas. Estas cenizas gozan de extraordinarias propiedades curativas. Y tengo el honor de entregar a su majestad este tarro bien colmado de ese remedio sin igual.

Don Martín dejó el recipiente en el suelo, junto a la cabeza, y miró desafiante al Templario impertinente, que no se dio por aludido. Todo lo dio por bueno el rey, que tomó la palabra.

— Conozco bien tus servicios a la corona, Martín de Pas. Nada sería más justo que te fuera otorgada una adecuada recompensa, y eso es lo que voy a hacer. Sin duda el Altísimo te ha concedido esta victoria en un momento que no puede ser más oportuno. Pues hemos conocido, hace poco tiempo, el fallecimiento de tu señor natural, Bonifacio, el barón de Miera, que no deja heredero varón. Su único hijo murió hace algunos años, del mal francés dicen. El título recae en su hija Marina, novicia con las clarisas, y ahora baronesa de Miera. Pero le hace falta un consorte, y tú reúnes las cualidades necesarias. Partirás de inmediato a Sevilla, para embarcar en la armada preparada para emprender la campaña de verano, y que navegará hacia el norte tan pronto te incorpores a ella. El mayordomo te entregará las cartas por mí firmadas en las que se dispone todo lo necesario. Cartas a nombre de Martín Matadragón de Pas, como te llamarás a partir de hoy. Antes has mencionado a tu escudero, que luchó a tu lado contra el dragón, y es nieto del conde de Pozas. Saca tu espada y, sin mayor dilación, ármale caballero, pues ese rango debe ostentar quien ha herido mortalmente a una bestia del averno.

Y tan pronto don Martín cumplió su orden, el rey dio por terminada la ceremonia, pero se llevó al caballero para que almorzara a su lado, y oír de su boca todos los detalles de su aventura. Los demás fuimos bien agasajados, y ya era media tarde cuando regresamos a La Bienhallada.

— Me hubiera venido bien un buen café, y no este brebaje insípido — comentó mi señor, sentado conmigo en el refectorio de la posada, ante sendos tazones con infusiones de hierbas. Por fin liberados de la cercanía de restos de dragón, y de la necesidad de protegerlos, ambos estábamos más reposados que en cualquier momento de las últimas semanas.

— Creo que ha ido todo lo bien que podría esperarse. Incluso mejor. Sois barón.

— Y tú caballero. La orden del rey permite reducir el procedimiento. Pero yo barón, no exactamente… barón consorte en todo caso.

— Seréis barón a todos los efectos. Y vuestro hijo lo será de hecho y derecho.

— Para lo cual deberé casarme con la auténtica baronesa. De la que nada sé.

— Seguramente será una bella joven.

— O no. Quizás la ingresaron en un convento porque era imposible encontrarle marido. Y hay otras complicaciones. Cuando falleció mi padre, fue mi hermano mayor, Ramiro, quien heredó el señorío de Pas, vasallo del barón. Así que ahora Ramiro lo será mío, en realidad vasallo de Marina, pero…

— Deberéis tratarlo con prudencia, pero tendrá que admitir el vasallaje que impone el rey. Y, además, sois el matador de gigantes y dragones… ¿cómo comparar con eso el mero hecho de haber nacido antes?

— Tus palabras denotan que nunca has pertenecido a una línea sucesoria. Pero es tarde, y mañana debo iniciar un largo viaje. ¿Insistes en no acompañarme?

— No lo sé, no soy capaz de tomar una decisión… dejadme pensarlo esta noche.

Anocheció, y yo seguía paseando por el exterior de la posada, sumido en vacilaciones y dudas, cuando escuché un sordo aleteo sobre mi cabeza, una sombra negra voló sobre mí, y algo blanco cayó a mis pies, un billete bien doblado, que sólo podía provenir de Argisán. Un mensaje escrito en tinta negra.

"Preséntate a la medianoche en la Alameda de los Búhos" era la escueta orden, sin necesidad de firma.

Era una noche estrellada, de cielo limpio y luna llena. La alameda coronaba un pequeño cerro, no tan lejano de donde yo estaba. Podría llegar a tiempo sólo si partía inmediatamente, pues no iría a caballo. Y sin dudarlo más, arranqué, tras hacerme con un báculo y un candil, que no me hizo falta utilizar hasta llegar a mi destino. Durante el camino intentaba adivinar cuál era el motivo de la cita o, mejor dicho, por qué había aceptado yo acudir junto a la Bruja Negra en un lugar inhabitado y en plena noche. Pero seguí adelante, dominado por el deseo de encontrar a Argisán en carne y hueso, pues eso deduje de su llamada a un lugar alejado de ermitas, capillas, iglesias y otros lugares sagrados. ¿Me haría algún vaticinio sobre mi próximo futuro, como hizo cuando nos encontramos en la Cueva de los Borrachos?

Al llegar a mi destino me interné entre los árboles, en cuyas blancas cortezas se reflejaban los pocos rayos lunares que atravesaban las copas frondosas, y me detuve a encender el candil y mirar alrededor. Y como en la ocasión anterior, fue su trenza serpentina lo que primero vi.

— ¿Sabes por qué llaman Alameda de los Búhos a este lugar?

— Creo haber leído que se celebraban aquelarres. Y las brujas como tú acudían a lomos de búhos enormes.

— Un aspirante a cronista como tú sabrá que todo eso no son más que leyendas. Las hijas de la Tierra como yo no tenemos nada que ver con aquellas pobres mujeres que invocaban a Satán. Pero el lugar es adecuado para vernos, lejos de ojos y oídos curiosos.

— ¿Qué quieres de mí?

— Mi poder adivinatorio no siempre es eficaz. Ante ti se abre un triple camino, tres vías muy distintas entre sí, y no sé cuál de ellas tomarás, quizás porque tú tampoco lo sabes.

— ¿Y cuáles son esas tres alternativas?

— La primera es permanecer en el seno de la Orden. Vivir en el Monasterio, completando tu formación de caballero, aunque ya lo seas. Luego serás frey Álvaro, bien trabajando como cronista o viajando a los frentes de batalla, como los demás monjes guerreros. Pero, como ellos, renunciando a las mujeres y a los hijos.

— Siempre fue esa mi vocación.

— Hasta que me conociste. Pero me temes, y por eso te planteas una segunda opción, surgida ayer mismo. Acompañar a Martín Matadragón en su destino en las tierras de la Montaña. Allí le espera una difícil aventura, pues no todos le recibirán con complacencia, por no mencionar los ataques de normandos, franceses e ingleses. Podrás ser testigo de esos hechos, y redactar una crónica gloriosa, completando la que ya tienes en mente, de su vida hasta el día de hoy. Incluso hacer algo mejor, un poema como los de Homero o Virgilio.

— Supongo que la tercera alternativa me lleva a ti.

— A Ciudad Partida, donde ansías volver. También allí podrás escribir, componer la historia de la ciudad, lo que nadie ha hecho todavía. El Doble Concejo puede pasarte un sueldo suficiente para tus necesidades, mientras estudias los archivos, que son muchos. Y para que escribas el retrato y la historia de Ciudad Partida.

— ¿Por qué haría eso el Concejo?

— Una ciudad que aspira a la fama debe poseer una historia escrita, acompañada de la correspondiente descripción. Y yo podría convencer a algunos concejales de que eres la persona adecuada.

— Ya estoy en deuda contigo, y lo estaré aún más, si haces eso que me propones.

— ¿Tienes miedo al pago de esa deuda?

— ¿Cómo no voy a tenerlo? ¡Dime en qué consiste!

— Uristán desea tener su hija. Ya es tiempo para ello. Piensa que tú puedes ser el donante. Y yo estoy de acuerdo.

Me dejó sin palabras. Pero… ¿Uristán? Físicamente se diferenciaban poco entre sí las Brujas Negras, que semejaban ser hermanas antes que madre, hija y nieta, pero no olvidaba que Uristán fue la más cruel de las tres cuando me tuvieron metido en la jaula.

— No creo que pudiera hacer con Uristán lo que es menester… estuve cerca de morir a sus manos…

— ¡Mera exageración! Y te he visto cumplir cinco veces seguidas con esa gorda sirvienta. ¡Cómo no te elevarás ante una belleza como la que posee la hija de mi hija!

— Pero folgar con ella… parece incestuoso, condenaré mi alma, cometiendo tal acto…

— ¿Acaso no deseabas conocer todos los aspectos de la vida, antes de enclaustrarte? ¿No envidiabas las aventuras de tu señor?

— ¿Y con ello quedaríamos en paz?

— A no ser que te conceda más gracias.

— No quiero que me concedas nada que yo no te haya pedido antes.

— ¿Volverás a Ciudad Partida?

— Debo meditarlo. Puede que mañana me vaya con don Martín, acompañándole en su viaje triunfal a las costas del norte. O quizás regrese al Monasterio, para sumergirme de nuevo en el estudio. Pero aún quedan muchas horas. Y tú has venido en carne y hueso, no eres un fantasma inmaterial, como las noches pasadas. Podríamos...

Argisán me miró, sonrió y se elevó entre las copas de los álamos, hasta perderse en la oscuridad. Sin duda ya conocía la decisión que yo iba a tomar.

— No puedo reprocharte que cometas el mismo pecado que yo. Pero espero que puedas librarte de esa obsesión, que no eres el primero en padecer. En los archivos de Ciudad Partida encontrarás otros casos de cristianos esclavizados por el deseo hacia las hembras sin alma. Brujas, hadas, incluso tarascas. No suelen tener un final feliz. Acaba tu misión en esa ciudad cuanto antes, y sal de ella para siempre. Ven al norte, donde tienes un lugar a mi lado. Y también allí encontrarás material para tus escritos.

Don Martín me dio un abrazo e hizo una señal a Hilario, que se acercó portando una espada, con su vaina y correaje.

— Un caballero debe llevar una espada, no un cuchillo grande, aunque debes conservarlo, pues te hizo buen servicio. Pero éste es un acero toledano, lo mejor que se hace fuera de las Tierras Altas de Castilla.

Le di las gracias torpemente, pues sentía la emoción de perder, quizás para siempre, a un maestro y amigo, y don Martín Matadragón montó su caballo para iniciar el camino que lleva al sur, hacia la lejana Sevilla. Detrás de él, como hice yo pocas semanas antes, el paje Hilario conducía un par de mulas bien cargadas. El alano Timo trotaba junto a ellas.

FIN